BLUE MOON
by Alyson Noël
translation by Shinobu Horikawa

# 蒼月のライアー
## 不死人夜想曲#2

アリソン・ノエル

堀川志野舞［訳］



ヴィレッジブックス

不死人夜想曲
#2

# 蒼月のライアー

おもな登場人物

- **エヴァー・ブルーム**
  家族を失った事故以来、特殊な能力をもつ16歳。
  ダーメンと出会い、不死人《イモータル》に
- **ダーメン・オーギュスト**
  17歳の不死人。黒髪に漆黒の瞳の美男子
- **ヘイヴン**
  エヴァーの親友
- **マイルズ**
  エヴァーの親友
- **ステーシア**
  人気者グループの女子
- **ライリー**
  事故で死んだエヴァーの妹
- **サビーヌ**
  エヴァーの叔母。独身の弁護士
- **エイヴァ**
  霊能者の女性
- **ローマン**
  金髪に青い瞳の転校生
- **ロミー**
  〈夏世界〉で出会う双子の姉妹
- **レイン**
  〈夏世界〉で出会う双子の姉妹

# 1

「目を閉じて思い描いてごらん。見えるかな?」

わたしは目を閉じてうなずく。

「すぐ目の前にあると想像するんだ。その触感、形、色を確かめて――できた?」

わたしは笑みを浮かべ、頭のなかでイメージする。

「いいね。つぎは、手を伸ばしてさわってみて。指先で輪郭をなぞって、手のひらで重みを感じて、すべての感覚を結合するんだ。視覚、触覚、嗅覚、味覚――ちゃんと感じられてる?」

唇を噛《か》んで、笑いをこらえる。

「完璧だ。じゃあ、その感覚と感情を一体化して。すぐそこに確かに存在すると信じるんだ。感じて、見て、触れて、味わって、認識して、つくりだせ!」

言われたとおりにすべて実行した。そしてダーメンのうめき声を耳にして、目をあけて自分で確かめる。

「なあ、エヴァー」ダーメンは首をふった。「オレンジを想像するはずだったろ。ぜんぜんちがうじゃないか」

「そうね、彼にはちっとも甘ったるいところがない」

わたしはくすくす笑い、ふたりのダーメン（目の前につくりだしたニセモノと、隣にいるホンモノ）にほほえみかけた。どちらも同じように背が高く、黒髪に黒い目をして、あまりにハンサムすぎて実在するとは思えないほどだ。

「きみをどうしてやろう？」

ホンモノのダーメンは、たしなめるような目つきをしようとしたけれど、ちっともできていない。その目はいつも愛情しか示さない。

「うーん……」

ふたりの彼氏を交互に見やる。

「キスしてくれてもいいよ。もしあなたが忙しすぎるっていうなら、そっちの彼に代役をお願いしようかな。彼はいやがらないと思うし」

わたしはニセモノのダーメンを示す。輪郭がぼんやりしはじめ、もうすぐ消えてしまうとわかっていても、彼がほほえんでウインクするのを見ると、声をあげて笑ってしまう。

だけど、ホンモノのダーメンは笑っていない。

「エヴァー、頼むから。真剣にやってもらわないと。教えることがまだまだあるんだから」

「焦ることないでしょ」枕をふくらませて、ぽんぽんと隣を叩いた。ダーメンがこっちに来てくれることを期待しながら、にっこりほほえんでみせる。

「時間だけはたっぷりあるんじゃなかった？」

彼に見つめられると、全身があたたかくなり、息ができなくなる。この圧倒的な美しさに慣れる日なんか来るのだろうか。オリーブ色のなめらかな肌、つやのある黒髪、非の打ち所のない顔、彫刻のように引きしまった肉体。色の白いブロンドのわたしという〝陽〟に対する、褐色の肌に黒髪という完璧な〝陰〟。

「わたしがどんなに熱心な生徒か、きっとわかってもらえると思うよ」

彼の目を見つめた。底知れぬ深さの、ふたつの暗い井戸のような目を。

「きみは貪欲な子だな」

ダーメンはささやき、観念したように近づいてきた。わたしがダーメンに引き寄せられているように、彼もわたしに引き寄せられているのだ。

「無駄にしちゃった時間を取りもどそうとしてるだけ」

わたしはこういう瞬間をいつも待ち望んでいる。ダーメンをひとりじめできる瞬間を。目の前に永遠の時間が広がっているとわかっていても、欲求は抑えられない。

ダーメンはレッスンを中断して、身を寄せてキスしてくる。枕の上に押し倒され、彼の体がおおいかぶさってくると、思い描いたものをつくりだすことも、離れた場所を見ることも、テレパシーも、特殊能力に関わるすべてが、もっと差し迫った感覚に取って代わられる。わたしたちの体は、太陽の光を求める倒れた蔓《つる》みたいにからまりあう。

ダーメンがシャツの下に手を入れ、お腹からブラへと指をすべらせると、わたしは目を閉じてささやいた。

「愛してる」

かつては自分のなかに抑えていた言葉。だけど、初めて口にしてからは、それればかりくりかえしている。

ダーメンがくぐもったうめき声を漏らす。

彼の動作はひとつひとつがあまりに優雅で、あまりに——完璧《かんぺき》すぎる。

「どうした?」

わたしに押しのけられ、ダーメンはたずねた。浅い息づかいで、わたしの目を探るように見つめている。彼はよくそんなふうにする。

「べつに、なんでもない」

背中を向けて、シャツを直す。思考を読まれないようシールドを張る方法を教わっていてよかった。嘘《うそ》をつくには、それ以外に方法はないから。

ダーメンはため息をついて身を離した。彼の手がもたらす肌のうずきも、視線がもたらす熱も消えていく。ダーメンはしばらく部屋の中を歩き回っていたけれど、ぴたりと足を止めて、正面からわたしを見た。

わたしは唇をきゅっと噛んだ。なにを言われるかはわかっている。この話は前にもしていた。

「エヴァー、ぼくにはきみをせかすつもりなんかない。本当だ」

ダーメンは気づかわしげな表情を浮かべている。

「だけど、いつかはきみも乗り越えて、あるがままのぼくを受け入れてほしい。ぼくにはきみが望むものはなんでもつくりだすことができるし、離れていても思考やイメージを送ることができるし、いつでもすぐにきみを〈夏世界《サマーランド》〉に連れていくことができる。でも、過去を変えることだけはできない。過去は過去でしかない」

わたしは床をじっと見おろしていた。自分がちっぽけで、愛情に飢えているように感じられて、恥ずかしくてたまらない。嫉妬《しっと》も自信のなさも隠せず、あけすけに表にだしてしまう自分がいやだ。心を防御するどんなシールドを張っても、役には立たない。ダーメンは人間の（おもにわたしの）挙動について六百年かけて学んできたけど、対するわたしは十六年しか生きていないのだから。

「わかってるけど……この状況に慣れるまで、もう少しだけ時間をちょうだい。こうなってから、まだ数週間しかたってないんだし」

枕カバーのほつれた縫い目をいじりながら、そう言って肩をすくめた。

わたしは数週間前に、ダーメンの元妻だったドリナを葬り去り、彼に愛していると伝えて、不死となる運命を確実にする封印を施したのだ。

ダーメンは唇を引き結び、疑念の色を帯びた目でこっちを見ている。ほんの少ししか離れていないのに、危険な荒海のようなものがふたりを隔てていた。

「こうなってからまだ数週間っていうのは、今回の人生ではってことだけど」

ふたりの隙間を埋めて空気をやわらげたいと思いながら、うわずった声でまくしたてた。

「過去の人生のことはなにひとつ思いだせないんだから、わたしにとってはまだ数週間でしょ。だからもうちょっとだけ時間が必要なの。ね？」

唇の端をぎこちなく持ちあげて、おどおどと笑みを浮かべる。ダーメンが隣に腰をおろすと、ホッと息を吐いた。ダーメンは指をあげて、わたしの額にあった傷痕《きずあと》を探す。

「時間だけなら、ぼくたちには尽きることなくたっぷりあるけど」

ダーメンはため息をつくと、わたしの顎の線を指でなぞり、身を寄せてきた。額から鼻、そして唇にキスをする。

もう一度キスしてくれると思った瞬間、彼はわたしの手をぎゅっと握ってから身を離した。それからまっすぐドアに向かい、きれいな深紅のチューリップを残して出ていった。

# 2

サビーヌ叔母さんが帰ってくる正確な瞬間を感じ取れるとはいえ、ダーメンが行ってしまったのはそのせいじゃない。

彼が行ってしまったのは、わたしのせいだ。

わたしたちがひとつになるために、彼は何百年もわたしを追いかけて、わたしが生まれ変わるたびに見つけだしてきた。

ただし、ひとつになれたためしはない。

つまり、いい、そうなったことは一度もないということ。

わたしたちがつぎのステップに進んで、愛を完全なものにしようとするたびに、ドリナが現れて、わたしの命を奪ってきたらしいから。

けれど、わたしの弱々しい一撃が、ドリナの弱点だったチャクラを突いて、彼女は消滅した。そしていま、ふたりを邪魔するものはなにもない。

わたし以外には。

全身全霊を捧げてダーメンを愛しているし、つぎの段階に進みたいと心から思ってはいるけれど……これまでの六百年間のことをどうしても考えてしまうのだ。

ダーメンがそれだけの歳月を生きることをどうやって選んだかということを（彼の話によれば、奇妙ななりゆきらしい）。そして、それだけの歳月を共に生きるのに選んだ相手のことを（ドリナのほかにも、大勢の相手がいたみたい）。

認めたくはないけど、そのことを知っているせいで、わたしはちょっと自信がなくなっている。ううん、すごく自信がなくなっているのかも。わたしがこれまでにキスをした相手のお粗末なリストなんて、ダーメンが六百年にわたって口説いてきた相手の数とは比べものにならないはずだから。

そんなのバカバカしい、ダーメンはわたしを何世紀にもわたって愛してきてくれたんだから——そう頭でわかってはいても、頭と心はいつも友好的とはかぎらない。

わたしの場合、頭と心は口もきかない絶交状態。

それでも、ダーメンがレッスンに来るたびに、はじめは毎回こう思っている——今度こそダーメンと最後までいくんだ！

なのに結局は、彼を押しのけてしまう。いつも彼をじらしているみたいで、自分がいやになる。

でも本当は彼の言ったとおりだ。過去は過去で、変えることはできない。ひとたび起きてしまったことは取り消せない。巻きもどしもあともどりもできない。

わたしにできるのは、前に進みつづけることだけ。

ためらわず、ふりかえらず、思い切って大きく一歩ジャンプすることだけ。

過去は忘れて、未来に向かって進むだけだ。

そんなに簡単な話なら、どんなにいいだろう。

「エヴァー？」

サビーヌ叔母さんが階段をあがってくると、わたしはあわてて部屋を整え、机の前にさっと座り、さも忙しそうに取り繕った。

「まだ起きてる？」

叔母さんはドアから顔を覗《のぞ》かせた。スーツには皺《しわ》が寄り、髪の毛はぺたんとして、ちょっと充血した目に疲労を浮かべてはいるものの、オーラはくじけずきれいなグリーンに輝いている。

「たったいま宿題を片付けたとこ」

そう言って、いままで使っていたかのようにノートパソコンを押しやった。

「食事はすんだ？」

叔母さんは戸口に寄りかかって、疑うような目つきで見ていた――叔母さんが知らず知らずどこへでも持ち歩いている携帯用の嘘発見器みたいなオーラがまっすぐ向かってくる。

「もちろん」

にこやかにうなずいて、せいいっぱい正直なふりをしているけれど、顔が引きつっているのを感じた。

嘘をつかなきゃならないのはいやだ。とくに叔母さんに対しては。交通事故で家族がみんな死んでしまったあと、わたしを引き取って面倒を見てくれているのだから。叔母さんには引き取る義務なんかなかった。ただひとりの肉親だというだけでは、断れない理由にはならなかった。そして、やっぱり断ればよかったと思うこともしばしばあるはずだ。わたしを引き取る前は、叔母さんの人生はもっとシンプルに運んでいたのだから。

「あの赤いドリンク以外のことを言ってるのよ」

叔母さんはわたしの机の上のボトルに向かって顎《あご》をしゃくる。オパールのような光を放つ赤い液体の、最初は苦手だった奇妙な苦みのある味にも、すっかり慣れた。ダーメンの話だと、これから永久に飲みつづけることになるらしいから、喜ばしいことだ。だからといって、ちゃんとした食べ物が食べられないわけじゃない。ただ単に、食べたいと思わなくなっただけ。不死のドリンクを飲めば、必要な栄養はすべてとれる。そして飲む量に関わりなく、わたしはつねに満腹感を覚えている。

でも、叔母さんにどう思われているかはわかる。心が読めるからだけじゃなく、わたしも以前ダーメンに対して同じことを思っていたから。彼が食べ物をつつきまわし、食べているふりをしているのを見て、本当にイライラしたものだ。そう、彼の秘密を突きとめるまでは。

「えーっと、さっきちゃちゃっと済ませたの」

唇を噛みしめたり、目をそらしたり、肩をすくめたりといった、嘘をつくときのいつもの癖を抑えながら、やっとのことでそう答えた。

「マイルズとヘイヴンと一緒にね」

汚れたお皿がないことの説明として、そうつけ加えた。サビーヌ叔母さんは事務所きっての腕利き弁護士で、嘘を見破る名人だ。とはいえ、叔母さんはその特別な才能を仕事のためだけに使おうとしている。私生活では、人を信じるようにしているのだ。

だけど今日は例外。今日はわたしの言葉を少しも信じていない。叔母さんはこっちを見て言った。

「あなたのことが心配だわ」

わたしは身をひねって叔母さんのほうを向いた。オープンに問題を話し合う態度に見えるといいんだけど。内心はかなりビクビクしている。

叔母さんに信じてもらえるよう、にっこり笑ってうなずく。

「心配しないで、大丈夫だから。ホントだって。成績も落ちてないし、友だちともダーメンともうまくいってるし、それに――」

そこでハッと口をつぐんだ。これまで叔母さんに彼との話をちゃんとしたことはなかったし、つき合っているとはっきり認めたこともなく、自分の胸の内だけにしまっていた。こんな話を始めてしまったけれど、どうやって話をしめくくればいいかわからない。

わたしとダーメンの過去、現在、未来を考えれば、ふたりの関係は〝彼氏〟と〝彼女〟という呼び方で表すには平凡すぎて不十分だ。わたしたちが共有する歴史からすると、その程度の言葉ではとても言い表せない。だからといって、永遠のパートナーだとか魂の伴侶だとかとおおっぴらに宣言するつもりもない。そんなの重すぎる。それに正直言って、ふたりの仲を明確にしたくない。いまの状況だけでも混乱しているから。だって、なんて言えばいい？　わたしたちは何世紀にもわたって愛し合ってきたけど、まだつぎの段階には進んでないの、とか？

「その、ダーメンとわたしは……ほんとにいい感じなの」

やっとのことでそう言った。〝最高〟ではなく〝いい感じ〟と言ったことに気づいて息をのむ。今日、初めて本当のことを話したかもしれない。

「つまりダーメンが来てたわけね」

叔母さんは茶色い革の書類鞄《かばん》を床におろして、こっちを見つめている。わたしがプロの弁護士の罠にあっけなく引っかかったことは、お互いに認めている。

わたしはひそかに後悔しながらうなずいた。ダーメンに言われたとおり、彼の家に行けばよかったのに。

「あの子の車が猛スピードで走り去るのを見たわ」

でたらめに置かれた枕と掛け布団の乱れたベッドに目をやった叔母さんにまた顔を見つめられたとき、身をすくめずにはいられなかった。これからなにを言われるか勘づいていては、なおさらだ。

「ねえ、エヴァー。あまりそばにいられなくてごめんなさい。もっと一緒に過ごす時間があればいいんでしょうけど。まだお互いに遠慮もあるような状態だけど、わたしがそばにいることは忘れないでほしいの。誰かに相談したいことがあれば、わたしが話をきくわ」

わたしは唇をぎゅっと結んでうなずいた。まだ話が終わっていないのはわかっていたけれど、関心なさそうに黙っていれば、早く済むかもと期待して。

「わたしがオバサンだから、いまのあなたのことなんか理解できないと思っているかもしれないけど、あなたぐらいの年の頃のことはちゃんと覚えてるのよ。モデルやら女優やら、テレビに出ている人たちと同じ体型にならなきゃって、絶えずプレッシャーを感じているのがどんなに苦しいことか」

わたしはハッと息をのみ、叔母さんと視線を合わせないようにした。過剰に反応しちゃだめ、ムキになって言い返しちゃだめ。真実を疑われるよりは、そんなふうに信じてもらっていたほうがずっといいんだから。

停学処分を受けて以来、叔母さんは前よりわたしに注意を払うようになっている。近ごろ、本（『不健全な時代に健全なティーンエイジャーを育てる方法』から『思春期の子どもとメディア――保護者はどう対処すべきか！』まで）をどっさり買いこんできてからは、何億倍もひどくなった。最も懸念すべきティーンエイジャーの態度について書かれた項目のすべてに蛍光ペンでチェックを入れて、わたしをじろじろ眺めて、その徴候がないか確かめている。

「でもね、これは言っておくわ。あなたはとてもきれいよ。高校生の頃のわたしよりずっときれいだわ。人生の半分をリハビリ施設に出入りして過ごしてるガリガリの芸能人と張り合うために空腹を我慢するなんてやめて。無茶な目標ってだけじゃなく、最後には病気になるわ」

叔母さんは鋭い一瞥《いちべつ》をくれた。自分の言葉がわたしの心を動かすことを願い、わかってもらいたくて必死なのだ。

「あなたはそのままで完璧だし、そんなことをするあなたを見ているのはつらいわ。ダーメンに関係があるのなら、これだけは言わせて——」

「わたしは拒食症じゃないよ」

叔母さんはこっちを見た。

「過食症でもないし、うさんくさい流行《はや》りのダイエットもしてないし、空腹を我慢してもいないし、サイズ0になるのを目指してもいないし、オルセン姉妹みたいになりたいわけでもない。ねえ叔母さん、わたしが痩《や》せ細ってきているように見える?」

立ちあがって、スキニージーンズのおかげではっきりわかる体型を見せつけた。痩せ細るどころか、その反対だと思う。かなりのハイペースで、体が大きくなってきているみたいだから。

サビーヌ叔母さんはわたしをまじまじ眺めた。頭のてっぺんからつま先までずっと見おろしてきて、わけあってむきだしになっている青白い足首で視線を止めた。お気に入りのジーンズがすっかり短くなってしまっているのに気づき、ロールアップすることでごまかしていたのだ。

「あら、わたしはてっきり……」

叔母さんはこれだけはっきり〝無罪〟を示す証拠を目の前にして、なにを言えばいいのかわからないようすで肩をすくめた。

「あなたが食べているところをぜんぜん見ないし……いつもあのドリンクを飲んでばかりで――」

「わたしが未成年の酒飲みから、今度は拒食症になったと思ったのね？」

怒ってないことを伝えたくて、笑い声をあげた。ちょっとばかりイライラしてはいるかもしれないけど、それは叔母さんに対してというよりは自分自身に対してだ。もっとうまくごまかすべきだったのに。せめて食べているふりぐらいするべきだった。

わたしはほほえみながら話をつづけた。

「なにも心配するようなことはないってば。ホントに。それにはっきりさせておくけど、ドラッグをやったり取引したりするつもりもないし、女子割礼や焼き印や切開や過激なボディピアスなんかの肉体改造を試してみようとも思わないし、とにかく〈注意すべきティーンエイジャーの不適応行動トップ10〉のリストに入るようなことはしないから。ついでに言うと、あの赤いドリンクを飲むのは、芸能人みたいにガリガリに痩せたいからでも、ダーメンを喜ばせようとしてるからでもないの。好きだから飲んでるだけ。それに、ダーメンが確かにわたしを愛していることはわかってるし、彼はありのままのわたしを受け入れて――」しまった。掘りさげたくない余計な話題を持ちだしてしまった。

叔母さんが頭のなかで思い浮かべていることを口にする前に、わたしは手をあげて先に言った。

「ううん、誤解しないで。ダーメンとわたしは――」

つき合ってる、デートしてる、彼氏と彼女、カジュアルな関係、永遠に結ばれている。

「ダーメンとは一緒に過ごして、恋人どうしみたいに信頼し合ってる。だけど、わたしたちは最後まではいってないよ」

いまのところは、まだ。

わたしの心のなかと同じぐらい、叔母さんは気まずそうな困った表情を浮かべてこっちを見ている。どちらもこの話題を深く掘りさげたいとは思っていないけれど、わたしとはちがって、自分にはそうする責任があると叔母さんは感じている。

「エヴァー、わたしはそういうつもりじゃ――」

叔母さんは言いかけたけれど、目が合うと、肩をすくめて口をつぐんだ。叔母さんがまちがいなくそういうつもりだったことは、お互いわかっていた。

案外あっさり話が終わったことにホッとして気を抜いていたせいで、まさか叔母さんがこんなことを言いだすとは思ってもみなかった。

「どうやらあなたにとって彼は本当に大切な人みたいね。わたしもダーメンのことをもっとよく知りたいわ。みんなで食事する日取りを決めましょう。今週末はどう?」

え、今週末?

息をのんで、叔母さんをつくづく眺めた。叔母さんの狙いはわかってる。一食二鳥になることを期待しているのだ。わたしがお皿の料理をもりもり平らげるのを見守りつつ、まな板にのせたダーメンをじっくり調理するのにうってつけのチャンスだから。

「すごくいい考えだとは思うけど、今度の金曜はマイルズのお芝居があるの」

落ち着いた声ではきはき話そうと努めた。

「お芝居のあとは打ち上げがあるから、遅くなりそうだし……」

叔母さんはわたしから目を離さずにうなずいた。

その見透かすような厳しい目つきに、冷や汗をかきながら言葉をしめくくった。

「だから、たぶん無理じゃないかな」

いつまでも避けられるはずはないとわかっているけれど、できるかぎり先延ばしにしたかった。サビーヌ叔母さんを愛してるし、ダーメンを愛してるけど、一緒にいるふたりを愛せるかはわからない。とくに、ひとたび尋問が始まってしまったら。

叔母さんはしばらくわたしを見つめたあと、うなずいて背中を向けた。

やっと息ができるようになったと思ったとき、叔母さんが肩ごしにふりかえってこう言った。

「金曜日は無理でも、土曜日があるわ。ダーメンに土曜の八時に来るよう伝えておいて」

# 3

寝坊したものの、マイルズを迎えに行くのにはどうにか間に合った。妹の霊に邪魔されなくなったことで、朝の準備に前ほど時間がかからないからだろう。ライリーがハロウィンのおかしなコスチューム姿で鏡台に腰かけて、ダーメンのことをしつこくきいたり人の服装をバカにしたりするのにはイライラさせられたものだ。けれど、向こうの世界への橋を渡って両親と愛犬の待っている場所に行くよう説得してから、ライリーの姿は見ていない。

つまり、ライリーの言うとおりだったのだ。わたしに見えるのはこの世に居残った死者の霊だけで、橋を渡った者の姿は見えない。

いつものことながら、妹のことを考えていると、喉《のど》が詰まって目がヒリヒリしてきた。

ライリーがいなくなってしまったという事実に慣れる日は来るのだろうか。永久に、二度ともどってこないということに。

家族を亡くしてこれだけたつのだから、そろそろ悟るべきかもしれない。会えなくて寂しいと思わなくなることなんかないのだと……喪失の大きな穴を抱えながら生きていく術《すべ》を学ぶしかないのだろうと。

涙をぬぐって、マイルズの家の私道に乗り入れながら、ライリーとの約束を思いだす。妹は、なんらかのサインを示して、向こうで元気にやっていることを知らせると言っていた。その約束にすがりつき、つねにライリーの存在を示すなにかを用心深く探しつづけているけれど、いまのところ、それらしきサインは見つけられずにいる。

玄関から出てきたマイルズに「おはよう」と言いかけると、彼は手をあげて言った。

「黙ってボクの顔を見て、なにが見えるか教えてよ。真っ先になにに気づいた？ 嘘はだめだよ」

「きれいな茶色い目かな」

マイルズの思考をたどりながら答えた。ときどき思うことだけど、個人的なことを秘密にしておけるように、思考にシールドを張る方法を教えてあげられたらいいのに。だけど、それはつまり、わたしには思考が読めて、オーラが見えて、霊感があるという秘密を明かすことになる。

マイルズは首をふって車に乗りこむと、サンバイザーをぐいと引きおろして、鏡のなかで顎を観察する。

「嘘ばっかり。ほら、ここにちゃんとあるだろ！　ぴかぴか光る赤い信号灯みたいに。どうしたって見逃すはずがないんだから、見えないふりなんかやめてよね」

車をだしながら、ちらりとマイルズを見やる。ニキビがぷっくりふくらみはじめているのが見えたけど、それよりも彼のショッキングピンクのマニキュアに目を奪われた。

「いいネイルだね」

「役作りのためだよ」

マイルズはニキビをじっと見つめたまま、薄笑いを浮かべた。

「こんなのって信じられないよ！　なにもかも順調で完璧だと思ってたら、いきなりぜんぶぶち壊しって感じ。リハーサルは最高、ボクは自分の台詞《せりふ》だけじゃなくみんなの台詞もすべて覚えてる……準備はOKだと思ってたら、このザマだ！」

そう言って、自分の顔を指さす。

「きっとストレスのせいだよ」

信号が青になり、わたしはマイルズを横目で見ながら慰めた。

「そう、それ！　つまり、ボクがドシロウトだってことを証明してるんだ。だってプロならストレスなんか感じないいんだから。創造的な境地にすっと入って……創造するんだよ。もしかして、ボクはお芝居には向いてないのかな？」

マイルズは不安にこわばった顔をこっちに向けてきた。

「主役の座を射止めたのは、ただのまぐれだったのかも」

ドリナが演出家の頭に入りこんで、マイルズを主役に選ぶよう仕向けたと話していたのを思いだした。たとえそれが事実だとしても、マイルズが主役の器《うつわ》じゃないとか、彼がいちばんうまいわけじゃないなんてことにもならない。わたしは首をふった。

「バカ言わないの。舞台であがっちゃったりして、神経質になる役者なんて山ほどいるよ。ホントだって。信じられないだろうけど、ライリーの話だと――」

目を見開いて、口をあけたまま、そこで話をやめた。決して最後まで話すわけにはいかない。かつてハリウッドのセレブたちを覗き見て楽しんでいた妹の霊から仕入れた話をするなんて、絶対にだめ。

「とにかく、ほら、ファンデーションを厚塗りするんじゃないの？」

マイルズはちらりとこっちを見た。

「そうだよ。で、なにが言いたいわけ？　舞台の上演は金曜で、つまり明日ってことなんだよ。それまでにこいつが消えるはずがないだろ」

「まあね。わたしが言いたいのは、メイクで隠せないのかってこと」

マイルズはぐるっと目を回して顔をしかめた。

「つまり、肌色のばかでかい信号灯を見せびらかせばいいってわけ？　ねえ、これをちゃんと見てよ。こんなの、隠せるはずがない。はっきり自己主張してるんだから！　影まで落としてるんだよ！」

学校の駐車場に車を乗り入れ、ダーメンの黒いBMWの隣、いつもの場所に停《と》める。マイルズに目をもどしたとき、どういうわけか彼の顔に触れなきゃという気になった。人差し指が彼の顎のニキビに引き寄せられていく。

「ねえ、なにしてるのさ？」

マイルズはさっと身を引いた。

「いいから。じっとしてて」

自分がなにをしているのかも、なんでそんなことをしようとするのかもわからない。わかっているのは、この人差し指にははっきりとした目的地があるということだけ。

「ちょっと――触るなって！」

マイルズが叫ぶのと、わたしがニキビに触れるのと、同時だった。

「あーあ、やってくれたよ。おかげで倍の大きさに膨れあがるかもね」

マイルズは首をふって車から降りた。

ニキビが消えずに残っているのを見て、がっかりせずにはいられなかった。

自分になんらかの治癒能力が備わったことを期待してた。運命を受け入れて、あの不死のドリンクを飲みはじめたあと、なんらかの変化が訪れるかもしれないとダーメンに言われていたから。霊能力が倍増するかもしれないし（そんなのお断り）、運動神経がものすごくよくなるかもしれないし（体育の授業できっと役立つ）、ぜんぜんちがうことが起きるかもしれない（たとえば治癒能力とか。すごくイケてるから、希望としてはそれがいい）。なにかすごい変化が起きないか、わたしはずっと注意している。だけどいまのところ、脚が伸びただけ。そんなの、新しいジーンズが必要になるってこと以外、大して意味がない。それに、どっちみち新しいジーンズは必要になるものだろうし。

バッグをつかんで車を降り、ダーメンがわたしのほうに近づいてきた瞬間、ふたりの唇は重なり合う。

「はいはい、ねえ、マジな話、この状態があとどれだけつづくのさ？」

わたしたちは身を離し、マイルズを見た。

「そうだよ、きみたちに話してるんだ」マイルズは指をふって言う。

「キスにハグ、それに忘れちゃいけない、絶え間ない無意味な甘いささやきも」

今度は首をふって眉をひそめた。

「真面目に言ってるんだよ。きみたち、とっくにそういう時期は終わってるはずだと思ってたのに。誤解しないでよ、ダーメンが学校にもどってきたことも、ふたりがヨリをもどしてハッピーエンドを迎えられそうなことも、ボクらみんなが喜んでる。でもさ、そろそろちょっとはクールダウンしてもいい頃だと思わない？　みんながきみたちみたいにハッピーなわけじゃないんだから。とくに誰かさんはちょっとばかり愛に飢えてるんだからね」

「マイルズったら、愛に飢えてるの？」

わたしは声をあげて笑った。わたしとダーメンのことなんかより、マイルズはお芝居のことを心配しているだけだっていうのに。

「ホルトとはどうなったの？」

「ホルトだって？　あんなやつ知るもんか！　話したくもないね！」

マイルズはぷいっと背中を向けると、校門の前で待っているヘイヴンのほうに行ってしまった。

「あいつ、どうしちゃったんだ？」

ダーメンはわたしの手を取って指をからめ、昨日あんなことがあったのにもかかわらず、変わらぬ愛情を宿した目でわたしを見つめている。

「明日が舞台の初日なの。だから気が立ってて、顎にニキビができてるのをわたしたちのせいにしようってわけ」

マイルズがヘイヴンの腕をつかんで、教室に引っぱっていくのを眺めながら、答えた。

「エヴァーたちとは口きかないよ」肩ごしにふりかえり、こっちに向かって顔をしかめてみせる。

「ふたりがイチャイチャするのをやめるか、このニキビが消えるかどっちかするまで、ストライキだ」

ヘイヴンはけらけら笑い、マイルズと並んでスキップしていった。

わたしとダーメンは国語の教室に向かった。

ステーシア・ミラーの横を通りすぎるとき、彼女はダーメンには愛想よくほほえみかけ、わたしにたいしては小さなバッグを通り道に落とした。わたしがぶざまにつまずいて顔面強打すればいいというように。わたしはとっさにそのバッグを彼女の膝にぶつけてやった。能力を使う練習だ。リスクはあるけど、やってスカッとした。

「いったーい！」

ステーシアは泣きごとを言い、膝をさすりながらこっちをにらんでいる。わたしのせいだというはっきりした証拠もないのに。

ステーシアを無視して、席に着く。彼女を無視するのがうまくなった。ステーシアのせいで校内で飲酒していたことがばれて停学になってから、できるだけ彼女の目につかないようにしている。でも、ときどき……ときどきどうしても自分が抑えられなくなってしまう。

「あんなことをしちゃだめだ」

ダーメンが厳しい表情をつくりながら、身を寄せてきてささやいた。

「でも、〈具現化《マニフェスティング》〉のレッスンをしたのはあなたじゃない。やっとあの成果が表れはじめたみたい」

肩をすくめてそう答えると、ダーメンはわたしを見つめて首をふった。

「やれやれ、レッスンは思ってた以上に時間がかかりそうだ。言っておくと、きみがさっきやったのは〈具現化〉じゃなく、〈念動《サイコキネシス》〉だよ。マスターしなきゃならないことがさらに増えたな」

「サイコキ……なに?」

ダーメンはにやりとして、なじみのない言葉に顔をしかめたわたしの手を取った。

「考えてたんだけど……」

時計にちらりと目をやると、九時を五分過ぎていた。ロビンズ先生はいま職員室を出ようとしているはず。

「金曜の夜、ふたりでどこか……特別なところに行くのはどうかな?」

ダーメンはほほえみながら言った。

「〈夏世界《サマーランド》〉とか？」

期待に目を見開いてダーメンを見あげる。魔法のように神秘的なあの場所にずっともどりたくてたまらなかった。次元のあいだの次元、海や象をつくりだせて、プラダのバッグよりずっとすごいものを動かせる場所――ダーメンがいないと、そこには行けないけれど。

なのに、彼は笑って首をふっただけだった。

「いや、そうじゃなくて。あそこにもいつかはまた行くって約束するけど、ぼくが考えてたのは、たとえば《モンタージュ》とか《リッツ・カールトン》とかさ」

ダーメンは問いかけるように眉をあげた。

「でも、金曜はマイルズのお芝居を観に行くって約束してるのに！」

そうは言ったものの、さっきまでマイルズの初舞台のことは都合よく忘れていたのに気づいた。ダーメンからこのあたりでいちばんの高級ホテルへのお誘いを受けたとたんに思いだすなんて……。

「だったら、そのあとは？」

ダーメンは、わたしが彼を傷つけずに断る方法を考えて唇をぎゅっと引き結んでいるのを見て取った。

「やめておくか。ちょっと思いついただけだからさ」

ダーメンをじっと見つめた。誘いを受けなきゃと思うし、そうしたいと望んでもいる。頭のなかでこう叫ぶ声がきこえる。

〝イエスって言いなさい！　イエスって言うの！　過去はふりかえらずに、前に踏みだすんだって自分に約束したじゃない。いまがそのときよ――いいからさっさと実行しなさい！　とにかくイエスって言うのよ！〟

もう前に進むときなんだと納得してはいても、ダーメンを心から愛し、彼の過去を水に流してつぎのステップに進むことを決心してはいても、わたしの口から出てきたのはまったくちがう言葉だった。

「考えておくね」

そう答えて、教室のドアに視線を向けると、ちょうどロビンズ先生が入ってくるところだった。

# 4

ようやく四時間目の終わりのチャイムが鳴ると、席を立って歴史のムニョス先生に近づいていった。

「本当にもういいのかい？」

先生は書類の山から顔をあげてたずねた。

「もしまだ時間が必要なら、ちっともかまわないよ」

わたしはテスト用紙をちらりと見やったあとで、首をふった。テスト用紙が配られてからおよそ四十五秒後にはすべて解き終え、あとの五十分間は必死に問題を解いているふりをしていただけだと知ったら、先生はどうするだろう。

「いえ、大丈夫です」

わたしは真実を告げた。不死人《イモータル》でいることの特権のひとつは、もう勉強しなくてもいいってこと。やらなくても、すべての答えがわかってしまうから。能力をひけらかして、ぜんぶのテストで満点を取りつづけてみたくなるけど、そこをぐっとこらえて、何問かはまちがえるようにしている。やりすぎは禁物だ。

ダーメンはとにかく、決して目立たないように、うわべだけでもふつうのふりをしておく（実際はふつうにはほど遠いとはいえ）ことがどれほど重要か、口をすっぱくして言っている。

最初にダーメンからそう言われたときには、自分こそ出会ったばかりの頃に山ほどチューリップをつくりだしていたくせに、と反論せずにはいられなかった。だけど彼に言わせれば、わたしを口説くためにはあれぐらいは許容範囲らしい。わたしが〈不滅の愛〉というチューリップの花言葉をなかなか調べようとしなかったから、必要以上に時間がかかってしまったけど。

ムニョス先生にテスト用紙を手渡したとき、指先が触れ合ってぎくりとした。ごくわずかにかすめただけだったけれど、知りたくもないことまで知るのにはそれだけでじゅうぶんだった。

今朝の先生がわたしにははっきり見えた。

信じられないほど散らかったアパートメント。キッチンのテーブルの上には、テイクアウト容器と七年にわたって何度も書き直した原稿が散乱している。大声で『明日なき暴走』を歌いながら、汚れていないシャツを探している先生。立ち寄った《スターバックス》で、小柄なブロンド女性とぶつかり、ベンティサイズのアイス・チャイラテをシャツ一面にこぼされた。びしょびしょで冷たいのに、相手の女性の美しい笑顔ひとつで、シャツについた厄介なしみも消えてしまいそう。忘れられないまぶしい笑顔——そのまぶしい笑顔を浮かべているのは、サビーヌ叔母さん！

「採点が終わるまで待つかい？」

わたしはうなずき、過呼吸になりかけながら、先生の赤ペンに意識を集中した。頭のなかでさっき見た場面を再生するたびに、同じ恐ろしい結論にたどり着く——わたしの歴史の先生がわたしの叔母さんにひと目惚れ！

こんなの、絶対にだめ。叔母さんを二度とスタバに行かせるわけにはいかない。ふたりが賢くて、見た目がよくて、独身だっていうだけで、つき合わなきゃいけないってことにはならない。

息もできずにその場にかたまったまま、ペン先に意識を向けることで、先生の思考を必死にシャットアウトしようとした。先生は解答欄の横に小さな赤い点をつけながら答えを確認していき、問十七と問二十五に×をつけた——そう、わたしの狙いどおり。

「不正解は二問だけだ。よくがんばったな!」

ムニョス先生はにっこりして、指先でシャツのしみをそっと撫でながら、彼女にまた会えるだろうかと考えている。

「正解が知りたい?」

えーっと、ぜんぜん。できるだけ早くこの教室から出ていきたくてたまらない。ランチに行けばダーメンに会えるからっていうだけじゃなく、先生の妄想がさらに発展していくのを見たくないから。

だけど、ふつうの子だと思われたいなら、ここは興味があるふりをするべきだ。ひとつ大きく深呼吸をすると、ぜひ教えてほしいというように笑顔でうなずいた。先生から正解を受け取ると、「あーあ、日付をまちがえてた」とか、「そっか!　なんでわからなかったんだろう?　バカみたい!」とか、演技をしてみせた。

先生はうんうんとうなずくだけ。あのブロンドの女性(全宇宙のなかで先生が絶対につき合っちゃいけないただひとりの女性!)に心を引きもどされているから。先生は考えている。明日、彼女はあの店にまた来るだろうか……同じ時間、同じ場所に。

ただでさえ先生が女の人のことを考えてるなんて思っただけでもムカムカするのに、その人はわたしの親も同然の人だ――マジでぞっとする。

と、何か月か前に、サビーヌ叔母さんが同じ職場で働くすてきな男の人とつき合っているというビジョンを見たことを思いだした。先生はこの学校で働いていて、サビーヌ叔母さんは弁護士事務所で働いてるんだから、ふたつの世界がぶつかる心配はないはず。

でも万が一ということもあるし……つい口に出してしまった。

「あの、ただの偶然ですよ」

先生は眉をひそめてこっちを見ると、いまの言葉の意味を理解しようとしている。

やりすぎなのはわかってるし、ふつうじゃないことを言おうとしているのもわかってるけど、なにかせずにはいられなかった。先生と叔母さんをデートさせるわけにはいかない。そんなの耐えられない。無理なものは無理。

だから先生のシャツのしみを示して、さらに言った。

「彼女――ほら、ミス・ベンティ・アイス・チャイラテのことですけど」

先生はギョッとしている。

「もうあの店には来ないと思いますよ。めったに行かないんで」

先生の夢を打ち砕いただけじゃなく、わたしの変人ぶりに拍車をかけるようなことをそれ以上言う前に、バッグを肩にかけて、ドアへと走った。先生のエネルギーの残りをふりはらいながら、ダーメンの待っているランチのテーブルに向かう。三時間も離れていたから、早く会いたくてたまらない。

だけどテーブルに着いたとき、期待していたような歓迎は受けなかった。ダーメンの隣(わたしの特等席)には、転校生の男子が座っていた。彼が注目の的になっていたおかげでダーメンはわたしに気づいてもくれない。

テーブルのへりにもたれて、転校生の言葉にみんながどっと笑うのを見ていた。邪魔するのも失礼な態度をとるのもいやだったから、いつもの席ではなく、ダーメンの向かいの席に腰をおろした。

「もうやだー、超ウケるー!」

ヘイヴンが身を乗りだして、転校生の手にさっと触れた。あの笑顔――魂の相手だと言い張っている新しい彼氏ジョシュのことは、一時的に頭から吹き飛んでいるみたい。

「ききのがしてマジで残念だったね、エヴァー。この人があんまりにもウケるから、マイルズなんかニキビのことも忘れちゃったぐらいなんだよ!」

「思いださせてくれてサンキュー」

そう言って、マイルズは顔をしかめて、顎のニキビを指で探した。けれど、ニキビはなくなっていた。

マイルズは目を見開いてわたしたちひとりひとりの顔を見ると、今朝の悩みの種だった巨大ニキビが本当になくなっていることを確認した。

もしかして、ニキビが急に消えたのはわたしのおかげ？　わたしが駐車場で触れたから？

つまり、ほんとに魔法の治癒能力が芽生えたんだ！

でも、そう思った直後に、転校生が口を開いた。

「な、効くって言ったろ？　すごくいい薬なんだ。またニキビができたときのために、残りもとっときなよ」

わたしは眉をひそめた。こっちはあいさつもまだだっていうのに、この人、いつのまにマイルズのお肌の問題にまで口出ししてるの？

転校生はわたしのほうを向いて言った。

「軟膏《なんこう》をあげたんだ。マイルズとはホームルームが一緒でさ――ああ、ぼくはローマン」

ローマンの全身を明るい黄色のオーラが取り巻いている。仲間を招き寄せるようなオーラ。

ネイビーブルーの瞳、日焼けした肌、くしゃくしゃのブロンド、ほどよく流行を取り入れたカジュアルでオシャレな服――ローマンはかっこいいのに、わたしが第一に思ったのは「逃げだしたい」だった。

ふつうならキュンとするはずの穏やかな笑みを向けられても、わたしはひどくピリピリしていて、笑顔を返せそうになかった。

「きみ、エヴァーだよね」

ローマンは手を引っこめながら言った。わたしはそれまで、手を差しだされていることにも気づかなかった。

ヘイヴンをちらりと見ると、わたしの失礼な態度にあきらかにむっとしていた。マイルズは鏡を見るのに夢中で、わたしの不作法にも気づいていない。

ふいにテーブルの下でダーメンに膝をつかまれ、わたしは咳払いをしてローマンに向かって言った。

「うん、そう、よろしく」

ローマンはまた例の笑みを向けてきたけれど、やっぱり効果はなかった。胃がムカムカして吐き気がしただけ。

「ぼくたち、共通点がたくさんありそうだね」

そう言われても、こっちはなんのことだかさっぱりだ。

「歴史のクラスで、きみの二列後ろの席だったんだ。きみ、テストに苦労してるみたいだったからさ、つい思ったよ、ぼくと同じぐらい歴史が苦手な女の子がいるなって」

「べつに歴史は苦手じゃないけど」

あまりに勢いこんでムキになって、棘《とげ》のあるきつい声をだしてしまったせいで、みんなの視線がわたしに集まった。

確証がほしくて、ダーメンの様子をうかがった。ローマンからわたしにまっすぐ流れこんでくる不穏なエネルギーを感じているのは、わたしだけじゃないはず。

なのに、ダーメンはただ肩をすくめて赤いドリンクを飲んでいる。まるですべてがいたって正常で、おかしなことはひとつもないというふうに。

ローマンに向き直り、彼の心を徹底的に調べて、彼の思考を盗み聞きする。ちょっとばかり子どもっぽくはあるけれど、基本的には優しい人みたい。

つまり、わたしのほうに問題があるってことだ。

「ほんとに？」

ローマンは眉をあげて、こっちに身を寄せてくる。

「過去をほじくりかえして、いまとはなんの関連もない、何世紀も前に生きていた人間の暮らしを調べるなんて、面倒だと思わない？　死ぬほど退屈じゃない？」

その人や場所や日付が、わたしの彼氏と六百年にわたる浮かれ騒ぎに関係がなければね！

頭のなかでそう考えたけれど、口にはださない。その代わりに、こう言った。

「テストならうまくいったよ。ぶっちゃけ、楽勝だった。評価もAだったし」

ローマンはうなずき、上から下までくまなくわたしを見つめた。

「お、ツイてる！　この週末でみんなに追いつくように、ムニョス先生に言われてるんだ。勉強教えてくれる？」

ヘイヴンをチラッと見ると、目の色が暗くなり、またしても嫉妬のせいでオーラがゲロみたいな緑色になっていた。マイルズはニキビを見るのをやめて、いまはホルトにせっせとメールしている。ダーメンはわたしとローマンのやり取りを無視し、わたしには見えないなにかに意識を集中して、遠い目をしている。

自分がバカみたいなことをしてるのはわかってる。わたし以外のみんなはローマンを好きみたいだし、力になってあげるべきだとわかってはいても、ただ肩をすくめてこう答えた。

「教えなくてもきっと大丈夫。わたしの力なんか必要ないって」

目と目が合ったとき、肌がぞわっとして、胃に鋭い痛みを覚えるのを見過ごすわけにはいかなかった。

ローマンは完璧な白い歯を見せながら言った。

「そんなふうに思ってくれてありがとう。それが正しいかはわからないけどね」

# 5

「あんたとローマン、どうなっちゃってんの?」

教室に向かうみんなの後ろを歩きながら、ヘイヴンがたずねた。

「べつに、なにもないけど」

ヘイヴンの手を払いのけ、流れこんできたエネルギーを感じながら、足早に歩き、ローマン、マイルズ、ダーメンが昔からの友だちみたいにふざけて笑い合うのをじっと見つめた。

「とぼけないでよ。ローマンのこと嫌いだってバレバレだよ」

「バカ言わないで」

わたしはダーメンだけを見つめながら言った。わたしのゴージャスですてきな彼氏、または魂の伴侶、あるいは永遠のパートナー、もしくは仲間(いいかげん、ふさわしい呼び方を見つけなきゃ)であるダーメンは、一時間目の授業からほとんどわたしに話しかけてくれていない。わたしの考えている理由のせいじゃないといいんだけど——昨日のわたしの態度と、今度の週末を一緒に過ごすのを断ったせいじゃないと。

「真面目に言ってるんだよ。なんていうか……なんかさ、あんたって新入りとかが嫌いみたいじゃん」

ヘイヴンの頭のなかに浮かんでいる言葉よりも、ずいぶん気を遣《つか》った言いかただった。唇をぎゅっと噛みしめてまっすぐ前を見つめ、ぐるっと目を回したくなるのを抑えた。

ヘイヴンは片手を腰にあてて、燃えるように赤いメッシュの入った前髪の下から、厚化粧の目でこっちをじっとにらんでいる。

「だって、あたしの記憶が正しければ——ううん、正しいことはお互いわかってるよね、ダーメンが転校してきたばかりの頃も、あんたは彼を嫌ってたし」

「わたし、ダーメンを嫌ったりしてないよ」

やらないと心に誓ったばかりなのに、わたしはぐるっと目を回して言った。

訂正しておくと、わたしはダーメンを嫌っているふりをしていただけ。本当はずっと彼を愛してた。まあ、ほんの短期間だけ本気で彼を憎んだことはあったけど。でもそのときでさえも、彼を愛してた。ただ認めたくなかっただけで……。

「悪いけど、あたしにはそうは思えなかった」とヘイヴン。わざとボサボサにしている黒髪が顔に垂れている。

「あんた、ハロウィンパーティーにもダーメンを誘わなかったし」

わたしはため息をついた。こんな会話にはもううんざり。早いとこ教室に行って、授業をきくふりをしながら、ダーメンとテレパシーで話したい。

「そうだよ、でもわたしとダーメンがくっついたのもその晩だったでしょ」

そう言ったとたんに、後悔した。ヘイヴンはプールのそばでわたしたちがキスしているのを見つけて、すごく傷ついていた。

だけどヘイヴンはわたしの言葉を無視した。なにがなんでも自分の言い分を通すつもりらしく、過去の出来事をふりかえってなんかいられないみたいだ。

「それとも、ダーメンに新しい友だちができたことに嫉妬してるってわけ？　彼があんた以外と仲良くしてるから」

「バカバカしい」図星だと思われてもしょうがないほど、返事が早すぎた。「ダーメンにはたくさん友だちがいるんだし」

そうつけ加えてみたけれど、事実とはちがうことがわたしにもヘイヴンにもわかっている。

ヘイヴンはまったく動じることもなく、唇をすぼめてわたしを見ている。

ここまで言ったからには、先をつづけるしかない。

「ダーメンの友だちはあんたでしょ、それにマイルズ、それに――」

それにわたし。でも言いたくない。ヘイヴンの思っているとおり、ダーメンの友だちのリストは悲しいほど短い。それに本当のところ、わたしが一緒にいなければ、ダーメンはヘイヴンやマイルズとも決してつき合わない。ダーメンは自由な時間はすべてわたしに費やしている。一緒にいられないときは、ふたりの距離を埋めるため、絶えず思考とイメージを送りこんでくる。わたしたちはつねにつながっているみたいなものだ。その状態を気に入っていることも、認めないわけにはいかない。ダーメンと一緒にいるときだけは、わたしは本当の自分になれる――心の声がきこえて、エネルギーが感じ取れて、霊が見えるという本当の自分に。ダーメンと一緒にいるときだけは、ガードをはずして本当の自分になれるから。

でも、ヘイヴンは正しいのかもしれないと思わずにはいられなかった。

わたしは嫉妬しているのかもしれない。ローマンは本当にただの感じのいい転校生で、新しい友だちをつくりたがっているだけなのかも――わたしが不気味な脅威だと決めつけているだけなのかもしれない。わたしは本当に偏執的で嫉妬深くて独占欲が強くなりすぎていて、ダーメンがいつもほどわたしにかまってくれないというだけで、彼に捨てられるんじゃないかと無意識のうちに思いこんでいるのかもしれない。

あまりにも情けなくて認めたくない。

わたしは首をふって無理に笑い飛ばした。

「やっぱりバカバカしいよ。こんなのぜんぶ、とにかくバカげてる」

ヘイヴンは薄笑いを浮かべた。

「へーえ。じゃあさ、ドリナのことは？　どう釈明する気？　あんた、会った瞬間から彼女を嫌ってたし、それを否定しようとさえしなかったじゃん。おまけにドリナがダーメンと知り合いだってわかってからは、ますます嫌ってたでしょ」

それをきいて、わたしは身をすくめた。事実だからというだけじゃなく、ドリナの名前を耳にするといつも身をすくめてしまうのだ。自分ではどうにもできない。

でも、ヘイヴンにどう説明すればいいかはさっぱりわからない。ヘイヴンが知っているのは、ドリナが友だちのふりをして、パーティーで自分を置き去りにし、そのまま永遠に姿を消してしまったことだけだ。ついこないだ手首から消した、あの不気味なタトゥー用の毒入り軟膏でドリナに殺されかけたことを、ヘイヴンは覚えていないし、記憶にないことはほかにも——

軟膏！　ローマンはニキビに効くからって、マイルズに軟膏を渡してた！　やっぱり、ローマンはどこかおかしい。わたしの思いこみなんかじゃなかったんだ！

「ねえ、マイルズはいまどの教室にいる?」

見回してみても、マイルズの姿はない。焦りのせいか、離れた相手を察知する能力も役に立たない。まだ使いこなせるようになっていないのだ。

「国語だと思うけど、なんで?」

ヘイヴンは不審そうな顔で見ている。

「なんでもない。とにかく、もう行かなきゃ」

「あっそう。好きにしなよ。でも言っとくけど、あたしはやっぱりあんたは転校生が嫌いなんだと思ってるからね!」

そう叫ぶヘイヴンの声を置き去りにして、わたしはその場を離れた。

校内を全速力で走り、マイルズのエネルギーに意識を集中させて、どの教室にいるのか察知しようと努める。角を曲がって右手にドアを見つけると、考えもせずに、あわてて なかに飛びこんだ。

「なんの用かね?」

折れた白いチョークを手にしながら、先生が黒板からふりかえった。

わたしは教室の前に立ち、ステーシアの取り巻き連中のせせら笑いにひるみながら、呼吸を整えようとした。

「マイルズ――」息切れしながら、彼を指さして言った。

「マイルズに話があるんです。すぐに終わりますから」

先生は腕組みをして、けげんな顔でこっちを見ている。

「重要な話なんです」

そうつけ加えてマイルズをちらりと見やると、彼は目を閉じて首をふっていた。

「退室許可証はもらっているんだろうね？」

先生はたずねた。規則にうるさいタイプだ。

退室許可証があれば先生は文句を言わないとわかってはいたものの、形ばかりの規則にとらわれているヒマはなかった。厄介な事務手続きは、本来は生徒を守るためにあるけれど、いまこの瞬間には、生死を分ける問題への対処を邪魔しているだけだ。

本当に生死を分ける問題かどうかはわからないけど、とにかくその可能性はある。

確信は持てない。だけど、確かめておきたい。

ひどくイラついていたわたしは、ただ首をふって言った。

「わたしが退室許可証を持ってないことぐらい、先生にもわかってますよね。でも、マイルズと外でほんのちょっとだけ話をさせてもらえれば、すぐに彼を授業にもどすって約束しますから」

先生はわたしを見て、どう対処すべきか考えを巡らせていた。

わたしを追いだす、教室まで連れていく、バックリー校長のオフィスに連れていく……考えられるすべての対処方法について検討してから、マイルズに目をやり、ため息をついた。

「よろしい。さっさと済ませなさい」

廊下に出て教室のドアを閉めた瞬間に、マイルズを見て言った。

「軟膏は？」

「へ？」マイルズはぽかんと口をあけている。

「軟膏だってば。ローマンにもらったやつ。こっちにちょうだい。確認しなきゃいけないの」

手を差しだして、指を小さく動かしながら言う。

「エヴァー、アタマどうかしちゃった？」

その場に存在するのは、床に敷きつめられた絨毯《じゅうたん》と灰褐色の壁とわたしたちだけなのに、マイルズはあたりを見回しながらヒソヒソささやいた。

「あんたにはわかってないだろうけど、真剣な話なの」

マイルズを怖がらせたくはないけれど、必要とあらば脅すこともいとわないつもりで、彼をじっと見つめて言った。

「ねえ、時間がないんだから早くしてよ」

「あの軟膏なら、バックパックのなかに入ってるよ」マイルズは肩をすくめた。

「じゃあ、とってきて」

「ちょっとちょっと。マジでどういうこと――?」

わたしは腕組みをしてうなずくだけ。

「いいから、行って。待ってるから」

マイルズはあきれた様子で教室に入っていくと、少しして、苦々しい表情を浮かべながら、手のひらに小さな白いチューブをのせて出てくる。

「ほら。これで満足?」

マイルズは軟膏のチューブをほうってよこした。

チューブを手に取り、確かめる。親指と人差し指でくるくる回してみる。わたしもよく行くドラッグストアにある、見覚えのある製品だ。

どういうこと? さっぱりわけがわからない。

「ねえ、忘れてるかもしれないけど、ボクのお芝居は明日なんだよね。だから、これ以上騒ぎたててストレスを増やさないでほしいんだ。ね、もういいだろ……」

マイルズは手を差しだして、軟膏をとりかえして教室にもどれるのを待っている。

でも、まだ返すつもりはない。どこかに針かなにかであけた穴がないか探した。中身に手が加えられていて、ただの軟膏ではないことを証明するものを。

「今日のランチの席では、きみたちがおとなしかったから、やっとボクの言うことをきいてくれたんだって思ってたのに、なんかもっとひどいことになっちゃってない？　マジでさ、軟膏を使うのかさっさと返すか、どっちかにしてよ」

それでもわたしは返す代わりに、チューブを握って、そこから伝わってくるエネルギーを読もうとした。だけど、それはなんの変哲もないニキビ用軟膏だった。効果バッグンのニキビ用軟膏。

「気が済んだ？」

マイルズはしかめ面だ。

肩をすくめて、チューブを返す。きまり悪いなんてもんじゃない。けれど、チューブをポケットに突っこんで教室のドアに向かうマイルズに、声をかけずにはいられなかった。

「気づいてたんだ？」

言葉が喉に熱く粘りついた。

「なんのこと？」

マイルズはいらだちをあらわに立ち止まった。

「だから、ほら、わたしとダーメンがベタベタしてなかったってこと」

マイルズはふりかえり、大げさにぐるっと目を回してみせてから、わたしとまっすぐ視線を合わせた。

「うん、気づいてた。ボクの忠告をマジメに受け取ってくれたんだと思ってたよ」

わたしはマイルズを見つめた。

「今朝、ヘイヴンとボクはストライキするって言っただろ、きみたちがイチャイチャするのをやめるまで――」

そこでマイルズは首をふった。

「ま、どうでもいいよ。それよりいいかげん、授業にもどりたいんだけど」

「うん、ごめんね。悪かったと思って――」

だけど、最後まで言い終わらないうちにマイルズはいなくなっていて、ドアがぴしゃりと閉められた。

# 6

六時間目の美術の教室に着くと、ダーメンがもう来ているのを見てホッとした。一時間目は忙しかったし、ランチでもほとんど話ができなかったから、ふたりきりで過ごせるひとときを楽しみにしていたのだ。まあ、ふたりきりと言っても、ほかにも三十人の生徒がいる教室で可能なかぎりってことだけど。

でも、スモックを着て道具を用意したあとで、またもやローマンがわたしの席（もちろんダーメンの隣）を占領しているのが見えると、心が沈んだ。

「やあ、エヴァー」

ローマンはまっさらなキャンバスをわたしのイーゼルに置きながら声をかけてきた。

わたしは自分の絵の道具を両手に抱えて、ダーメンを見つめながら立ち尽くしていた。

ダーメンは自分の絵に没頭していて、まったくこっちに気づいていない。

ローマンにそこをどいてと言おうとしたとき、「あんたは転校生を嫌っている」とヘイヴンに言われたのを思いだした。ヘイヴンの言うとおりかもしれないと不安になり、無理に笑顔をつくって、ダーメンの向こう側にあるイーゼルにキャンバスを置く。明日はもっと早く教室に来て指定席を取りかえそう、と心に誓いながら。

「さてと。美術はどんな課題なのかな?」

ローマンは前歯で絵筆をくわえて、わたしとダーメンを交互に見やりながら、イギリス訛《なま》りでたずねた。

これもだ。わたしはイギリス訛りが好きで普段ならうっとりききほれるところだけど、ローマンの場合は、耳ざわりなだけ。でも、耳ざわりに感じるのは、インチキなイギリス訛りだからかもしれない。ローマンがかっこつけようとしているときだけイギリス訛りを織り交ぜているのはあきらかだ。

だけど、そう思うと同時に、また罪悪感を覚えた。やりすぎなぐらいかっこつけようとするのも、自信のなさの表れだ。そのくらい誰にでもわかる。この学校での初日なんだから、ちょっとばかり自信がなくなるのも当然じゃない?

「いまは〝主義《イズム》〟が課題なの」

胃のなかがチクチクする感じはしつこくつづいていたけれど、わたしは親切にふるまおうと決めた。

「先月は自分の描きたい〝イズム〟を選んだんだけど、今月は全員、そのとき誰にも選ばれなかったフォトリアリズムをやってるのよ」

ローマンは、わたしの伸びた前髪からゴールドのハワイアナスのサンダルまで、すうっと視線をおろしていく。ゆっくりと舐めるように全身を見つめられて、胃がねじれるような感覚を覚えた——いい意味じゃなく。

「なるほど。つまり、写真みたいに本物っぽい絵を描くってことか」

ローマンはわたしの目を見つめて言った。

彼の目を見つめかえす。ローマンはちょっと長すぎるぐらい見つめていたけど、こっちから先に目をそらしたりするつもりはない。決着するまでこのゲームを降りるものかと決めていた。表面的には優しそうに見えても、ローマンの目つきにはどこか暗く威嚇《いかく》的なところがある。まるで挑んでいるかのように。

ううん、気のせい。

そう思ったつぎの瞬間に、ローマンはウインクしながら、こう言った。

「アメリカの学校って最高だな！　ぼくの故郷のじめついたロンドンじゃ、実践より理論ばっかりだったよ」

それをきいたとたんに、自分の批判的な思いこみが恥ずかしくなった。ローマンはロンドン出身で、つまり彼のイギリス訛りは本物だった。そのうえ、わたしよりずっと霊能力の高いダーメンは、ローマンをちっとも警戒していない。むしろ、ローマンを気に入っているようだ。ということは、ヘイヴンの言い分は正しいということで、こっちはますます分が悪い。

わたしは本当に嫉妬深いんだ。

それに、独占欲が強い。

そして、偏執的。

おまけに、転校生というものが嫌いらしい。

深々と息を吸いこみ、喉がつかえて胃がぎゅっと締めつけられるのを覚えながら、最初はつくり声になるにしても、とにかく感じのいい声をだそうと努めた。

「なんでも好きなものを描けばいいのよ」

愛想のいい明るい声で言った。交通事故で家族全員を亡くし、不死になることでダーメンに救われる前の暮らしでは、わたしはこんな話しかたばかりしていた。

「写真みたいに本物そっくりに描けばいいだけ。なににインスピレーションを受けたのか示すためと、先生の評価を受けるためにも、実際の写真をもとにすることになってるの。そうすれば、写真にどれだけ近づけられたか証明できるでしょ」

ダーメンに視線を投げた。わたしたちの話、きいてるのかな？　描くのに専念してるみたいだけど。

「彼はなにを描いてるの？」

ローマンはダーメンのキャンバスを顎でしゃくりながらたずねた。〈夏世界《サマーランド》〉の花盛りの野原が完璧に表現されている。葉っぱの一枚一枚、水滴の一粒一粒、花びらの一片一片に至るまで、輝くばかりの質感があり、まるで本当にその場にいるみたい。

「パラダイスみたいだね」とローマンはうなずいた。

「そうよ」

わたしはささやいた。ダーメンの絵にすっかり圧倒されてしまって、返事が早すぎた。考える間もなく言葉が口をついて出ていた。〈夏世界〉はただの神聖な場所じゃない——わたしたちの秘密の場所。守ると誓ったたくさんの秘密のうちのひとつだ。

ローマンは眉をあげてこっちを見た。

「実在する場所なのかな？」

だけど、わたしに答える間も与えず、ダーメンが首をふって言った。

「実際は、ぼくが考えたつくりものの世界で、頭のなかだけに存在する場所だ」

そしてこっちに一瞥をくれて、テレパシーでメッセージを送ってきた――〝気をつけろ〟。

「実在することを証明する写真がないのにどうやっていい評価をもらうんだ?」

ローマンにそうたずねられても、ダーメンは黙って肩をすくめただけで、また絵を描く作業にもどった。

けれどローマンは相変わらずわたしとダーメンをちらちら見比べながら、いぶかるように目を細くしている。このままほうっておくわけにはいかなかった。

「ダーメンはルールに従うのがあまり好きじゃないの。どっちかというと、自分でルールをつくっちゃうタイプだし」

わたしに学校をサボらせたり、競馬場で賭《か》けさせたり、もっと悪いことをさせたときのことを思いだしながら言った。

ローマンがうなずいて自分のキャンバスのほうを向くと、ダーメンからテレパシーで赤いチューリップのブーケが送られてきた。

うまくいったみたい。わたしたちの秘密は無事に守られた。万事オーケー。

絵筆を取り、自分の絵に取りかかった。終業のチャイムが鳴るのが待ち遠しい。家に帰れば、ダーメンとまたレッスンを始められるから。

授業が終わると、わたしたちは荷物をまとめて駐車場に向かった。転校生には親切にしたいけれど、ローマンが駐車場の反対側に車を停めたとわかると笑みを浮かべずにはいられなかった。

「じゃあまた明日ね」

ローマンと距離を置けることにホッとした。みんなはあっという間に彼に夢中になったのに、わたしはいくらがんばっても好意を寄せられない。

車のドアをあけ、バックパックをどさっと床にほうった。

「マイルズは舞台のリハーサルがあるから、まっすぐ家に帰るけど。どうする？」

運転席に乗りこみながらふりかえると、すぐ目の前にダーメンがいてびっくりした。顔をこわばらせて、ごくごく小さく体を左右に揺らしている。

「ねえ、大丈夫？」

手のひらで頬に触れ、まさかとは思いつつも、病気の徴候がないか確かめてみる。ダーメンが首をふってわたしを見たとき、ほんの一瞬、すべての色がさあっと消えた。けれど、まばたきする間に元にもどった。

「ごめん、ただちょっと――頭がぼんやりして」

ダーメンは鼻梁《びりょう》をつまみ、目を閉じて言った。

「でも、あなたは決して病気にならないし、わたしたちは病気しないんじゃないの?」

動揺し、車のなかのバックパックに手を伸ばす。不死のドリンクをひと口飲めば、具合がよくなるかもしれない。ダーメンはわたしよりずっと多く飲まなくてはいけないらしい。確かな理由はわからないけど、六世紀にわたって飲みつづけてきた結果、ある種の依存状態になっているらしく、年々飲む量が増えているという。

いずれわたしも飲む量がだんだん増えていくということだろう。そうなるのはまだ先のように思えるけれど、それまでにダーメンから不死のドリンクの調合を教わっておきたい。そうすれば、四六時中お代わりをせがんで困らせずに済む。

わたしが差しだすまでもなく、ダーメンは自分の不死のドリンクのボトルを取りだして長々とあおり、わたしを引き寄せると、頬に唇を押しあてて言った。

「大丈夫だよ。本当に。さ、家まで飛ばそうか」

# 7

ダーメンは車を飛ばす。とんでもない速さで。

先進の超能力レーダーみたいなもので、警察や対向車両、歩行者、迷子の動物、そのほか通行の妨げになるあらゆるものを察知できるからといって、濫用《らんよう》することないのに。

でもダーメンはそうは思っていない。わたしが到着したときには、彼はとっくにわが家の玄関ポーチに立っていた。

「帰ってこない気かと思ってたよ」

ダーメンはそう言って笑い、二階のわたしの部屋までついてきた。ベッドにどさっと倒れこんで、わたしを引き寄せ、時間をかけてすてきなキスをする――わたしが止めなければ決して終わることのないキス。こうして彼の腕に抱かれたまま、永遠の時間を費やしたい。わたしたちは無限の日々を共に過ごせるのだと思うだけでも、怖いぐらい幸せを感じる。

そうはいっても、初めて真実を知ったときにはかなり動揺した。動揺のあまり、頭の整理がつくまで、しばらくダーメンとの距離を置いたぐらいだ。

だって、こんなことを言われるなんて、そうあることじゃない――ああ、ところでぼくは不死人《イモータル》なんだけど、きみも不死にしておいたよ。

最初はダーメンの話を信じる気にはなれなかったけれど、交通事故で命を失ったわたしを生き返らせたときに彼がじっと目を覗きこんだこと、高校で初めて会ったときにその目に懐かしさを覚えたことなどをひとつとおりきかされると、真実であることは否定のしようがなかった。

だからって、その事実を喜んで受け入れられたかといえば、話はべつだ。臨死体験（わたしは本当に死んだのだから、〝死にかけた〟のとはちがうのだけど）によってもたらされた力に対処するだけでも大変だった。わたしは他人の思考がきこえたり、触れるだけで相手の人生が見えたり、死者と話せたりするようになった。ただ、不死人になるということは、向こう側への橋を渡ることができないということでもある。橋を渡って死んだ家族と再会することは決して叶わない。そう、かなり大きな代償を払ったことになる。

しぶしぶ唇を離し、ダーメンの瞳を見つめる――四百年にわたって見つめつづけてきた瞳を。いくらがんばっても、わたしには過去のことは思いだせない。六百年間、死ぬことも生まれ変わることもなく、ずっと変わらずにいるダーメンだけが、その鍵を握っている。

「なにを考えてるんだ？」

ダーメンの指が頬をなぞり、触れられたところに熱が残る。

ダーメンがいまという時間を生きることを大切にしているのはわかってるけど、わたしは自分の歴史を――ふたりの歴史をもっと教えてもらおうと決めて、大きく深呼吸をした。

「初めて会ったときのことを考えてたの」

それをきいて、ダーメンは眉をあげて首をふった。

「そう、あの頃のことで、具体的にはどんなことを覚えてる？」

「なにも。ひとつも覚えてない。だから、教えてほしいなと思って。なにもかも話してくれなくてもいいの。過去をふりかえるのをあなたがいやがることは知ってる。ただ、どうやってすべてが始まったのか、知りたくてしょうがないだけ。わたしたちがどんなふうに出会ったのか」

ダーメンは身を離して仰向けになると、唇をぴくりとも動かさずじっとしている。これが返事なのだろうかと不安になった。

「ね、お願い」

ちょっとずつ彼に近づき、体をくっつけて丸くなりながら呟《つぶや》いた。

「あなたはすみずみまで知ってるのに、わたしだけ暗闇に取り残されてるなんて、不公平でしょ。少しは教えて。わたしたちはどこに住んでたの？　わたしはどんな姿だった？　どうやって出会ったの？　ひと目惚《ぼ》れだった？」

ダーメンはごくわずかに身じろぎし、やがて体を横向きにすると、わたしの髪に手をうずめながら話した。

「一六〇八年のフランスだった」

わたしはゴクリとつばを飲み、すばやく息を吸って、話のつづきを待った。

「正確にはパリだ」

パリ！　繊細な刺繍《ししゅう》のドレス、ポン・ヌフの上で人目を忍んでするキス、宮廷の噂話《うわさ》……そんなものが頭にパッと浮かんだ。

「ぼくは友人の邸宅で開かれた夕食会に出席していた――」

ダーメンはそこで口をつぐみ、数世紀前に思いを馳《は》せる遠い目になった。

「きみは召使いとして働いていた」

え、召使い？

「召使いのひとりだ。友人はとても裕福だったからね。使用人を大勢雇っていたんだ」

横たわったまま、呆然《ぼうぜん》としていた。こんな話をきかされるなんて、予想していなかった。

「けれど、きみはほかの連中とはちがった」ダーメンはささやくような低い声で言った。「美しかった。なみはずれて美しかった。いまのきみとよく似ていたよ」

彼はわたしの髪をひと房つかんで、手触りを楽しんでいる。

「それにいまと同じく、きみには両親がいなかった。火事で家族を失ってね。無一文で支えてくれる身寄りもなく、ぼくの友人に雇われたんだ」

どう思えばいいのかわからず、大きく息を吸いこんだ。同じようなつらい経験をくりかえさなきゃいけないんだとしたら、生まれ変わることに意味はあるの？

「それに、きみの言ったとおり、ひと目惚れだった。ぼくはどうしようもなくすっかり恋に落ちた。きみをひと目見た瞬間、もういままでと同じ人生は生きられなくなるとわかったんだ」

ダーメンに見つめられ、指でこめかみに触れられて、その視線に吸いこまれていく。まるで実際にその場にいるみたいに、目の前にあざやかな場面が広がった。

わたしのブロンドの髪は帽子の下に隠れ、青い目は恥じらい、他人と視線を合わせるのを恐れている。くすんだ茶色の服を着て、指はたこだらけで、未開の美しさはたやすく見過ごされてしまう。

けれどダーメンは見抜いている。わたしが部屋に入った瞬間、彼の目はわたしの目を捉えた。みすぼらしい身なりの内側で、隠れることを拒んでいる魂を、ダーメンは見透かしている。あでやかな漆黒の髪と瞳……優雅で洗練されていて、端整な顔だち――わたしは彼から目をそらす。彼の上着のボタンだけでも、自分の一年間の稼ぎよりも価値があるとわかっているから。住む世界のちがう相手だと、ひと目でわかる……。

「しかし、ぼくは慎重に行動しなければならなかった。それは――」

「もうドリナと結婚してたからでしょう?」

そっと呟いた。頭のなかでくり広げられている場面では、晩餐会《ばんさんかい》の招待客のひとりがドリナのことをたずね、わたしとダーメンが一瞬視線を交わしていた。ダーメンはこう答えていた。

「ドリナはハンガリーにいる。ぼくたちは別々の道を行くことになったんだ」

ゴシップの種になると知りながらも、彼は人にどう思われるかを気にするより、わたしにそのことを伝えたがっている……。

「ぼくとドリナはすでに別々に暮らしていたから、そこは問題にはならなかった。ぼくが慎重に進まざるをえなかったのは、当時は階級のちがう相手と親しくつき合うと、世間の不興を買うことになったからだ。きみはとても純真で、いろいろな意味で脆《もろ》い存在だったから、きみを困らせるようなことはしたくなかった。きみがぼくと同じ気持ちじゃないとなれば、なおさらだ」

「でもわたしも同じ気持ちだった！」

場面が移り、わたしが町に行くたびにダーメンとばったり出くわしているのが見えた。

「申し訳ないが、ときどききみのあとをつけさせてもらったんだ」

ダーメンは悔しそうな顔でわたしを見ている。

「何度も偶然の出会いがつづいたあとで、きみがぼくを信じてくれるようになるまで。そして……」

そしてわたしたちは秘密の逢瀬《おうせ》を重ねていた。召使いの出入り口のすぐ外でひそかに口づけを交わしたり、暗い路地やダーメンの馬車のなかで激しく抱き合ったり……。

「秘密にできていると思っていたのは、まちがいだった」

ダーメンはため息をついた。

「ドリナはハンガリーになど行っていなかった。ずっとそこにいたんだ。ぼくらを見張り、計画を練り、ぼくを取りもどそうと決めていた――どんな犠牲を払うこともいとわずに」

ダーメンは四世紀分の嘆きを顔に表して、深々と息を吸いこんだ。

「エヴァー、ぼくはきみを大切にしたかった。きみの心が望むものはなんでも差しだしたかったし、生まれながらのプリンセスのように扱いたかった。ぼくと一緒にパリを離れることを、ついにきみが受け入れてくれたときほど、幸せと生きている実感を味わえたことはなかった。ぼくたちは真夜中に落ち合うことになっていた――」

「けれど、わたしはとうとう現れなかった」

ダーメンの姿が見えている。取り乱した様子で不安そうにうろうろと歩き回り、わたしの気が変わったのだと確信している……。

「翌日になって、きみが事故で死んだことを知った。ぼくに会いに来る途中で、馬車に轢《ひ》かれたことを」

ダーメンの顔には、悲しみの色がありありと浮かんでいた。魂を押しつぶす耐えがたい圧倒的な悲しみが。

「その頃はドリナのせいだとは夢にも思わなかった。彼女がきみに白状するまで、そんなことは考えもしなかった。事故だとばかり思っていた。恐ろしい、不幸な事故だと。ぼくはすっかり悲しみに打ちひしがれていて、ほかの理由を疑うどころじゃなかったし」

「当時わたしはいくつだったの?」

まともに息ができなかった。若かったのはわかっているけど、詳しく知りたかった。

ダーメンはわたしを引き寄せ、顔を撫でながら言った。

「きみは十六歳で、エヴァリンという名前だった」

「エヴァリン……」若くして孤児になり、ダーメンに愛され、十六歳で死んだ――いまの自分とそう変わらない悲しい境遇にあったかつての自分に対し、瞬時につながりを感じた。

「それから何年とたたずに、ニューイングランドでピューリタンの娘として生まれ変わったきみを見つけたんだ。おかげでぼくはまた幸せというものを信じるようになった」

「ピ、ピ、ピ、ピ、ピューリタンの娘?」ダーメンの目を覗きこむと、地味な青いワンピースを着た黒髪に青白い肌のわたしの姿が見えた。

「地味な人生ばっかりね。で、今回はどんな恐ろしい事故で死んだわけ?」

「溺死《できし》だった」

ダーメンはため息をついた。その言葉をきいた瞬間、またも彼の悲しみに圧倒された。

「ぼくはすっかり打ちひしがれ、何年も住んだり離れたりをくりかえしていたロンドンへと船でもどった。そしてチュニジアに向かおうとしていたとき、きみが美しく裕福で、言ってみればかなり甘やかされた領主の娘としてふたたび姿を現した」

「見せて！」

魅力的な人生を見てみたくて、ダーメンに鼻をすりつけた。ダーメンに生え際をなぞられると、ゴージャスなグリーンのドレスに身を包み、髪を複雑なアップスタイルにして、宝石を身にまとった、すてきなブルネットの娘の姿が見えた。

お金持ちで、甘やかされた、恋多き女――彼女の人生はパーティーと買い物旅行の連続。彼女には複数の相手がいた。ダーメンに出会うまでは。

「今回はなにがあったの？」

その姿を見送るのは悲しかったけれど、どうやって死んだのか知りたかった。

「恐ろしい転落死だった」ダーメンは目を閉じた。

「その頃には、これはぼくへの罰なのだと確信していた――永遠の命と引き換えに、愛のない人生を送ることが」

ダーメンは両手でわたしの顔を包みこんだ。その指に触れられると、えもいわれぬ愛情と敬意の念が伝わり、快いあたたかなうずきを感じる。わたしは目を閉じ、彼にさらに身を寄せた。互いの体をぴたりと密着させ、彼の肌の感触を味わうことだけに集中する。ふたりを取り囲むすべてのものが消えていき、ついにはわたしたちふたりのほかはなにもなくなる――過去もなく、未来もなく、存在するのはいまこの瞬間だけだ。

わたしはダーメンと一緒にいて、ダーメンはわたしと一緒にいる。それが永遠につづくはず。これまで生きてきた数々の人生も興味深いものだったけど、それもわたしたちをいまのこの人生に導くために存在していただけのことだ。そしてドリナがいなくなったいま、ふたりを邪魔するものはなにもない。わたしたちが前に進むのを止められるものはなにもない。これまでに起きたことはなにもかも知りたいけれど、いまはまだ待てる。いいかげんつまらない嫉妬心や不安にとらわれず、言い訳を探すのはやめて、そろそろ大きな一歩を踏みだしてもいいときだ。

そのとき、ダーメンは唐突に身を離した。わたしは一瞬ぽかんとしたあとで、ダーメンに寄り添った。

「どうしたの?」

ダーメンは必死に呼吸しようとしながら、親指でこめかみを押さえている。こっちを向いたときには、わたしが誰だかわからないようだった。ダーメンの視線はわたしをまっすぐ通り抜けていた。

だけど、それに気づいた瞬間には、その状態は過ぎ去っていた。ダーメンが目をこすり、頭をふってこっちを見たときには、いつもどおりの愛とぬくもりが伝わってきた。

「こんな感覚になるのは、いつ以来かな――」

ダーメンは口をつぐみ、虚空をにらんだ。

「いや、初めてかもしれない」

そしてわたしが心配そうな顔をしているのに気づくと、こうつけ加えた。

「もう大丈夫だよ、本当に」

それでもわたしが手を離さずにいると、ダーメンはほほえんだ。

「そうだ、ちょっと〈夏世界《サマーランド》〉に行ってみようか？」

「ほんと？」

初めてそのすばらしい場所（次元と次元のあいだに存在する魔法の次元）を訪れたとき、わたしは死んでいた。その美しさにすっかり魅せられて、立ち去りがたかった。二度目は、ダーメンが一緒だった。そこで叶えられる数々のすてきなことを彼に見せられてから、もう一度訪れてみたいと思い焦がれていた。だけど〈夏世界〉に出入りできるのは高い霊能力の持ち主（あるいはもう死んでいる人）だけだから、わたしひとりでは行くことができないのだ。

「行けない理由でもあるのか？」ダーメンは肩をすくめた。

「うーん、わたしのレッスンはどうするの？」

実際にはレッスンよりも、どんなことでも努力抜きで瞬時に叶ってしまう〈夏世界〉に行きたくてたまらないくせに。

「それに、あなたの調子があまりよくなさそうっていうのもあるし」

もう一度ダーメンの腕を握り、いつものあたたかさと肌をうずかせる感覚がまだ完全にはもどっていないことに気づいた。

「〈夏世界〉で学べることもあるよ。それにあれを飲めば、入り口を開くだけの元気を取りもどせるはずだ」

そう言ってダーメンはほほえんだ。でも、赤いドリンクを何度か飲んでみても、入り口は開かなかった。

「わたしも手伝おうか？」ダーメンの額の汗を見て、たずねた。

「いや……あと少し……あと少しで開くはずだ。少し待ってくれ」

ダーメンはなにがなんでもやり遂げるつもりなのか、顎を引きしめてもごもごと呟いた。

何分か待ってみたけれど、なにも起こらなかった。

「どうなっているんだろう。前にこんなことがあったのは……いや、初めてだ」

ダーメンは顔をしかめた。

「具合が悪いせいかもね」

ダーメンはもうひとロドリンクを飲み、さらに飲んだ。それから目を閉じてまた試してみても、結果はまったく同じだった。

「わたしに試させてくれない？」

「無理だよ。きみはやり方を知らないだろう」

ダーメンの声にはいくらか棘があったけど、それはわたしに対してというより、自分自身に対するいらだちのせいだとわかっていたから、あまり気にしないことにした。

「やり方を知らないってことは知ってるけど、教えてもらえれば、もしかして——」

けれど、最後まで言い終えないうちに、ダーメンはベッドから起きあがり、わたしの前を行ったり来たりしはじめた。

「過程が大事なんだよ、エヴァー。〈夏世界〉に行く方法を習得するまでは、何年もかかる。本の中盤をすっ飛ばして結末だけ読むわけにはいかないんだ」

ダーメンは首をふり、わたしの机にもたれた。身をこわばらせ、目を合わせようともしない。

「じゃあ、出だしも中盤も結末も知らずに最後に本を読んだのはいつ？」わたしはにやりとした。

ダーメンはけわしい顔でこっちを見てから、ほんの一瞬間を置き、ため息をついて近づいてくると、わたしの手を取って言った。

「試してみたいのか？」

わたしはうなずいた。

ダーメンはうまくいくとは思っていないようだったけれど、なによりもわたしを喜ばせたがっていた。

「わかった、じゃありラックスして。でもそんなふうに脚を組んじゃだめだ。〝気〟が断ち切られてしまうからね」

「〝気〟って？」

「〝エネルギー〟のべつの呼び方だよ」

ダーメンはにっこりした。

「蓮華座《れんげざ》なら組んでも問題ないけどね」

ビーチサンダルを脱ぎ捨て、裸足で絨毯の上に立つと、興奮を抑えつつできるだけ肩の力を抜いてリラックスしようとした。

「本来ならじっくりといくつもの瞑想《めいそう》を重ねる必要があるんだけど、きみはもうずいぶん進歩してるし、時間を短縮するためにもいきなり本題に入るよ、いいね?」

わたしはうなずいた。早く始めたくてうずうずしている。

「目を閉じて、柔らかな黄金色にゆらめく光のヴェールを目の前に思い浮かべるんだ」

ダーメンはわたしと指をからめた。

言われたとおり、前に〈夏世界〉に導いてくれたのとそっくり同じヴェールを思い浮かべる。ドリナから救うため、ダーメンがわたしの前にだしてくれたヴェールを。それはあまりに美しく、あでやかで、きらきら輝いている。わたしは喜びに胸をふくらませ、きらめく光のシャワーに浸りたくて手を伸ばした。あの神秘的な世界に早くもどりたくてたまらない。けれど手を入れようとしたとたん、ヴェールはみるみる縮んでいき、部屋のなかに引きもどされた。

「嘘みたい! もうちょっとだった!」

わたしはダーメンのほうを向いた。

「すぐ目の前にあった! ねえ、見た?」

「かなり惜しいところまでいったな」

ダーメンの視線は優しかったものの、笑顔はこわばっていた。

「もう一度チャレンジしてみる？　今度はふたりで一緒にやってみるとか？」

そう言ってみたけれど、ダーメンは首をふって顔をそむけた。すぐに希望は消えた。

「いや、さっきもふたりでやってたんだ」

ダーメンは呟き、額の汗を拭いて視線をそらした。

「残念だけど、ぼくはあまりいい先生じゃなかったみたいだな」

「バカ言わないで！　ダーメンは最高の先生よ。ただ今日はちょっと調子がよくないだけで……」

ダーメンを見ると、ちっとも心が動いてないようだ。だから戦略を変えて、責任を自分にもどすことにした。

「わたしのせいだよ。わたしがだめな生徒なの。怠け者で、愚痴《ぐち》っぽくて、レッスンからあなたの気を散らしてばかりいるから」

ダーメンの手をぎゅっと握りしめた。

「でももうそんなことしない。ちゃんと真剣に取り組むつもり。だからもう一度だけチャンスをちょうだい。きっとできるから」

ダーメンはわたしを見た。うまくいくはずがないと思いながらも、わたしをがっかりさせたくないのだ。手を取り合って、目をつぶり、ふたりでもう一度あの輝かしい光を心に描いてみた。

ヴェールが形を取りはじめたとき、サビーヌ叔母さんが玄関を入って二階にあがってきた。すっかり油断していたところを見つかって、わたしとダーメンはあわててパッと身を離した。

「ダーメン、家の前に停まっているのはあなたの車よね」

サビーヌ叔母さんは上着を脱いで、部屋に入ってきた。弁護士事務所の張りつめたエネルギーをいまだにまとったまま、ダーメンと握手を交わし、彼の膝に置かれたボトルに視線を注いだ。

「エヴァーをそのドリンクに夢中にさせたのはあなただったのね」

叔母さんは目を細くして唇をすぼめ、必要な証拠はすべて揃っているというように、わたしたちを見比べた。

喉の奥からパニックが湧きあがってきて、どう説明するつもりだろうと思いながら、ダーメンをちらりと見やった。けれども彼は笑い飛ばしただけだった。

「バレたか！　このドリンク、たいていのやつらはうまいと思わないんだけど、なんでかエヴァーはハマっちゃったみたいで」

ダーメンは、魅力的とまではいかなくても、説得力のある笑みを浮かべてみせた。だけどサビーヌ叔母さんはまったくごまかされることなく、ダーメンをじっと見つめたままだ。

「いまではこの子、それ以外には食欲をそそられないみたいなのよ。こっちがいくら食料品を買いこんでも、食べようとしないんだから」

「ちがうでしょ！」

叔母さんがまたこの話題を持ちだしたことに、わたしはいらだっていた。ダーメンの前とあってはなおさらだ。けれど叔母さんのブラウスについたチャイラテのしみを見ると、いらだちは怒りに変わった。

「それ、どうしたの？」

叔母さんがまたあの店に行くのを思いとどまらせるためには、どんなことでもしなければと思いながら、恥辱の烙印《らくいん》でもあるかのように、ブラウスのしみを指し示した。

叔母さんはブラウスを見おろすと、しみを指でこすりながら思いを巡らせたあとで頭をふり、肩をすくめて答えた。

「人とぶつかったの」

あっけらかんとした物言いからすると、ムニョス先生ほど朝の出会いに強い印象を受けたわけではなさそうだ。

「ところで、土曜のディナーの約束に変更はないわよね？」

叔母さんにそう言われて、ハッとした。ダーメンに話しそびれていたから、彼にはなんのことだかさっぱりわからないはずだけど、とにかくうなずいてほほえんで肯定的な返事をするようテレパシーで促した。

「八時に予約しておいたから」

頼んだとおりダーメンがうなずいてほほえむのを、息を詰めて見つめる。ダーメンはそこからさらに一歩踏みだしてこうつけ加えた。「必ず行きます」

ダーメンがサビーヌ叔母さんと握手を交わしたあと、わたしは彼を玄関まで送っていった。からまりあう指と指から、あたたかな心地よい振動が全身に伝わってくる。わたしはダーメンを見あげて言った。

「ディナーの件、いろいろとごめんね。叔母さんが忙しさにかまけて忘れちゃうんじゃないかって期待してたんだけど」

ダーメンはわたしの頬に唇を押しあてて、するりと車に乗りこんだ。

「叔母さんはきみを心配してるんだよ。ぼくが誠実できみを傷つけることのない、ふさわしい男か確かめたいんだ。それに嘘じゃなく、こういう経験は前にもあったよ。まあ、一度か二度はきわどいこともあったかもしれないけど、審査を通らなかった記憶はないんだ」

ダーメンはにっこりした。

「ああ、わかった、きわどかったのは厳格なピューリタンの父親が相手のときでしょ」

きっといかにも高圧的な父親タイプだったんだろう。

「いや、びっくりすると思うよ。裕福な領主のほうがずっと監視が厳しかったんだ。それでもぼくはどうにかこっそり出入りしてたけどね」

ダーメンは声をたてて笑った。

「いつかあなたの過去も見せてほしいな。わたしと出会う前の人生がどんなものだったのか。お家のことや、ご両親のこと、どうやって不死人になったのか……」

最後のほうは小声になった。ダーメンの目に苦悩が宿るのを見て取り、この件についてはまだ話したくないのだとわかったから。彼はいつも心を閉ざし、話そうとしないけれど、そのせいでかえって気になってしまう。

「どれもどうでもいいことだ」

ダーメンはわたしの手を離し、目をそらしたい一心で車のミラーをいじりながら言った。

「大事なのは、いまなんだから」

「うん、そうなんだけど」

好奇心だけできいてるんじゃなくて、ふたりの距離や絆《きずな》にかかわることだから、わたしを信じて昔の秘密を打ち明けてほしい、と説明しようとした。けれど、またダーメンを見て、無理強いはできないとわかった。それに、わたしこそもうちょっと彼への信頼を深めてもいい頃かもしれない。

「考えてたんだけど……」シャツの裾をいじりながら言う。

ダーメンは車をバックさせようと、クラッチに手をかけながら、こっちを見た。

「予約を入れてもらおうかなって」

唇をきゅっと結び、ダーメンを見つめてうなずいた。

「ほら、《モンタージュ》か《リッツ・カールトン》に」

美しい漆黒の瞳に見つめられながら、息を詰めてそうつけ加えた。

「本当にいいのか?」

わたしはうなずいた。そう、本当にそれでいい。このときが来るのを何百年も待っていたんだから、これ以上遅らせる必要なんかない。

「そうしたいの」

目と目を合わせて、そう言った。

ダーメンはほほえみ、今日初めて明るい顔を見せた。いつものダーメンらしくない、これまでの奇妙なふるまい（学校でのよそよそしい態度、〈夏世界〉への入り口を開けなかったこと、具合が悪いこと）があったものの、普段どおりの彼にもどっているのを見て、すごくホッとした。ダーメンはいつだってとても強くて、美しくて、無敵の存在だ。弱ったり、うまくいかないなんてこととは無縁の彼が、あんなふうになっているのを見ると、自分では認めたくないぐらい心をかき乱されてしまう。

「さっそく予約を入れるよ」

ダーメンはわたしの両手いっぱいの深紅のチューリップをつくりだすと、走り去った。

# 8

翌朝、駐車場でダーメンに会うと、不安はすべて吹き飛んだ。車のドアをあけて手を取ってくれたときのダーメンはすごく元気そうで、びっくりするほどハンサムで、その目からは昨日の違和感はすっかり消えうせていた。わたしたちはかつてないほど深い愛に包まれていた。

ダーメンは授業のあいだずっと、わたしの手を離そうとしなかった。しきりに身を寄せてわたしの耳元でささやいているのを見て、ロビンズ先生はいらだち、ステーシアとオナーはうんざりしていた。そして昼休みのいまも、ちっとも減速することなく、ダーメンはわたしの頬を撫で、瞳をじっと覗きこみ、赤いドリンクを飲むときだけ中断してはまた甘い言葉をささやきかけてくる。

いつもならダーメンがこんな態度をとるのは、もちろん愛情から、そしてときにはすべての音とエネルギー（絶えずわたしに襲いかかってくるあらゆる光景、音、色）をトーンダウンさせるためだ。数か月前に、なにもかもをシャットアウトできるシールドをつくったけれど、わたしは結局それをまたはずしてしまった。あれ以来、不必要なエネルギーをブロックしつつ、必要なエネルギーにだけ波長を合わせる方法を、わたしはまだ見つけられずにいる。ダーメンは経験したことがないから、どうやって教えればいいのかわからないのだ。

でもダーメンがわたしの人生にもどってきてからは、そこまで差し迫った問題ではなくっている。彼の声をきくだけで世界は静まりかえる。彼の目を覗きこむと、まるで磁石に引き寄せられるみたいに、あたたかい心地よさに引きつけられる。存在するのはわたしと彼だけで、あとのすべては消えうせてしまうみたい。ダーメンはわたしの完璧なシールド。わたしの究極の片割れ。一緒にいられないときでさえも、彼が送ってくるテレパシーの思考や映像は同じ作用でわたしをなだめてくれる。

けれども今日、甘いささやきのすべては、わたしを守るためだけのものじゃない。話題のほとんどは、この先のプランに関するものだ。ダーメンが《モンタージュ》に予約したスイートルームのこと。彼がこの夜をどれほど長いこと待ちわびてきたかということ。

「四百年もなにかを待つのがどんな気分かわかるか？」

ダーメンはわたしの耳を甘嚙みしてささやく。

「四百年？　六百年生きてるんじゃなかったの？」

彼の顔をもっとよく見ようと、わたしは身を離した。

「不幸なことに、きみと出会うまで二世紀ほどかかったものでね」

ダーメンはささやき、唇を首筋から耳へと這《は》わせた。

「さらに言っておくと、ひどく孤独な二世紀だったよ」

わたしはハッと息をのんだ。孤独だったといっても、ひとりだったということにはならない。それどころか、その反対だ。だからといって、そのことを責めたりはしない。実際、ひと言も触れずにいた。そういうこともすべて、もう気にしないと決めたんだから。不安を乗り越えて前に進むと約束したんだから。

わたしのいない最初の二百年をダーメンがどう過ごしたのか、考えたくはない。

わたしを失ったという事実を四百年間どう乗り越えてきたのかということも。

ましてや、わたしより六百年早いスタートを切って、なんていうか、その官能的なテクニックを学んで磨いてきたことなんか、ちらりとも考えたくない。

それに、彼がその長い歳月にお知り合いになった、美しくて世慣れた経験豊富な女性たちのことをくよくよ考えこむつもりは、まったくもってさらさらない。

そう。

絶対にだめ。

そんなこと、ちょっとでも考えてはだめ。

「六時に迎えに行けばいいかな?」

ダーメンはわたしの髪をうなじで束ね、長いブロンドの縄のように編みながら言った。

「まずはディナーに行こうか」

「どうせ食べないでしょ」

「ああ、そうだね。確かに」

ダーメンはにこっとして、わたしの髪から手を離した。髪は肩に垂れ、腰へとすべり落ちる。

「きっとほかになにかすることは見つけられると思うけど」

わたしはほほえんだ。サビーヌ叔母さんにはヘイヴンの家に泊まると話してある。厳しく追及されないことを願うばかりだ。前はあっさりわたしの言葉を信じてくれていた叔母さんは、飲酒がバレて停学になり、基本的にものを食べなくなってからは、厳しく目を光らせるようになっている。

「本当にいいのか?」

ダーメンはわたしの顔に浮かんでいるのをためらいの表情と見誤ってたずねた。ほんとはただ緊張しているだけなのに。

わたしは笑顔を見せると、しつこくつきまとう不安をふりはらいたくて、彼に身を寄せてキスをした。それと同時にマイルズがテーブルにバッグをほうって言った。

「ちょっとヘイヴン、見てよ！　復活しちゃったよ！　KYカップルの復活だ！」

わたしは気まずさに顔を赤くしてダーメンから身を離した。

ヘイヴンが笑いながらマイルズの隣に腰をおろし、きょろきょろとテーブルを眺めて言った。

「ねえ、ローマンは？　誰か見てない？」

「ホームルームにはいたよ」

マイルズは肩をすくめ、ヨーグルトのふたをあけて、台本を覗きこんだ。

ローマンは歴史の授業にも出ていた。彼は何度も注意を引こうとしてきたけれど、わたしは授業中ずっと無視しつづけて、チャイムが鳴ると、バッグのなかのなにかを探しているふりをして教室にぐずぐず居残っていた。ローマンの相手をするよりは、ムニョス先生の鋭い視線とわたしに対する葛藤（成績の良さvs否定できない不気味さ）に耐えるほうがまだマシだった。

ヘイヴンは肩をすくめてカップケーキの箱をあけると、ため息混じりに口にした。

「あーあ、楽しかったのに」

「なんの話さ？」

マイルズが顔をあげると、ヘイヴンは唇をゆがめて、すっかり落ちこんだ目つきでまっすぐ前を指さした。その指の先をずっとたどっていくと、ローマンがステーシア、オナー、クレイグ、その他の人気者グループのメンバーたちと笑いながらおしゃべりしているのが見えた。

「どうってことないよ。見てなって、きっと彼はこっちにもどってくるから」

マイルズは肩をすくめた。

「そんなのわかんないじゃん」

ヘイヴンは真っ赤なカップケーキのホイルを剝《む》きながら、ローマンを見つめたまま言った。

「なに言ってるんだよ。こんなの、何度となく経験してきたことだろ。ちょっとでもイケてる転校生はみんな、遅かれ早かれあのテーブルに落ち着くことになってる。ただし、本当にイケてる生徒なら、それも長続きはしない。本当にイケてるやつはこのテーブルに落ち着くからさ」

マイルズは笑い声をあげ、黄色いグラスファイバーのテーブルをショッキングピンクのネイルの先でコツコツ叩いた。

「わたしはちがったけど」

ローマンがわたしたちを見捨ててイケてる仲間たちと一緒にいることを喜んでいるのは、わたしだけだ。

「わたしは転校初日からここに落ち着いてるでしょ」

「そうだね、わけがわかんないけど」

マイルズは笑った。

「ボクが言ったのはダーメンのことだよ。しばらくのあいだ、あっちの仲間に引き入れられてただろ？　だけどいつしか目を覚まして、ちゃんともどってきた。きっとローマンも同じ道をたどるよ」

わたしはドリンクを見おろし、手のなかでボトルをくるくる回した。ダーメンが短期間ステーシアとイチャついてたのは本気じゃなく、わたしが気にしているかどうか反応を見るためだったとわかってはいても、ふたりが親密そうに身を寄せ合っている姿がいつまでも脳裏に焼きついていた。

「うん、確かに目が覚めたよ」

ダーメンはいつもわたしの心を読めるわけではないけれど、いまなにを考えているのかを感じ取ると、わたしの手をぎゅっと握り頬にキスをした。

「ほらね。だからローマンも同じだって信じるしかないよ。もしちがったら、彼はそもそもイケてるやつじゃなかったってことさ」

マイルズはうんうんとうなずいた。

ヘイヴンはあきれ顔で肩をすくめ、親指についたアイシングを舐めて、ブツブツ言った。

「まあ、なんでもいいけどね」

「それにしたって、なんでそんなに気にしてるわけ?」

マイルズは横目でヘイヴンを見た。

「きみはジョシュのことで頭がいっぱいなのかと思ってたけど」

「そうだよ、ジョシュのことしか考えてないよ」

ヘイヴンはマイルズの視線を避けて、ありもしないカップケーキのくずを膝から払いながら言った。

けれど、ヘイヴンのオーラは欺きのグリーンにゆらめいていて、本心を話していないのがわかった。なんと言おうと、ヘイヴンはローマンに夢中になっている。そしてもしローマンのほうも夢中になったら、さよならジョシュ、こんにちは不気味な転校生、なんてことになる。

いまでもふつうに食べ物に興味があるふりをしていると、声がきこえた。

「やあ、芝居の初演は何時から？」

「開演は八時だよ。なんで？　きみも来てくれるの？」

マイルズは目を輝かせた。あからさまな期待でオーラが燃えあがる。

「ああ、必ず行くよ」

ローマンはそう言って、ヘイヴンの隣に腰をおろし、媚《こび》を売るようにわざとらしく肩をぶつけた。それがどんな効果があるか承知したうえで、あえて狙ってやっているのだ。

「で、あっちはどんな感じだった？　なにもかも夢見ていたとおり？」

オーラが見えなければじゃれているのかと思うような口調で、ヘイヴンはたずねた。けれどわたしにはヘイヴンの真剣さがわかった。オーラは嘘をつかない。

ローマンは手を伸ばし、ヘイヴンの顔にかかった前髪をそっと払いのけた。そのあまりにも親密なそぶりに、ヘイヴンは頬を真っ赤に染めた。

「いったいなんの話かな？」

ローマンはヘイヴンをじっと見つめたまま、イギリス訛りで問いかけた。

「だから、人気者グループのテーブルのこと。さっきまでいたでしょ？」

ヘイヴンはローマンの魔法にかかりながらも平静を保とうと必死に努めて、もごもご言った。

「昼休みのカースト制度のことさ」

マイルズがふたりのあいだの魔法を解き、食べかけのヨーグルトをわきに押しやった。

「どの学校でも同じだよ。みんな派閥に分かれて、ほかの派閥の連中は受けつけないことになってる。どうにもできないことだし、みんななにも考えずそうしてる。さっききみが一緒にいた連中は、高校のカースト制度における頂点で〈支配者〉として君臨してる。いまきみが一緒にいる連中とは正反対で――」マイルズは自分を指さしてみせた。「こっちは別名〈不可触民〉として知られてる」

「くだらないな！」

ローマンはヘイヴンから身を離し、ソーダのふたをポンとあけた。

「まったくバカげてるよ。そんなの、信じられないね」

「きみが信じようと信じまいと関係ない。事実は事実なんだから」

マイルズは肩をすくめ、人気者グループのテーブルに憧れのまなざしを向けた。わたしたちのテーブルこそが本当にイケてるテーブルだといくら熱弁していても、ベイビュー高校の生徒たちから見れば、実際にはちっともイケてなんかないことがマイルズには痛いほどわかっているから。

「きみにとってはそれが事実かもしれないけど、ぼくにとってはちがう。枠にはめられるなんてまっぴらだ。自由で開かれたつき合いがいい。好きに動きまわって、あらゆる選択を試してみたい」

　そこでローマンはダーメンを見て言った。

「きみはどう思ってるんだ？　そんなことを思ってるのか？」

　けれどもダーメンは肩をすくめただけで、わたしから目を離そうとはしなかった。彼にしてみれば、支配者だろうと不可触民だろうと、誰がイケてて誰がそうでなくても、どうでもいいのだ。ダーメンがこの学校に来たのは、ひとえにわたしのため。そしてこの学校に残っているのもわたしのためだ。

「ま、夢を見るのはいいことだよ」ヘイヴンはため息をつき、短い黒い爪を眺めた。

「実現の見込みがこれっぽっちもなさそうな場合はなおさらね」

「ふーん、だけどきみはまちがってる。これは夢なんかじゃないんだから」

　ローマンはヘイヴンのオーラをぴかぴかの明るいピンクに輝かせるような笑顔を見せた。

「ぼくは実現してみせる。まあ見ててよ」

「つまり、なんなの？　自分はベイビュー高校のチェ・ゲバラだとでも？　そこまでうぬぼれてるわけ？」

わたしの口調は棘を含んでいた。隠そうともしなかった。正直言って、〝うぬぼれてる〟という言葉に驚いていた。わたしはいつからそんなことを言うようになったの？　けれどローマンにちらっと目をやり、黄色がかったオレンジの強烈なオーラを見て取ると、わたしまで彼の影響を受けているのがわかった。

「確かに、まあうぬぼれてると言えるかな」

ローマンはのんきな笑みを浮かべた。さらに目の奥深くを覗きこまれて、わたしは自分が裸になったような――彼にすべてを見られ、すべてを知られ、どこにも隠れる場所がないような感じがした。

「ぼくのことを革命家だと思ってくれていいよ。来週末までには、この昼休みのカースト制度は終わってるはずだ。ぼくたちは自ら張ったバリアを破り、すべてのテーブルをひとつに合わせて、ひとつの仲間になるんだから！」

「それがあなたの予言？」

わたしはローマンのうっとうしいエネルギーをふりはらおうとしながら、目を細くして言った。

だけど、彼はむっとすることもなく、ただ笑うだけだった。あたたかく愛想のいい、すべてを包みこむような笑い声。誰もその下に隠された意味には気づかない。わたしだけに向けられた脅しと、ぞっとするような悪意には。

「実際にこの目で見たら信じることにするよ」

ヘイヴンはそう言って、唇についた赤いカップケーキのくずを取った。

「百聞は一見にしかずだ」

ローマンはまっすぐわたしを見据《みす》えながら言った。


「で、どう思う?」

チャイムが鳴り、ローマン、ヘイヴン、マイルズが先に立って教室に向かうあいだ、遅れて歩くダーメンにたずねた。

「なにが?」

ダーメンはわたしを引き寄せて立ち止まらせた。

「ローマンのこと。それに、バカげたランチテーブル革命とかいう話のことも」

わたしが嫉妬しているわけでも、独占欲が強いわけでも、イカれてるわけでもないことを、そしてこの件がわたしにはなんの関係もないことを、なんとしても確認しておきたかった。

だけどダーメンは肩をすくめるだけだった。

「悪いけど、いまはローマンのことなんかどうでもいい。きみへの興味のほうがずっと大きいからね」

ダーメンはわたしを引き寄せ、息もできないほど長く深いキスをした。学校の中庭の真ん中に立っているというのに、わたしたちの周囲に存在するものはなにもないかのようだった。全世界がこの一点に凝縮したみたい。唇を離したときには、気分がすっかり昂《たか》ぶり、体が熱く、息も切れ、口もきけないほどになっていた。

「授業に遅刻しちゃう」

やっとのことでそう言うと、ダーメンの手を取って教室へと引っぱった。

けれど、ダーメンはその場から動かなかった。

「考えてたんだけど……授業をパスするのはどうかな?」

ダーメンはささやきながら、唇をわたしのこめかみに、頬に、そして耳に這わせた。

「残りの授業はサボってさ……学校よりずっと楽しい場所がたくさんあるんだから」

ダーメンの魅力にぐらつきかけたけど、首を横にふって身を離した。彼が何百年も前に学業を終わらせていて、すっかり飽き飽きしているのはわかってる。それにわたしだって、学校で教わるはずのことは習わなくてもすぐに理解してしまうようになったし、授業に出ることが無意味に感じられる。それでも、学校はわたしの人生において、自分がふつうだと感じられる数少ない場所のひとつだ。あの事故に遭って、もう二度とふつうにはもどれないのだと気づいてから、学校生活はわたしにとってこれまで以上に貴重なものになっている。

「なにがなんでも表向きはふつうの子のふりをしなきゃいけないっ、て言わなかった?」

いやそうにぐずぐず歩くダーメンを引っぱっていく。

「授業に出て興味があるふりをするのも、表向きの一環じゃない?」

「そうは言うけどさ、ホルモンの影響を受けやすいティーンエイジャーふたりにとって、学校をサボって週末を早めにスタートさせることよりふつうっぽいことがあるか?」

ダーメンはほほえんだ。その美しい漆黒の瞳の誘惑に負けそうになる。

だけど、わたしはもう一度首をふって、ダーメンの腕をつかむ手にさらに力をこめると、教室まで引きずっていった。

# 9

今夜は一緒に過ごすことになっているから、ダーメンは家までついてこなかった。代わりに、駐車場で短くキスをしたあと、わたしはショッピングモールに向かった。

今夜のためになにか特別なものを買いたい。マイルズのお芝居と大事なデートのためのすてきな服を。マイルズにとってもわたしにとっても、主役としてデビューする夜なんだから。けれど、腕時計を見ると、思っていたほどの時間はなかった。ダーメンの言うとおり、授業をサボるべきだったのかも。

駐車場のなかを車でゆっくり走り、ヘイヴンを探してみようかと思った。ドリナとの一連の奇妙な出来事があってから、あまり一緒に過ごさなくなっていたし、ヘイヴンはジョシュとつき合うようになってから、べつの高校に通っている彼とべったりくっついている。ジョシュはヘイヴンを匿名集会中毒（あちこちの教会の地下を覗いて回って、パンチとクッキーでお腹を満たし、その日の依存症にまつわるお涙ちょうだいの物語をでっちあげるという、ヘイヴンの放課後のお決まりの儀式）から解放することにも成功した。

いまのいままで、ヘイヴンとあまりつき合えないことを気にしてはいなかった。だって、すごく幸せそうだから。ヘイヴンのことを好きだというだけじゃなく、ふさわしい相手にやっと出会えたみたいだったから。だけどこの頃、わたしたちはあまり話をしていないし、少しふたりで過ごせたらと思った。

と、ヘイヴンがローマンの赤いスポーツカーにもたれているのを見つけた。ローマンの腕をつかみ、彼の言葉に笑っている。黒いスキニージーンズ、縮んだ黒いカーディガン、フォール・アウト・ボーイのタンクトップ、わざとまだらに黒く染めて真っ赤なメッシュを入れた髪といったキツイ雰囲気が、ローズピンクのオーラでやわらげられている。そのオーラは外へと広がり、彼らふたりを包みこんでいた。ローマンがヘイヴンと同じ気持ちでいるとしたら、ジョシュが捨てられるのは疑いようもない。手遅れになる前に止めるつもりではいるものの、ローマンが肩ごしにふりかえり、やけに親密でからみつくような、意図の読めない視線を投げかけてくると、わたしはアクセルを踏みこみ、急いでふたりの横を通りすぎた。

友だちみんながローマンをイケてると思っていて、ダーメンがちっとも警戒している様子はなくても、わたしはローマンを好きになれない。

ローマンがそばにいると絶えず胃がチクチクするし、ぞっとすることもある。

暑い日だったから、屋外のショッピングモールじゃなくて、しっかり空調のきいている《サウス・コースト・プラザ》に向かった。地元の人たちは逆の選択をするだろうけど。

わたしはオレゴン出身だから、春先は雨が多かったり、曇り空だったり、ぬかるみだらけだったりという気候に慣れている。こんなに暑くて、奇妙で、不自然で、春だと言い張ろうとしている夏まがいの気候じゃなく。きくところによると、こんな気候がさらにひどくなる一方らしい。ますます故郷が恋しくなる。

普段はショッピングモールみたいな場所は絶対に避けている——溢《あふ》れる光と音と人ごみが発するエネルギーに圧倒され、ピリピリして不安になる場所だから。ダーメンがそばにいてシールドになってくれないとなると、またiPodに頼るしかない。

とはいえ、前みたいに騒音をシャットアウトするためにフードをかぶってサングラスをかけることはしない。変人みたいな恰好はもうおしまい。その代わり、ダーメンに教わったように、目の前にあるものだけを見て、周辺のものは見ないようにしている。

イヤホンを突っこんで音量をあげ、渦巻く虹色のオーラと、視界を狭めていても目の前に現れるふわふわ漂う霊魂以外のすべての雑音を遮断する。《ヴィクトリアズ・シークレット》に入り、セクシーなもののコーナーにまっすぐ向かうと、自分のことに夢中になっていたせいで、ステーシアとオナーがすぐそばにいることに気づかなかった。

「やだ。ヤバーい！」

まるでわたしが〝グッチ半額！〟と書かれたワゴンセールかなにかみたいに、ステーシアはいそいそと近づいてきた。

「ちょっと、それ冗談よね？」

ステーシアは完璧にマニキュアを塗った爪で、わたしが手にしているネグリジェの、クリスタルがびっしりついたスリットを指さした。

ただの好奇心から手に取っただけで、買うつもりなんかなかったけれど、こんなふうに顔をゆがめたステーシアの心のなかの嘲《あざけ》りの声をきくと、どうしようもないバカになった気分だった。

ネグリジェをラックにもどしてイヤホンをいじり、なにもきこえなかったふりをして、いつもどおりのコットンの上下を探しはじめた。

けれど、ホットピンクとオレンジのストライプのキャミソールを眺めていると、こういうのはダーメンの好みからはかけ離れているかもしれないと気づいた。きっともうちょっときわどい感じのほうが好きなはず。コットン素材なんかじゃなくて、レースがふんだんに使われている、セクシーと言えるようなタイプのものが。わざわざふりかえって見なくても、ステーシアと忠犬オナーがついてきているのがわかった。

「ね、見てよ、オナー。変人ちゃんはふしだらなタイプとスイートなタイプのどっちにするか決められないみたい」

ステーシアは首をふり、薄ら笑いを浮かべた。

「迷ったときは、ふしだらなほうを選ぶのが正解なのよ。これは確実に言えることなんだから。それに、あたしの記憶からすると、ダーメンはスイートなタイプはあまり好みじゃないわよ」

わたしは凍りついた。理不尽な嫉妬に胃がぎゅっとなり、喉を締めつけられた。だけど、一瞬でもステーシアの言葉にショックを受けたと思われたくなくて、すぐに呼吸を落ち着かせ、物色を再開した。

それに、ステーシアとダーメンのあいだになにがあったかはぜんぶわかってる。喜ばしいことに、ふたりの仲はふしだらでもスイートでもなかった。だって、ふたりのあいだにはなにもなかったんだから。ダーメンはわたしに近づくためにステーシアを好きなふりをしていただけだ。それでも、あのときのダーメンを思い浮かべると、いまでも落ち着かない気分になる。

「ねえ、もう行こうよ。どうせ、きこえてないんだから」

オナーは腕をぽりぽり掻きながらそう言って、わたしとステーシアを交互に見やったあと、クレイグからメールの返信がきていないかと何百回目かのケータイのチェックをした。でもステーシアはその場から動こうとしなかった。この楽しい状況をそんなにあっさりあきらめるつもりはないらしい。

「ううん、ちゃんときこえてるはずよ」

ステーシアは唇の端に笑みを浮かべた。

「iPodとイヤホンにごまかされちゃだめ。エヴァーはね、あたしたちが声にだして言うことも頭のなかで考えていることもぜんぶきこえちゃうんだから。この子はただの変人じゃなくて、魔女なのよ」

踵《きびす》を返して店の反対側に向かい、プッシュアップブラとコルセットのラックを眺めながら、自分に言いきかせた――ステーシアは無視、ステーシアは無視、買い物だけに集中していれば、彼女は行ってしまうはず。

けれどステーシアはどこにも行かなかった。それどころか、わたしの腕をつかんで引き寄せた。

「ほら、恥ずかしがらないで。見せてあげなさいよ。あんたがどんな変人かってことを、オナーに見せてあげるの！」

ステーシアに見つめられ、ぎゅっときつく腕をつかまれて、暗澹《あんたん》たる不穏なエネルギーが流れこんできた。餌《えさ》を撒《ま》いてわたしをけしかけようとしているのはわかってる。学校の廊下でつい自制を失ったあのとき、ステーシアはわたしの能力に気づいた。あのときはわざと挑発したわけじゃないけど。わたしになにができるかなんて、ステーシアは知る由《よし》もなかったから。

ステーシアの横に立っていたオナーはもじもじしはじめ、訴えるように言った。

「ねえ、ステーシアってば。もう行こうよ。こんなのつまんない」

だけどステーシアはオナーを無視して、わたしの腕に爪を食いこませた。

「さあ、言ってみなさいよ。なにが見えるかオナーに言うのよ！」

わたしは目を閉じた。前に見たのと同じようなイメージで頭のなかがいっぱいになり、お腹のなかがぐるぐる回っていた。人気者ピラミッドの頂点を目指し、爪を立てて引っかきながらよじのぼるステーシアの姿。自分より下にいる者を必要以上に強く踏みつけ、オナーのことは、とりわけ強く踏みつけている。人気者じゃなくなるのを恐れて、なにもできずにいるオナーを……。

ステーシアがどんなにひどい友だちか、オナーに話すこともできる。わたしの知っている恐ろしい正体を明かすことも……。ステーシアの手をふりほどいて店の向こうに投げ飛ばし、ガラスのウィンドウを突き破ってショッピングモールの案内板に叩きつけてやることだって。

でも、それは無理。学校でカッとなってステーシアについて知っている恐ろしいことをすべてぶちまけたけれど、あれはとんでもない失敗だった。二度とくりかえすことの許されない失敗だ。いまでは隠しておかなきゃいけないことはずっと多い。ずっと大きな秘密がかかっている。しかもわたしだけの秘密じゃなく、ダーメンの秘密でもあるのだ。

ステーシアは声をあげて笑っているけれど、わたしは大げさに反応せず冷静でいようと努めた。弱そうに見えるのはいいとしても、決して全面的に屈してはいけないと自分に言いきかせる。なんのことだかわからないふりをして、ふつうの人間に見せかけ、ステーシアのほうがずっと強いのだと錯覚させておくしかない。

オナーはもう行きたがっていて、腕時計を見てぐるりと目を回した。

わたしは手をふりはらおうとして、はずみから逆手でステーシアをなぐってしまった。ステーシアに触れたとたん、とてつもなくおぞましいものが見えて、身を離そうとしているうちにランジェリーのラックを床に倒してしまった。

ブラ、パンティ、ハンガー、固定具……すべてがまとめて床にひっくりかえった。

ケーキのてっぺんに乗ったサクランボみたいなわたしと一緒に。

「やだ。マジで！」

ステーシアは金切り声で叫び、オナーとふたりでお腹を抱えて笑いだした。

「あんたってどこまでドジなの！」

ステーシアはすべてを動画におさめようと、迷わずケータイを取りだした。首に巻きついた赤いレースのガーターベルトをはずそうとしているわたしをアップで撮ろうとしている。

「さっさと片付けたほうがいいわよ！」

ステーシアは目を細くして、立ちあがろうともがいているわたしを写すのにアングルを調整しながら言った。

「ほら、壊したものは弁償って言うじゃない！」

わたしは立ちあがり、店員がやって来た瞬間にステーシアとオナーがあわてて店から出ていくのを見つめていた。ステーシアは肩ごしにふりかえり、足を止めた。

「エヴァー、あんたから目を離さないわよ。これで終わりだと思わないでよね」

そして彼女は走り去った。

# 10

ダーメンがうちの通りにやって来るのを感じ取ると、わたしはまた鏡に走り、着ているものを整えた。

《ヴィクトリアズ・シークレット》でひっくりかえしたものを一緒に片付けたあと、その店員はコットン素材じゃなくて、気まずいほどセクシーでもない、すごく可愛いお揃いのブラとパンティを選ぶのを手伝ってくれた。サポート力もカバー力もほとんどない下着だけど、きっとそこがポイントなんだろう。そのあとは《ノードストローム》に行き、いま着ているグリーンのワンピースと、それに合うストラップつきのウェッジサンダルを買った。帰り道にネイルサロンにちょっと立ち寄って、マニキュアとペディキュアをしてもらった。過去の生活（わたしがステーシアみたいに女の子っぽくて人気者だった頃）を永遠に奪ったあの事故のあとは、ネイルサロンに行くこともなくなっていた。

過去のわたしは女の子っぽかったけれど、ステーシアとはちがった。

人気者グループに属するチアリーダーだったけど、いやな女だったことはない。

「なにを考えてるんだ？」

サビーヌ叔母さんが留守だから、ダーメンは家に入るとまっすぐわたしの部屋にあがってきた。

ドアの柱に寄りかかってほほえんでいるダーメンを見つめた。黒っぽいジーンズ、シャツ、ジャケット、それにいつも履いている黒いバイクブーツ……鼓動が二拍スキップするのを感じた。

「この四百年について考えてたの」

ダーメンの瞳が暗く不安そうに沈むのを見て、しまったと思った。

「ううん、あなたが思ってるようなことじゃなくて」

またダーメンの過去を気にしているわけじゃないことを知らせたくて、つけ加えた。

「いくつもの人生を一緒に過ごしてきたわけでしょう？　なのにわたしたちは一度も……最後まで……」

ダーメンは眉をあげ、唇にうっすら笑みを浮かべた。

「そんな四百年が終わるのがうれしいんだと思う」

わたしはそう呟いた。ダーメンは近づいてきて、わたしの腰に腕を回し、胸にぎゅっと引き寄せた。彼の顔、漆黒の瞳、なめらかな肌、あらがいがたい唇、ダーメンのすべてを目で味わいつくす。

「ぼくもうれしいよ――いや、訂正しよう。本当はうれしいなんてもんじゃない。実際のところ有頂天になっているんだ」そう言ってほほえんだあと、すぐに眉根を寄せた。「うーん、それでもまだ表現としては不十分だな。この気持ちを表すには、新しい言葉が必要みたいだ」

ダーメンは笑い、わたしの耳元でささやいた。

「今夜はこれまででいちばんきれいだよ。すべて完璧にしたい。きみが夢見ているとおりにしたいんだ。きみをがっかりさせずに済むといいけど」

ハッと身を離して、ダーメンの顔を見つめた。まさかそんなことを考えているなんて。相手をがっかりさせてしまうんじゃないかとずっと不安だったのはわたしのほうなのに。

ダーメンはわたしの顎の下に指をあてて上を向かせると、唇を重ねた。熱っぽくキスに応じると、彼は唇を離して言った。

「このまままっすぐホテルに行こうか」

「そうね」

ダーメンの唇を求めてささやいた。けれど、期待に満ちている彼の顔を見て、ふざけて答えたことを後悔した。

「でも、やっぱりそれはだめ。デビューを見逃したらマイルズに殺されちゃう」

ダーメンも笑顔を見せてくれるのを待ちながら、わたしはほほえんだ。

でも、彼はほほえまなかった。深刻そうに引きつった顔で見つめられて、わたしは知らぬ間に真実に迫っていたことに気づいた。これまでのわたしの人生は、いつもこの夜に終わっていたのだ——一緒に過ごすはずの夜に。わたしは詳細を覚えていないけれど、ダーメンはまちがいなくはっきり覚えていた。

だけど、あっという間に顔色がもどった彼は、わたしの手を取って言った。

「いまではきみが不死身になっていてよかったよ。ぼくたちを引き裂けるものはなにもないからね」

会場で座席に向かいながらまず気づいたのは、ヘイヴンがローマンの隣に座っているということだった。ジョシュがいないのをいいことに、ヘイヴンはローマンに肩を押しつけて、頭を傾けて崇《あが》めるように見あげ、彼の言うことにいちいちほほえんでいる。つぎに気づいたのは、わたしの席もローマンの隣だということ。ただしヘイヴンとはちがって、うれしくもなんともなかった。けれどダーメンはもう通路側の席に座ってしまっていたし、バタバタ騒いで移動したくなかったから、しぶしぶ席に腰をおろした。ローマンに目を覗きこまれ、彼のエネルギーが流れこんでくるのを感じた。あまりにじっと見つめられていたから、もぞもぞせずにはいられなかった。

ほぼ満員の会場を見渡し、ローマンから意識をそらそうとしていると、通路を歩いてくるジョシュの姿を見つけてホッとした。ジョシュはいつもの黒いタイトジーンズ、スタッズつきのベルト、ぱりっとした白いシャツ、チェックの細いネクタイという恰好で、黒髪が目にかかっている。ついつい安堵《あんど》のため息が漏れてしまった。ジョシュとヘイヴンは完璧なカップルだ。彼が捨てられてなくて本当によかった。

「水はいる？」

ジョシュはヘイヴンの反対隣の席に座ると、持っていた水のボトルを二本回してくれた。わたしは一本を受け取り、もう一本をダーメンに回そうとしたけれど、彼は首をふって赤いドリンクを飲んだ。

「それはなに？」

ローマンはイギリス訛りでたずねると、身を寄せてダーメンのボトルを指さした。肌が触れて、不快のあまり寒気がする。

「アルコールでも入ってるみたいに、そればっかり飲んでるよな。もしそうなら、ひとりじめしないで分けてくれよ。ぼくたちだけ体が冷え切ったままなんて、あんまりだろ」

ローマンは笑って手を伸ばし、挑むような目つきでわたしとダーメンを見やった。

ダーメンが親切に味見させるかもしれないと心配になって、割って入ろうとした瞬間、舞台の幕が開いて音楽が始まった。ローマンはあきらめて椅子にもたれたけれど、その視線は揺らぐことなくわたしに注がれたままだった。


マイルズには驚かされた。あまりのすばらしさに、わたしは彼の台詞や歌詞に夢中で、我を忘れているときもあるほどだった。それ以外のときは、これから四百年間で初めてヴァージンを失うのだということで頭がいっぱいになっていたのだけれど。

これほど何度も生まれ変わり、これほど何度も出会っては恋に落ちてきたというのに、一度も最後までいったことがないなんて、不思議でならない。

でも今夜、すべてが変わる。

いい、なにもかもが変わる。

今夜わたしたちは過去を葬り、永遠の愛という未来へと進むのだ。

ついに幕がおりると、わたしたちは席を立って楽屋に向かった。

「いけない！　マイルズにお花を買ってくるのを忘れちゃった」

楽屋のドアの前で、わたしはダーメンをふりかえった。

ところがダーメンはほほえんで、首をふった。

「なにを言ってるんだ？　必要な花ならちゃんとここにあるじゃないか」

ダーメンはなにを考えているのだろうかと思いながら目を細くした。わたしの目には、彼も同じく手ぶらに見える。

「いったいなんの話？」

ダーメンの手に腕を触れられ、いつものあたたかい心地よさが体じゅうに巡っていくのを感じながらささやいた。

「エヴァー、花を手に入れたければ、ぼくが教えたとおりにつくりだせばいい」

ダーメンは愉快そうな表情を浮かべて言った。

あたりを見回し、この奇妙な会話を誰にもきかれていないことを確認したあと、ばつの悪さを覚えながら、わたしにはできないと認めた。

「どうすればいいのかわからないの」

ダーメンが花をつくりだして、早くこの件を終わらせてくれることを願った。いまはレッスンなんか受けている場合じゃない。

だけどダーメンは妥協しなかった。

「できるに決まってる。いままで教えてきたことを思いだして」

唇を噛みしめて床を見つめた。ダーメンはこれまでにたくさんのことを教えようとしてくれたのに。わたしは怠けてばかりのひどい生徒だったから、花をつくりだすのはダーメンに任せておくのがふたりのためだ。

「ダーメンがやってよ」

ダーメンががっかりした表情になるのを見て、わたしはひるんだ。

「そのほうがずっと早いでしょ。わたしがやろうとしたら、おおごとになって人目を引くことになるかもしれないし、そしたら言い訳を考えなきゃいけなくなるし……」

ダーメンはわたしの言葉に流されることなくふたたび首をふった。

「ぼくをあてにしてばかりいたら、いつまでたっても身につかないだろ?」

わたしはため息をついた。ダーメンが正しいのはわかっているけど、現れるか現れないかもわからないバラの花束をつくりだそうとして貴重な時間を無駄にしたくはない。花束を手にしてマイルズにブラボーと伝え、《モンタージュ》に移動してふたりのプランを進めたいだけなのに。ダーメンはすっかり真面目な先生の顔になっていて、はっきりいっていい雰囲気が台無しだ。

わたしは深々と息を吸いこんで、にっこり愛らしくほほえんでみせると、ダーメンの襟《えり》に指を這わせて言った。

「ほんと、ダーメンの言うとおりね。これからはもっとがんばるって約束する。だけど今回だけは、あなたのほうが早くできるだろうし、お願いしたいな」

あとちょっとで陥落できると承知のうえで、ダーメンの耳の下を撫でた。

「だって、花束が早く手に入れば、その分だけ早くここを離れることができて、そうすれば……」

言い終わらないうちに、ダーメンは目を閉じると、春の花束を握っているみたいに手を伸ばしていた。わたしはあたりに目を配って、誰にも見られていないことを確認し、早く終わることを願った。

だけどダーメンに目をもどすと、パニックが襲った。その手になにも握られていないばかりか、この二日間で二度目のことになるけど、頬に汗が伝い落ちているのが見える。

――ダーメンは汗をかかない。

病気にならなかったり、調子の悪い日がなかったりするのと同じく、ダーメンは決して汗をかいたりしない。外の気温が何度あっても、どういうことに取り組んでいても、彼はつねに冷静で、穏やかで、目の前のどんなことでも完璧にこなすことができた。

昨日〈夏世界《サマーランド》〉への入り口を開くのに失敗するまでは。

そしていま、ダーメンはマイルズに贈る花束すらつくりだせずにいる。

大丈夫なのとたずねて彼の腕に触れたとき、いつも感じる熱とうずきもかすかにしか伝わってこなかった。

「もちろん大丈夫だよ」

ダーメンはわたしをちらっと見ると、またぎゅっと目を閉じた。ごく短い視線のやり取りではあったけれど、彼の目に浮かぶものを見て、ぞっとして不安になった。

わたしの見慣れた、愛のこもるあたたかいまなざしではなかった。冷たくて、よそよそしくて、心ここにあらずの遠い目——つい最近、一瞬だけ見せたあの目つきと同じだった。ダーメンは意識を集中し、眉間に皺を寄せ、唇の上に玉の汗を浮かべながら、どうにかやり遂げようとしていた。これ以上ぐずぐずと長引かせるのも、彼が〈夏世界〉への入り口を開くのに失敗したあの日と同じことをくりかえしたくもなかったから、ダーメンの隣に立ってわたしも目を閉じた。彼の手に握られた二ダースの美しい赤いバラの花束を脳裏に浮かべ、くらくらするような甘い香りを吸いこみ、柔らかいビロードみたいな花びらの感触を確かめる。その下には長い棘のある茎《くき》が——

「いてっ！」

ダーメンは首をふり、指を口に持っていった。その前に傷はとっくに治っていたけれど。

「花瓶をつくるのを忘れてたよ」

あきらかにダーメンは自分で花をつくったのだと確信していたし、わたしとしてもそう思いこませておきたかった。

「わたしにやらせて」

ダーメンのために申し出た。

「あなたの言うとおりよね。ちゃんと練習しなくちゃ」

目を閉じて家のダイニングルームにある花瓶を心に描いた。複雑な渦巻き模様が刻みつけられたカットグラスの花瓶を。

「ウォーターフォードクリスタル？」

ダーメンは声をたてて笑った。

「これを買うのにいくらかかったと思わせるつもりなんだ？」

ヘンな雰囲気が消え、ダーメンがまた冗談を言うようになったことにホッとして、わたしも笑った。ダーメンはわたしの手に花瓶を押しつけて言った。

「きみがマイルズにこいつを渡しているあいだに、ぼくは車を回しておくよ」

「それでいいの？」

目の周りの肌はひどく青白くこわばり、額はかすかに汗ばんでいるように見えた。

「ほんのちょっと楽屋を覗いて、おめでとうってひと声かけるだけでいいのよ。すぐ済むと思うけど」

「いや、こうすれば出ていく車の渋滞に巻きこまれずに、より早くふたりでここを離れられるだろ」

ダーメンはにっこりした。

「きみも早く行きたいんだと思ってたけど」

そう。確かにダーメンと同じぐらい、そうしたいと思っている。だけど気がかりでもあった。ダーメンがものをつくれなくなっていることが気がかりだったし、一瞬見せた冷たい目つきも気がかりで――息を詰めていたけれど、ダーメンがドリンクをぐいっと飲むのを見ながら、傷がたちまち治ったことを思いだし、それはよい徴候だと自分に言いきかせた。

それに、わたしが心配しているとなおさらダーメンを苦しめるだけだとわかっているから、咳払いをしてこう言った。

「わかった。じゃあ車を取ってきて。なかで待ってるね」

身を寄せてキスをしたとき、ダーメンの頬の驚くほどの冷たさを無視することはできなかった。

# 11

わたしが楽屋に入ったとき、マイルズはまだ『ヘアスプレー』のラストシーンで着ていたミニドレスと白いロングブーツ姿のままで、家族や友人に囲まれていた。

「ブラボー！　すごくよかったよ！」

そう声をかけて、ハグの代わりに花束を手渡した。自分の感情だけでもいっぱいいっぱいなのに、人のエネルギーまで受けとるという危険は冒せない。

「ほんと、あんなに歌えるなんてぜんぜん知らなかったよ」

「いーや、知ってたはずだよ」

マイルズはウィッグの長い髪の毛を払いのけると、バラの花に鼻をうずめた。

「車のなかでカラオケしてるのを何度もきいてきたでしょ」

「それとはまたちがうよ」

わたしはほほえんだ。本心から言っていた。実際、あまりにもすばらしかったから、今夜ほどそわそわしてないときにもう一度観に来ようかと思っているぐらいだった。

「で、ホルトはどこなの？」

答えはわかっていたけれど、ダーメンが来るまで話をつづけようとしてたずねた。

「もう仲直りしたんでしょ？」

マイルズが顔をしかめて父親のほうを指すのを見て、しまったと思い、「ごめん」と声をださずに口だけ動かして伝えた。両親にはまだゲイだとカミングアウトしてないんだってこと、忘れてた。

「心配しないで、万事順調だよ」

マイルズはつけまつげをバサバサいわせて、ブロンドのメッシュの入った髪の毛に手をすべらせながら、ヒソヒソとささやいた。

「一時的に爆発しちゃったんだけどさ、もう落ち着いたから、ぜんぶ水に流してもらえた。ところでプリンス・チャーーミングと言えば……」

ダーメンが入ってくるものと思って、うきうきしながらドアをふりかえった。ダーメンのことを考えるだけで（最高にすてきで完璧な彼を思うだけで）、胸の鼓動が暴走状態になった。マイルズがヘイヴンとジョシュのことを言っているのだと気づいたときには、失望を隠そうともしなかった。

「どう思う？」

マイルズはふたりのほうに顎をしゃくってみせた。

「あのふたり、最後までいくかな？」

ジョシュはヘイヴンの腰に腕を回して、ぐっとつかんでそばに引き寄せていた。だけどいくらジョシュががんばっても無駄な努力だ。ふたりはパーフェクトなカップルなのに、ヘイヴンはローマンに夢中になっている。彼の立ち方、笑うときに頭を後ろにそらす仕草、両手を組み合わせるポーズに見とれて、まるでジョシュなんて存在しないみたいにエネルギーのたけをまっすぐローマンに向けている。ヘイヴンの一方通行のようではあるけれど、不幸なことにローマンは喜んで試し乗りをするタイプだ。

わたしはマイルズをふりかえり、何気なさを装って肩をすくめてみせた。

「そうそう、ヘザーの家で出演者のパーティーがあるんだ。これからすぐみんなでそっちに向かうんだけど。きみたちも来る？」

わたしはぽかんとした顔をマイルズに向けた。ヘザーが誰なのかさえわからなかった。

「ペニー・ピングルトン役の子だよ」

それが誰なのかもわからなかったけど、わかっているふりをしてうなずいた。

「まさかイチャイチャしてばっかで芝居をちゃんと観なかったんじゃないだろうね？」

マイルズはあきらかにふざけ半分で首をふっている。

「バカ言わないでよ、ぜんぶちゃんと観たってば！」

顔が赤らむのを感じながら、言いかえした。それがほとんど真実であっても、マイルズが決して信じないことはわかっていた。わたしもダーメンもお行儀よく観劇し、イチャイチャなんかしていなかったけれど、指と指をからめあってテレパシーで言葉を交わし、思考でも戯れ合っていた。目はずっと舞台に向けていたけれど、心はもうホテルの部屋にいるようなものだった。

「で、来るの来ないの？」

わたしの予想に反して、マイルズはいたって落ち着いた態度だった。彼はわたしたちがパーティーに来ないことを見抜いていた。

「きみとダーメンはどこに行くわけ？　出演者とスタッフとのパーティーよりもエキサイティングなことってなに？」

マイルズに打ち明けたくてたまらなくなった。この大きな秘密を信頼できる相手と分かち合いたい。だけど、思い切って話してしまおうと思った瞬間、ローマンがジョシュとヘイヴンを引き連れて近づいてきた。

「そろそろ出るけど、誰か車に乗りたい？　ツーシーターだけど、あとひとりなら乗れるよ」

ローマンはわたしにうなずいてみせた。わたしが顔をそらしても、しつこく探るような目つきを向けてくる。

マイルズは首をふった。

「ボクはホルトの車に乗せてもらうし、エヴァーにはもっとイイコトがあるみたい。ボクにも白状しないトップシークレットの予定がね」

ローマンは唇の端をあげてにやりとし、わたしの全身を舐めるように眺めた。厳密に言えば、ローマンの思考は無遠慮というよりは賛辞と受けとめられるようなものかもしれなかったけれど、彼にそんなことを思われているだけでぞっとした。

視線をそらし、ドアのほうを見た。ダーメンはそろそろ来てもおかしくない。早く楽屋に入ってきてとテレパシーを送ろうとしたとき、ローマンの声に邪魔をされた。

「ダーメンにも秘密の予定なんだろうね。彼はもう帰っちゃったんだから」

ふりかえってローマンと視線を合わせると、例のごとく胃がチクチクして、肌がぞわぞわした。

「ダーメンは帰ってない」

棘のある声になるのを抑えようともせずに言った。

「車を回しに行っただけ」

けれどローマンは肩をすくめただけで、哀れみに満ちた目を向けてきた。

「きみがそう言うならいいけど。でも、たったいまぼくが外で一服してたら、ダーメンの車が駐車場から猛スピードで走り去るのが見えたから、知らせておいたほうがいいかと思ってね」

# 12

ドアを飛びだして小道に入ると、暗闇に目を慣らしながらがらんとした狭い空間を眺め渡した。ずらりと並ぶゴミ容器、ガラスの破片、飢えた野良猫――でもダーメンは見あたらない。

ふらふらと足を踏みだし、しつこく目を凝《こ》らす。心臓が胸から飛びだしてしまうんじゃないかと思うほど鼓動が激しい。

ダーメンがいないなんて信じたくない。

ダーメンがわたしを捨てたなんて信じたくない。

ローマンは嘘つきだ。ダーメンがこんなふうにわたしを置き去りにするはずがないんだから。

レンガ塀を頼りに指でたどり、目を閉じてダーメンのエネルギーに波長を合わせようとしながら「愛してる」「そばにいてほしい」「心配なの」とテレパシーで呼びかけたけれど、返ってくるのは真っ暗な虚空のみだった。

出口に向かう車のあいだを縫《ぬ》って走り、ウィンドウのなかを覗きこみながらケータイを耳に押しあて、ダーメンの留守電に次々とメッセージを残した。

サンダルの右のヒールが折れても、脱ぎ捨ててそのまま走りつづけた。靴なんかどうでもいい。いくらでもつくりだせるんだから。

でもダーメンをもうひとりつくりだすことはできない。

ダーメンは見つからないまま、いつしか駐車場が空っぽになり、わたしは縁石に座りこんだ。汗をかき、疲れ切って、気力がくじけていた。足にできた切り傷とマメがみるみる治るのを見つめながら、目を閉じてダーメンの心にアクセスできればいいのにと願った。どこにいるのかわからなくても、せめて心が読めればいいのに。

だけど実際のところ、これまで彼の心のなかに入りこめたことは一度もない。そこがダーメンの好きなところのひとつだ。心に踏みこめないおかげで、わたしはふつうにもどった気になれる。なのに、これまではたまらなく魅力的だったところが、こんなふうにマイナスに働くなんて。

「送ろうか?」

見あげるとローマンが立ちはだかっていた。片手でキーをじゃらじゃらいわせ、反対の手にはわたしの壊れたサンダルを持っている。

わたしは首をふって目をそらした。車で送ってもらうのを断れる状況にないとわかっていても、ローマンの車に乗りこむぐらいなら、熱いアスファルトと割れたガラスの上を這っていくほうがまだマシだ。

「ほら、おいでよ。噛みついたりしないからさ」

わたしは荷物をまとめて、ケータイをバッグにほうりこみ、ワンピースの皺を伸ばして立ちあがった。

「わたしなら大丈夫」

「ほんとに?」ローマンは笑みを浮かべ、つま先が触れそうなほど近づいた。

「はっきり言って、あんまり大丈夫そうには見えないけど」

背中を向けて、出口に向かった。ローマンに呼びかけられても、わざわざ立ち止まりはしなかった。

「ぼくが言いたいのは、この状況は大丈夫じゃなさそうだってことだよ。見なよ、エヴァー。きみの髪はボサボサ、服は乱れて、裸足で、それに確かなことはわからないけど、きみは彼氏に置き去りにされたみたいじゃないか」

ひとつ大きく息を吸いこんで、そのまま歩きつづけた。ローマンがすぐにこのゲームにもわたしにも飽きて、先に進んでくれることを願いながら。

「なのに、そんなふうに逆上してちょっとばかり捨てばちな状態にあっても、正直言って、きみはやっぱり魅力的だよ——こんなことを言っていいのかわからないけど」

そのまま歩きつづけると心に誓ったにもかかわらず、足を止めて、さっとローマンをふりかえった。ゆっくりと全身をに視線を這わされ、ぎらつく目で全身を見据えられて、身をすくめた。

「ダーメンのやつ、なにを考えてるんだろうな。ぼくだったら——」

「あなたがどう思おうと関係ない」

手が震えはじめ、この場を取りしきっているのはわたしなんだと自分に言いきかせた。おびえる理由はなにもない。表面的にはどこにでもいる無防備な女の子に見えるかもしれないけど、わたしはそうじゃない。その気になれば、一発でローマンをKOすることだってできるし、つまみあげて駐車場の反対側の通りにほうり投げることもできる。実際にやってみせたい気もする。

ローマンはわたし以外のみんなには効果抜群の、いつもの屈託のないほほえみを浮かべた。鋼鉄を思わせる青い目で、親しげに楽しそうにこっちの目をまっすぐ覗きこんでくる。

わたしはとっさに逃げだしたくなった。

でも、逃げたりしない。

ローマンのすることなすことがわたしへの挑戦に感じられるから。負けるなんて絶対にいや。

「送ってもらう必要はないから」

最後にそう言って早足で歩きだすと、ローマンがすぐ後ろからついてくるのがわかり、寒気を覚えた。氷のように冷たい息づかいをうなじに感じた。

「エヴァー、頼むからちょっと落ち着いてくれよ。きみを困らせるつもりじゃなかった」

けれどわたしは歩調をゆるめずそのまま歩きつづけた。できるだけローマンと距離を取るつもりでいた。

「なあ、かんべんしてくれよ」

ローマンは笑い声をあげた。

「ぼくはきみの力になろうとしてるだけなんだ。友だちはみんな行っちゃったし、ダーメンは消えたし、清掃スタッフももう帰ったから、きみに残された希望はぼくだけってわけさ」

「選択肢ならいくらでもある」

ローマンがさっさといなくなってくれれば、車と靴をつくりだして出発できるのに。

「ぼくにはひとつも見えないけど」

首をふって歩きつづけた。これ以上話すつもりはない。

「つまり、ぼくと一緒の車に乗るぐらいなら、家までずっと歩いたほうがマシだって言いたいわけ?」

通りの端に着くと、信号のボタンを何度も押しまくった。通りを渡ってローマンから逃れられるよう、早く青になってと念じながら。

「なんでこんなひどいスタートを切ることになっちゃったのかな。きみがぼくを嫌っているのはあきらかだけど、どうしてなのかぼくには見当もつかないよ」

ローマンの声は穏やかで感じがよく、一からやり直すことを心から望んでいるように響いた。過去は水に流して、埋め合わせをしたいとでもいうように。

だけどこっちはやり直したくなんかなかった。埋め合わせもしたくない。ローマンには、回れ右をしてどこかに行ってほしいだけ。そうすればひとりになってダーメンを捜しにかかれる。

それでも、このままにしておくわけにはいかなかった。ローマンの最後の言葉は聞き捨てならない。だから肩ごしに視線を投げて言った。

「うぬぼれないで、ローマン。嫌うっていうのは、まず気にしてるってことでしょう? わたしはあなたなんか眼中にないから嫌うこともできない」

そして、信号がまだ青になっていないのに、急いで通りを渡った。猛スピードで駆け抜ける二、三台の車をよけ、ローマンの視線がもたらすぬぐい去れない寒気を覚えながら。

「靴はどうするんだ？」

ローマンは叫んだ。

「こんなふうに置いてったらだめだよ。ヒールはきっと直せるはずだし」

けれどわたしは無視して歩きつづけた。背後でローマンが深く身をかがめ、大げさに弧を描いて腕をふりあげ、指先にわたしのサンダルをぶらさげているのが見えた。すべてを包みこむような笑い声が後ろから追いかけてきて、大通りを渡りきるまでつきまとった。

## 13

大通りを渡るとすぐに建物の陰に隠れ、角からそっと顔をだして、ローマンを乗せたチェリーレッドのアストンマーティン・ロードスターが走り去るのを待った。彼がもどってくることはないと確信できるまで、それからさらに数分待った。

ダーメンを見つけなきゃ。なにがあったのか、どうしてひと言も言わずにいなくなってしまったのか、確かめないと。だってダーメンは（というか、わたしたちは）この夜を四百年ものあいだ待ちわびてきたんだから。いま彼がわたしの隣にいないということは、なにかひどくまずいことが起きているにちがいなかった。

とりあえず車が必要だ。オレンジ・カウンティでは車がなければどこにも行けない。だから目をつぶって真っ先に頭に浮かんだものを思い描いた。スカイブルーのフォルクスワーゲン・ビートルカブリオレ。ヒルクレスト高校始まって以来のイケてる上級生、シェイラ・スパークスが乗っていたのとそっくりなやつを。ゴージャスでありながら、オレゴン州の容赦ない雨にも耐えられる黒い幌と、うっとりするほど可愛らしい曲線を描くぴかぴかのボディを、すぐ目の前にあるかのように、はっきり思い描く。指がドアの取っ手を握るのを感じ、シートにすべりこみながらなめらかなレザーの感触を味わい、目の前のフラワーホルダーに一輪の深紅のチューリップを挿《さ》すと、目をあけて車が完成しているのを確かめた。

ただし、エンジンのかけかたがわからなかった。

キーをつくるのを忘れていた。

といっても、ダーメンならそんなことであきらめたりしない。わたしはまた目を閉じると、放課後に元親友のレイチェルと縁石に立ち、シェイラと最高にイケてる仲間たちが車に乗りこむのを羨ましそうに見つめているときにきこえてた音を思いだしながら、エンジンがかかるよう念じた。

エンジンがかかるとすぐに、パシフィック・コースト・ハイウェイを目指した。まずはふたりの最終目的地のはずだった《モンタージュ》からあたってみよう。

夜のこの時間はかなり渋滞していたけれど、わたしはスピードをゆるめなかった。周りを走るすべての車に意識を集中し、それぞれのつぎの動きを読み、かわしながら進んだ。あいたスペースにすばやくスムーズに割りこみ、やがてホテルの入り口に着くと、車から飛び降りてロビーへと走った。

そのとき、後ろから駐車係に呼びかけられた。

「あの、待って！　キーはどこですか？」

息をはずませながら立ち止まった。駐車係に足元をじっと見つめられているのに気づくまで、車のキーがないだけじゃなく靴をはいてないことも忘れていた。だけどこれ以上時間を無駄にはしていられないし、人前でものをつくりだしてみせるわけにもいかない。ふたたび走りだし、ドアをくぐり抜けながら叫んだ。

「エンジンはかけっぱなしにしておいて。すぐにもどるから！」

不満顔の人々の長い行列をよそ目に、フロントデスクに直行した。並んでいる人たちはみんな重いゴルフバッグやモノグラムの旅行鞄を抱えていて、飛行機が四時間遅延したせいでチェックインが遅くなったことにブツブツ文句を言っている。つぎに順番が来るはずの中年夫婦の前にわたしが割りこむと、不平不満の声は一段と大きくなった。

「ダーメン・オーギュストはチェックインしましたか？」

背後からきこえる文句を無視して、カウンターのへりをつかみ、神経を落ち着かせようと努めながらたずねた。

「すみません、どちらさまでしょうか？」

フロント係は後ろの夫婦にすばやく視線を投げかけると、「大丈夫、このイカレ娘はすぐに追いはらいますから！」という顔をしてみせた。

「ダーメン・オーギュスト」

持てる以上の忍耐力を発揮して、ゆっくりとわかりやすく発音した。

フロント係は眉をひそめてわたしを見ると、薄い唇をほとんど動かさずに言った。

「申し訳ありませんが、そういった情報はお教えできません」

話はこれで終わりだというようにひどくそっけなく、長い黒髪のポニーテールを肩の後ろに払った。

わたしは目を細くして、フロント係の濃いオレンジ色のオーラに意識を注ぎ、彼女にとっての最大の美徳は厳格な秩序正しさと自制（ついさっき順番を抜かしたわたしには、あきらかに欠けていると示してしまったもの）だと見て取った。ほしい情報を手に入れたければ、このフロント係のご機嫌を取る必要がある。だから怒りといらだちがあらわになるのを抑えて、わたしがダーメンと同じ部屋の宿泊客であることを冷静に説明した。

フロント係はわたしを見たあとに、後ろの夫婦を見て、こう言った。

「失礼ですが、順番が来るまでお待ちください。ほかのお客さまがたと同じように」

十秒とたたずに警備員を呼ばれることはわかっていた。

「わかってます」

声を低くして、フロント係に身を寄せた。

「本当にごめんなさい。ただ――」

フロント係は電話のほうへと少しずつ手を伸ばした。長くてまっすぐな鼻、口紅を塗っていない薄い唇、目の下がかすかに腫《は》れている。彼女の顔を見ていて、ピンと来た。

この人はフラれたんだ。つい最近、捨てられたばかりで、いまでも毎晩泣き明かしている。毎日つらい出来事を一日じゅう思いかえしている……寝ても覚めても、その場面はどこまでもつきまとってくるのだ。

「ただ、わたしは――」

わたしは口ごもり、言葉にするのがつらすぎるふりをした。本当のところは、どう言ったものかわからなかったのだけれど。首をふり、やり直した。嘘を真実に見せかけたければ、いくらかは真実に似せておくことが大切だ。

「彼は来るはずだったのに来なかったから……だから……その……まだ来るつもりがあるのかもわからなくて」

目に本物の涙が浮かんでいることに気づき、自分でも驚いて息をのんだ。

フロント係に視線をもどすと、顔つきが柔らかくなっていた。批判的な厳しい口元、にらむような細い目、横柄に傾けた顎──そのすべてがにわかに同情、共感、連帯感に変貌を遂げたのを見て、効果があったとわかった。いまやわたしたちは姉妹のようなもので、男に捨てられたばかりの女性という種族の一員だった。

フロント係がキーボードを叩くのを見て、彼女が見ているものが見えるようにエネルギーに波長を合わせた。目の前に画面の文字がパッと現れ、わたしたちの309号室のスイートルームはまだ空室だと示していた。

「きっと彼は遅れているだけですよ」

フロント係は言ったけれど、そう信じているわけではなかった。心のなかでは、男なんてみんなクズよと思っていて、それだけは確信していた。

「身分証をご提示いただいて、宿泊者ご本人であることを確認できれば、お部屋の──」

けれど、フロント係が言い終える前に、わたしはデスクに背を向けてホテルの外へと駆けだしていた。部屋の鍵は必要なかった。誰もいない寂しい部屋にチェックインして、来るはずのない彼氏を待ってなんかいられない。立ち止まらずに捜索をつづけないと。ダーメンがいるかもしれない残りの二箇所をあたってみる必要がある。車に飛び乗ってビーチに向かいながら、ダーメンが見つかりますようにと祈った。

# 14

《シェイク・シャック》の近くに車を停めて海に向かう。一度しか行ったことのないダーメンの秘密の洞窟《どうくつ》を見つけようと、曲がりくねった暗い道を手探りで進んでいく。前にその洞窟で過ごしたとき、わたしたちはもう少しで最後までいくところだった。そうしようと思えばできたのに……わたしさえストップをかけなければ。わたしは決定的な瞬間にいつもブレーキを踏んでしまうという宿命を背負っているらしい。もしくは死を迎えるかのどちらかだ。今夜はちがった結末になることを願っていたのに。

砂浜を歩いてダーメンの隠れ家にたどり着いたけれど、なかの様子が最後に来たときからほとんど変わっていないのを見て落胆した。たたんで片隅に積みあげられたブランケットとタオル、壁に並べて立てかけられたサーフボード、椅子に引っかけられたウェットスーツ……でもダーメンの姿はない。

リストに残っている場所はあとひとつしかない。幸運を祈って指をクロスさせ、車へと走った。自分の手足がこれほど軽やかにすばやく動き、砂の上を飛ぶように走っていることに驚いた。あっという間に距離が縮まり、たったいま走りだしたばかりなのに、もう車内に舞いもどって車を出発させていた。いったいいつからこんなことができるようになっていたのだろうか。不死人《イモータル》として、ほかにどんな能力を授けられているのだろう。

ゲートに着くと、わたしがダーメンにとっていつでも歓迎の客だとわかっている顔見知りの警備員のシーラがほほえんで手をふり、そのまま車を通してくれた。ダーメンの家に向かって丘をのぼり、家の前に車を乗り入れると、電気がすべて消えていることに気づいた。そう、ひとつ残らず。ダーメンがいつもつけっぱなしにしているドアの上の電気まで。エンジンをアイドリングさせたまま、車のなかから、暗く冷たい窓を見あげた。ドアをぶち破ってなかに入り、階段をずんずんあがって、ダーメンの〝特別な〟部屋に押し入りたいという気持ちもいくぶんあった。彼にとって大切な記念品――ピカソ、ヴァン・ゴッホ、ベラスケスに描いてもらった肖像画、山積みになった稀少《きしょう》な初版本、長い過去を物語る貴重な遺物の数々がすべて詰めこまれた金色に輝く部屋に。その一方で、家のなかに入ってまで彼の不在を確かめる必要はないとわかっていて、このままここにいたいという気持ちもあった。石壁に瓦葺《かわらぶ》きの屋根、空っぽな窓の寒々しい不吉な外観からは、ダーメンの愛すべきぬくもりはまったく感じ取れない。

目を閉じて、ダーメンの最後の言葉を必死に思いだそうとした。確か、より早くふたりで、ここを離れられるように車を取ってくると言っていたはず。彼はまちがいなくふたりでと言っていた。ふたりで急いで出発すれば、ようやくぼくたちは一緒になれる、と……四百年間求めつづけてきたことを、この完璧な夜に完結させるのだ、と。

つまり、ダーメンはわたしから早く離れたがっていたはずはないということだ。

それとも、離れたかったの？

深呼吸をして車から降りた。答えを得るには動きつづけるしかない。夜露に湿った玄関までの道を裸足で歩いた。濡れて冷えた足の裏をすべらせながら鍵を探したけれど、家に置いてきてしまったことをいまになって思いだした。まさか今夜にかぎって鍵が必要になるとは夢にも思っていなかった。

玄関の前に立ち、マホガニー仕上げのドアのアーチの、くっきりとした精巧な彫刻を記憶に焼きつけたあと、目をつぶってそっくり同じようなドアを思い浮かべた。想像上のドアの錠があいて扉が開くところを見た。こんなことをするのは初めてだけど、以前ダーメンががっちり施錠されていた校門の錠をはずすところを見たから、可能なはずだ。

だけど目をあけてみると、巨大な木製のドアをもう一枚複製していただけだった。どうやって処分すればいいかもわからず（これまでにつくってきたのは、取っておきたいと思うものだけだったから）、ドアを壁に立てかけて裏口に回った。

キッチンには窓がひとつある。ダーメンがいつも少しだけあけているシンクの奥の窓だ。窓のへりに指を差しこみ、ずっと上まで押しあげると、ガラスの空き瓶で溢れかえったシンクを乗り越えて床に飛び降りた。くぐもった音を立てて着地したとき、住居侵入罪は彼氏のことを心配したガールフレンドにも適用されるのだろうかと考えた。

室内を見回した。木製のテーブルと椅子、ステンレスの鍋の棚、ハイテクなコーヒーメーカー、ミキサー、ジューサー……お金で買える（あるいはダーメンがつくりだせる）最高級のモダンなキッチン用品の数々を見て取った。美しく飾りつけられたモデルルームの備品みたいに、ふつうの裕福な暮らしを装うために慎重に選び抜かれた品々が、一度も使われることのないまま、完璧にあしらわれている。

冷蔵庫をあけて、いつもどおり赤いドリンクがたっぷり蓄えられているはずだと思ってなかを見ると、ほんの数本しか入っていなかった。さらに食料貯蔵室を覗いてみて、ショックを受けた。発酵させるのか漬けておのかわからないけど、新しいドリンクをつくるために三日間寝かせておくこの場所にもほとんど貯蔵されていない。

数えるほどしかないボトルを見つめながらその場に立ち尽くした。胃がズキズキして、鼓動が激しい。この状況には、どこか恐ろしくおかしなところがある。ダーメンは不死のドリンクをつねにたっぷり蓄えておくことにあれほど躍起《やっき》になっていたのに（わたしの分も用意することになったいままでは、なおさら）こんなに少なくなるまでほうっておくはずがない。それに、近ごろダーメンはやけに大量に飲むようにもなっている。二倍近くの量を飲んでいるにちがいない。だから新しくつくるのが追いつかないとしてもおかしくはない。

理屈としては正しいように思えるけれど、信じられるかといえばまったく信じられない。自分をごまかしてもだめだ。ダーメンはこういうことに関してはものすごくきっちりしていて、強迫観念すれすれなぐらいだから、ドリンクのつくり置きを忘れるなんてことは絶対にない。一日たりとも。

なにかとてつもなくまずい事態になっていないかぎりは。

証拠はひとつもないけれど、ここのところのダーメンのひどくおかしな態度（どれほどあっという間に消え去っても見逃すことのできないとつぜんの無表情、汗をかいていたこと、頭痛、ありふれたものもつくれなくなっていたこと、〈夏世界《サマーランド》〉の入り口を開けなかったこと）を総合して考えると、あきらかに彼が体調を崩していることがわかった。

ただし、ダーメンは体調を崩したりしない。

それにさっきダーメンの指にバラの棘が刺さったとき、その傷がわたしの目の前で治るところも見た。

とはいえ、病院に電話してみたほうがいいのかもしれない。一応、念のために。

ダーメンは決して病院には行かないはずだ。そうすることは弱さと敗北の証だから。傷ついた獣《けもの》のようにどこかひとりになれる場所に身を隠すほうが彼のやりそうなことだ。傷は瞬時に治るから、怪我をしているはずもない。そもそも、まずわたしに知らせずにいなくなることはありえない。

そうはいっても、ダーメンがわたしを置いて車で走り去ることもありえないと思っていたのに、それがこの結果だ。

引きだしを引っかきまわして、電話帳（まともな暮らしに見せかける小道具のひとつ）を探した。自分で病院に行かなくても、不測の事態で誰かが彼の同意なしに病院に担ぎこむ可能性はある。

ダーメンが車を飛ばして走り去るのを見たというローマンの話は無視して、オレンジ・カウンティじゅうの病院という病院に電話して、ダーメン・オーギュストという患者はいますかとたずねた。けれど、空振りに終わった。

最後の病院への電話を終えると、警察に電話してみようかと思ったあと、すぐにその考えを却下した。だって、なんて言うつもり？　六百歳の不死の恋人が行方不明なんですけど、って？

車でパシフィック・コースト・ハイウェイを流して、スモークウィンドウの黒いＢＭＷと美形のドライバーを捜すのも、〝干し草のなかに落とした針を捜すようなもの〟のラグーナビーチ版になるのがオチだろう。

あるいは、この家にじっとしていれば、いつかはダーメンは帰ってくるはず。

階段をあがってダーメンの部屋に向かった。彼と一緒にいられなくても、彼の持ち物のそばにはいられるのだと思って自分を慰めた。ビロード張りの長椅子に腰を落ち着けて、ダーメンがなにより大切にしている品々を眺めながら、わたしもまだそのひとつであることを願った。

# 15

首が痛い。背中に違和感がある。

目をあけてあたりを見回すと、その理由がわかった。

この部屋で——年代物のこのビロード張りの長椅子の上で一夜を明かしたのだ。そもそもはちょっとふざけ合ったり、なまめかしく戯れたりするためにあるもので、決して寝るためのものではない。

なんとか立ちあがり、筋肉のこわばりを感じながら伸びと前屈をした。上体を左右に曲げて首をぐるっと回したあとで、ぶ厚いビロードのカーテンをあけた。まばゆい日射しが部屋に射しこみ、目がチカチカして涙が出た。まぶしさに目を慣らす間もなく、カーテンをまた閉じた。少しの日射しも入らないよう隙間なくきっちり閉じていることを確認し、部屋をいつもどおりの状態にもどした。南カリフォルニアの厳しい日射しは、この部屋に置かれた品々を傷めてしまうからとダーメンに注意されていた。

ダーメン――

彼のことを考えるだけで、愛しくて苦しくてたまらなくて胸がいっぱいになった。頭がくらくらして、体がふらつく。凝った木製の飾り棚に手をついて、精巧な美しい縁をつかみながら室内に目を走らせ、自分が思っているほど孤独ではないことを思いだした。

どこを見ても至るところにダーメンの姿が溢れていた。世界の偉大な巨匠の手によって完璧に描かれたダーメンの肖像画が、美術館で使われているような上質の額縁におさめられ、壁に飾られていた。ピカソ作では地味な黒いスーツ姿、ベラスケス作では後ろ足で立つ白馬にまたがった姿……どれもわたしがよく知っていると思いこんでいた顔を描いたものだ。いまではその目は冷ややかに嘲るように見え、顎は挑むようにあげられている。焦がれるあまりその味さえ感じ取れる魅惑的なあたたかい唇はひどくそっけなく、苦しいほどに遠く感じられ、近づくなと警告しているかのようだ。

目をつぶり、すべてを閉めだすことにした。パニックのせいで、最悪のことばかり考えてしまう。何度か深呼吸をくりかえしてから、ダーメンの携帯にもう一度かけた。留守電につながり、また同じメッセージを録音する。電話して……どこにいるの……なにがあったの……無事なの……電話して……もう何度となく残したメッセージだ。

ケータイをバッグにもどし、最後にもう一度部屋を見回した。ダーメンの肖像画だけは避けつつ、見逃しているものはなにもないと確認した。彼の失踪のあきらかな手がかりとして見逃しているものはひとつもなく、いなくなった理由を探るのにほんの少しでも役立ちそうなものは見あたらなかった。

できるだけのことはすべてやった。バッグをつかんでキッチンに向かい、留守電に吹きこんだのと同じ言葉をメモにしたためた。この家の玄関を出た瞬間から、すでに希薄に感じられているダーメンとの絆がさらに弱まるだろうとわかっていた。

深々と息を吸いこんで目を閉じ、つい昨日まではあれほど確かに思えた未来を思い描く。ダーメンとわたしの未来——ふたりとも一緒にいて幸せで、満ち足りている。そういうものもつくりだせればいいのにと願いながらも、心の奥底ではそんなことをしても無駄だとわかっている。

本人をつくりだすことはできない。まして、長いあいだ存在させることは。

だから、ちゃんとつくれるものへと気持ちを切り替えた。完璧そのものの深紅のチューリップを思い描く。すべすべした柔らかい花びら、なめらかな長い茎……わたしたちの不滅の愛を表すのにぴったりのシンボル。手のなかにチューリップの感触を確かめると、キッチンにもどって、メモを破り、その代わりにカウンターの上にチューリップを残した。

# 16

ライリーが恋しい。

痛いほど恋しい。

八時を十分過ぎて、ダーメンが来ないことがはっきりすると、サビーヌ叔母さんの質問攻めが始まった。そのあとも延々ときかれつづけた。どうしちゃったの？　なにかあったんでしょう。相談してほしいわ。どうして話してくれないの？　ダーメンとなにかあった？　あなたたち、ケンカでもしてるの？

ディナーの席では、本当に摂食障害じゃないと納得させられる程度に、なんとか食事を口に運んだ。叔母さんには、問題はなにもなく、ダーメンは忙しいだけだし、わたしはヘイヴンの家で楽しくて長い夜を過ごしたあとでへとへとになっているだけだと伝えたけれど、あきらかに信じてもらえていない。ヘイヴンの家に泊まったという点に関しては信じ切っていたけど。

わたしがため息ばかりついて、機嫌がコロコロ変わり、むっつりふさぎこんで、沈んだ顔になるのをくりかえすのには、もっとちゃんとした理由があるはずだと叔母さんは言ってきかなかった。嘘をつくのを悪いと思ってはいても、わたしは同じ話をくりかえすしかなかった。嘘をついていれば、自分を偽るのもラクになるように思えたから。

頭では実際に起きたことがわかっている。けれど心では信じたくない。ダーメンはわざとわたしを置き去りにしたのだろうか？——叔母さんにそう説明してしまうと、なぜだかそれが本当のことになってしまいそうな気がして怖かった。

ライリーがここにいてくれたら、話はちがっていただろう。妹になら、みじめな出来事を最初から最後まで包み隠さず話せたはず。ライリーならわかってくれるだけじゃなく、答えも手に入れてくれたはず。

死者であるライリーは、いわばどこでも行けるパスを持っていた。ちょっと思い浮かべるだけで、行きたいところはどこにでも行けた。立ち入り禁止の場所はひとつもなく、地球上のすべてが解禁された狩猟区域だ。半狂乱で電話をかけたり、家のそばを車で走ったりするわたしより、妹のほうがずっと役に立ったのはまちがいない。

結局、わたしの支離滅裂で効率が悪い無駄な調査の結果は〝無〟だった。

月曜の朝になっても、ダーメンがいなくなった金曜の夜と同じで、事情はわからないままだった。マイルズやヘイヴンに何度電話をかけてみても、返事はいつも同じ。なにも報告できることはないけど、なにかあれば電話する、というものだった。

だけどもしライリーがここにいれば、あっという間にこの問題を解決してくれただろう。すぐに結果をだして、答えを手に入れて、わたしがどんな問題と向き合っているのか、これからどうすればいいのか教えてくれたはずだ。

だけど、ライリーはここにいない。行ってしまう前に、妹はサインをだすと約束したけれど、もうわたしはあきらめかけている。それにたぶん、もしかしたら、そろそろライリーのサインを探すのをやめて、前を向いて自分の人生を進むべきなのかもしれない。

ジーンズを穿《は》き、サンダルに足を突っこんで、タンクトップの上から長袖Tシャツを着た。ドアを出ようとしたところで、回れ右をしてiPodとパーカー、サングラスをつかむ。これからどうなるのか見当もつかないんだから、最悪の事態に備えておくべきだろう。

「ダーメンは見つかった?」

わたしは首を横にふった。マイルズは車に乗りこんでバッグをおろし、哀れみに満ちた目を向けてきた。

「ボクも電話しようとしたんだけどさ」

マイルズは顔にかかった髪を払いのけた。爪にはショッキングピンクのマニキュアが塗られたままだ。

「ダーメンの家に行こうともしたんだけど、ゲートで止められちゃったんだ。ビッグ・シーラを怒らせるのはごめんだよ。彼女は仕事熱心だからね」

マイルズはムードを明るくしようと笑い声をあげた。

一緒になって笑いたかったけど、無理だった。あの日から心がずたずたになっていて、唯一の治療方法はもう一度ダーメンの顔を見ることだけだ。

「そんなに心配することないって」

マイルズはわたしのほうを向いて言った。

「ダーメンならきっと大丈夫だよ。ほら、彼が消えちゃったのは今回が初めてじゃないんだし」

マイルズの口から言葉が出る前に、彼の心は読めていた。前にダーメンが姿を消したときのことを言っているのだ。わたしが彼を追いはらったときのことを。

「でも、あのときとはちがうよ。今回はわけがちがうの」

「なんではっきり言い切れるのさ?」

マイルズはわたしから目を離さず、慎重な落ち着いた声で言った。

深呼吸をひとつして、道路を見据えながら、マイルズに話すべきだろうかと考えた。もうずいぶん長いこと、誰ともまともに話をしていなかった。あの事故があってから――すべてが変わってしまってから、友だちに秘密を打ち明けるということがなくなってしまった。秘密をすべてひとりで抱えこんでいると、孤独でたまらなくなることがある。重荷から解放されて、またふつうの女の子みたいに噂話に花を咲かせられたらいいのに。

マイルズはまちがいなく信用できる友だちだけど、自分自身を信用していいのかわからない。わたしは落としてしまったソーダ缶みたいなもので、秘密がすべてぶくぶくと湧きあがってきている。

「ねえ、大丈夫?」

マイルズは気づかうような目を向けてきた。

わたしは大きく息を吸いこんだ。

「金曜の夜、マイルズのお芝居のあと――」

そこで口をつぐんだ。マイルズがひと言もききのがすまいとしているのがわかった。

「それが……わたしたちはね……わたしたちには予定があったの」

「予定?」

マイルズは身を乗りだした。

「そう、大事な予定」

口の端にわずかに笑みをのぼらせたあと、どんな悲惨な結果になったかを思いだし、すぐに真顔にもどった。

「どれぐらい大事な予定?」

マイルズはこっちをじっと見つめながらたずねた。

わたしは首をふり、道路を見つめながら答えた。

「まあ、よくある金曜の夜ってとこ。ほら、《モンタージュ》の部屋と、新しいランジェリー、イチゴのチョコレートディップ、フルートグラスに注いだシャンパン――」

「えっ、まさかやったんじゃないよね!」

マイルズはかん高い声で叫んだ。

けれど、真実に気づくと顔を曇らせた。

「そんな、つまりけっきょくはやらなかったんだね。チャンスがなかったわけか、だってダーメンが――」

マイルズはわたしを見た。

「エヴァー、本当に残念だね」

わたしの感じている挫折感がマイルズの顔にはっきり表れていた。

「ねえ、きいて」

マイルズはそう言って、信号待ちで腕に手を伸ばしたあと、わたしがダーメン以外の誰にも触れられたがらないことを思いだして、さっと手を引いた。不必要なエネルギーのやり取りを避けたいだけだということは知らずに。

「エヴァー、きみは本当にゴージャスだよ。みっともないパーカーとだぶだぶのジーンズをやめてからはますます――」

マイルズは首をふった。

「とにかく、どう考えてもダーメンがきみを捨てるはずがないよ。だって彼がきみに夢中なのは誰の目にもあきらかなんだから。きみたちふたりはいっつもイチャイチャしてたし、みんながそれを見てきたんだ。ダーメンが逃げだすなんて絶対にありえない!」

ダーメンが車を飛ばして走り去ったとローマンが言っていたことを、マイルズに思いださせたかった。それに、この件にはローマンがなにかしら関係していて、それがかりかすべてが彼のせいなのかもしれないという恐ろしい予感がしていることも話そうとしたけれど、やっぱり無理だ。それを証明する確かな証拠はひとつもないのだから。

「警察には通報した?」

マイルズは急に深刻な顔つきになった。

唇を嚙《か》みしめて、信号をにらんだ。本当に警察に通報してしまったことを悔やんでいた。なんの問題もなかったとわかり、ダーメンが無事に姿を見せたら、こんなふうに注目を集めてしまったことを彼は喜ばないだろう。

だけど、どうすればよかったの？　もしも事故かなにかがあったとしたら、真っ先に警察に連絡がいくはずだ。だから日曜の朝、警察署に行って行方不明者の申請をし、お決まりの質問のすべてに答えた。男性、白人、黒い目、黒髪……。年齢をきかれると、あやうくこう言いかけて喉が詰まりそうになった。およそ六百十七歳です。

「うん、失踪者の申請をしてきた」

ようやく答えると、信号が青になった瞬間に思い切りアクセルを踏みこみ、速度計の針がはねあがるのを眺めた。

「情報を記録して調べておくって」

「それだけ？　嘘でしょ？　成人ならともかく、まだ未成年なのに！」

「うん、だけどダーメンは親権から解放されて自立してるし。おかげで状況がまったくちがって、彼には自分自身に対する法的な責任があるんだって。とにかく、わたしには警察がどんなふうに捜査するのかはわからない。今後の捜査について詳しく教えてもらえたわけじゃないし」

　学校が近づいてきて、わたしは速度を落としながら言った。

「ビラを配ったほうがいいかな？　それとも、ニュースで見るみたいにキャンドルを持って集会するとか？」

　それをきいて、胃がきゅっとなった。マイルズはいつもどおり芝居がかった大げさな騒ぎかたをしているだけで、悪意はないとわかってる。だけど、いまのいままで、そんなことは想像もしなかった。ダーメンはすぐに姿を見せるに決まってる。そうじゃなきゃおかしい。彼は不死人《イモータル》なんだから！

　そんなことを考えていた矢先、駐車場に車を乗り入れると、ダーメンが車から降りてくるのが見えた。艶《つや》めいていて、セクシーで、ゴージャスで――なにもかも完全にいつもどおりに見える。まるで、ここ数日の出来事がなかったことみたいに。

　ブレーキを強く踏むと、車がガクッと前後に揺れ、後ろの車のドライバーもブレーキを踏みこむはめになった。心臓がバクバクいって、手が震えている。たったいままで行方不明だった、非の打ち所がないゴージャスなわたしのダーメンは、ゆっくりとしつこく髪を撫でつけている。髪をいじるのにひどく夢中になっていて、それが彼にとっては差し迫った大問題なのかと思うほどだ。

こんなの、予想もしていなかった。

「どうなっちゃってるわけ？」

マイルズが金切り声をあげた。ずらっと後ろに並んだ車のクラクションが鳴り響くなか、口をあんぐりあけてダーメンを見ている。

「それに、なんであんなところに駐車してるのさ？　なんでいつもみたいにいちばんいい駐車スペースをボクたちに取っておいて、二番目にいい場所に停めないわけ？」

わたしはどの質問にも答えられず、本人なら答えてくれるかもしれないと思い、ダーメンの隣に車を寄せた。

ウィンドウをさげると、ダーメンはちらっとこっちを見ただけですぐに目をそらした。なぜか恥ずかしくて気まずさを覚えた。

「ねえ、なにも問題はないの？」

ダーメンが黙ってただうなずくのを見て、たじろいだ。わたしの存在に気づいていることをかろうじて示す最小限の反応だ。

ダーメンが車のなかに手を伸ばしてバッグをつかみ、そのついでに運転席側の窓に映る自分をうっとりと眺めるのを見て、わたしは息をのんだ。

「ほら、金曜の夜、いなくなっちゃったみたいだし……週末じゅうずっと連絡がとれなかったから……なんか心配で……留守電も残したけど……きいてくれた?」

唇を嚙みしめて、なんてみじめで役にも立たない気弱な質問をしているんだろうと自分にうんざりした。

いなくなっちゃったみたい? なんか心配で?

本当はこう叫びたいのに。

〝ちょっと! そこの全身黒ずくめの超セクシーなあなたに言ってるの。いったいなにがあったわけ?〟

ダーメンはバッグを肩にかけ、わたしをまじまじと見つめた。力強い足取りでずんずん近づいてくると、ふたりの距離はあっという間に縮まった。ただし、縮まったのは物理的な距離だけで、心の距離じゃない。ダーメンの目を覗《のぞ》きこむと、どこか遠くを見ているようだった。

自分が息を止めていたことに気づいたとき、ダーメンは車の窓に身をかがめ、すぐそばまで顔を寄せて言った。

「ああ。留守電はきいたよ。五十九件ぜんぶね」

頰にダーメンのあたたかい息づかいを感じながら、ぽかんと口をあけて彼の目を探った。いつもダーメンの視線がもたらしてくれるぬくもりを求めて。けれど、冷たく暗い虚無感しか得られず、身震いした。いつか垣間見たような、わたしが誰だかわからないという目つきではなかった。ううん、こっちのほうがずっとひどい。

いまのダーメンは、わたしが誰だかちゃんと知っているけれど、知らなければよかったのにと思っているのがわかる。

「ねえダーメン、わたしは――」

かすれ声で言いかけたとき、後ろの車がクラクションを鳴らした。マイルズが小声でなにやらボソボソ呟いた。

わたしが咳払いをして話をつづける前に、ダーメンは首を横にふって歩き去った。

# 17

「ねえ、大丈夫?」

マイルズの顔には悲しみと苦痛が表れているけれど、わたしは感覚がすっかり麻痺《まひ》してしまって、悲しみも苦痛も感じられずにいる。

大丈夫なわけがないのに、肩をすくめた。大丈夫でいられるはずがない。

「ダーメンは大バカ野郎だよ」

マイルズが棘のあるきつい声で言った。

わたしはため息をついた。うまく説明できないし、理解もできていないけれど、この件にはなにかひどく複雑な事情が隠れていると直感していた。

「ううん、ダーメンはそんな人じゃない」

もごもご呟き、車を降りて、必要以上に強くドアを閉めた。

「エヴァー……こんなこと言いたくないけどさ、きみだってさっきのを見たでしょ？」

校門で待っているヘイヴンのほうへ向かった。

「うん、まあ」

ダーメンの遠い目、なまぬるいエネルギー、わたしに無関心なそぶり――さっきの場面を頭のなかで再現するたびに思考が一時停止する。

「じゃあ、きみもそう思うよね？　ダーメンは大バカ野郎だよね？」

マイルズは、わたしが男にそんな扱いを受けて黙っているような女の子じゃないはずだと信じながらも、気づかわしげにこっちを見ている。

「大バカ野郎って誰のこと？」

ヘイヴンがわたしとマイルズを見比べながらたずねた。

マイルズは話してもいいか目で許可を求め、わたしが肩をすくめるのを見ると、ヘイヴンに向かって言った。

「ダーメンだよ」

ヘイヴンは頭のなかを疑問だらけにして眉をひそめた。だけど、疑問ならわたしにもある。納得のいく答えの見つからない疑問が。たとえば――

さっき、あそこでいったいなにが起こったの？

それに、いつからダーメンはオーラをまとっているの?

「詳しいことはマイルズにきいて」

ふたりを交互に見やったあと、わたしは歩き去った。これまで以上にふつうの子になりたかった。ふつうの女の子みたいに、ふたりの肩を借りて泣きたかった。でもこの状況には、人間の目に見えていること以上の問題がある。まだ証明はできないけれど。答えがほしければ、その原因に直接あたってみるしかない。

教室に着くと、意外にもドアの前でぐずぐずためらったりはせず、まっすぐ飛びこんでいった。ダーメンがステーシアの机のへりにもたれ、笑顔で冗談を言い合ってじゃれあっているのを見て、デジャヴを覚えた。

大丈夫、ちゃんと対処できる。この状況は前にも経験しているんだから。

そう遠くない昔、ダーメンがわたしの反応を見るために、ステーシアに興味のあるふりをしていたときのことを思いだした。

でも、ふたりに近づくにつれ、今回は前のときとはまったく事情がちがうという確信が強まった。あのときは、ダーメンの目に隠しきれないかすかな悲嘆と思いやりが見て取れた。だけどいまダーメンは、ステーシアがいつも以上にはりきって髪を払いのけ、胸の谷間を誇示し、まつげをバサバサいわせているのを見つめていて、わたしのことは見えてもいないみたいだ。

「あの、ちょっといい?」

声をかけると、邪魔が入ったことに対するいらだちをあらわに、ふたりは顔をあげた。

「ダーメン、えっと、ちょっとだけ話せる?」

震えているのを見られないよう両手をポケットに突っこみ、肩の力を抜いてふつうに呼吸しようとした。吸って吐いて、ゆっくり落ち着いて、ゼーハーいわないように。

ダーメンとステーシアは顔を見合わせて、同時にどっと笑いだした。ダーメンがなにか言おうとした瞬間、ロビンズ先生が入ってきて言った。

「席に着きなさい! さあ、みんな自分の席に着いて!」

わたしは席を指してダーメンに言った。

「どうぞ、お先に」

ダーメンの後ろをついていきながら、肩をつかんでこっちを向かせて、彼の目を覗きこんでこう叫びたい衝動を抑えた。

なんでわたしを置き去りにしたの? いったいなにがあったの? どうしてあんなことができたの? あの夜に——よりにもよってあの夜に。

そんなふうに真っ向から立ち向かえば、自分に不利になるだけだとわかっていた。真実を探るには、冷静に、落ち着いて、穏やかな態度をとらないと。

床にバッグを降ろし、教科書とノートとペンを机に置いた。それから、休み明けのちょっとしたおしゃべりを楽しもうとしているただの友だちみたいに、ほほえんでたずねた。

「週末はなにしてたの?」

ダーメンは肩をすくめ、わたしの全身を眺めまわしてから目を合わせた。その直前にきこえてきたおぞましい思考がダーメンの頭から発信されたものだと気づいた。

〝ストーカーにしては、まあイケてる女だよな〟

とっさにiPodに手を伸ばすと、ダーメンは眉間に皺《しわ》を寄せた。彼の心の声をかき消したかったけれど、なにか重要なことをききのがす危険を冒すわけにもいかない。それがどんなにつらいことでも。それに、これまでダーメンの心を読んだことはなく、心の声がきこえたことも一度もなかった。それができるようになったいまでは、彼の考えていることを知りたいのかわからなくなっていた。

ダーメンは唇をゆがめて目を細くし、〝この女、完全にイカれてるなんて残念だな〟と考えていた。そんなのききたくなかった。

ダーメンの辛辣《しんらつ》な思考は、胸に杭《くい》のように刺さった。思いがけない残酷《ざんこく》さに面喰らったあまり、彼が実際に声にだした言葉ではないことを忘れて叫んだ。

「ちょっと、なによ？　いまなんて言ったの？」

クラスの全員がこっちをふりかえり、わたしの隣に座るダーメンに同情の目を向けてきた。

「なにか問題でも？」

ロビンズ先生はわたしとダーメンを交互に見てたずねた。

わたしはなにも言えずじっと座っていた。ダーメンがロビンズ先生にこう言ったとき、心に穴があくのがわかった。

「おれはなにも。エヴァーがイカれてるんです」

# 18

わたしはダーメンのあとをつけた。堂々とそのことを認める。そうするしかなかったんだから。ダーメンがあくまでわたしを避けるつもりなら、尾行するよりほかに選択肢はない。

授業が終わり、教室から出ていくダーメンのあとを追って、二時間目が終わるのを待つ……三、四時間目も待っていた。こっそり隠れて遠くから見守りながら、こんなことならダーメンが望んでいたとおり、ぜんぶ一緒の授業を取っておけばよかったと思った。さすがにやりすぎだし共依存っぽいからと、断ってしまったのだ。おかげでいま、こうして教室の外をうろついて、ダーメンの会話と心の声（語るのもおぞましい、うんざりするほどうぬぼれが強くて自分勝手で浅はかな思考）を盗み聞きするはめになっている。

これは本当のダーメンじゃない。それだけは確信している。

だからって模造されたダーメンだとも思わない。それなら数分とたたずに消えてしまうはずだから。

わたしが言いたいのは、ダーメンの身になにかが起きたということ。彼にまるでふつうの男の子みたいな思考と態度をとらせるような深刻な出来事が。

これまでダーメンの心を読んだことが一度もなくても、こんなふうに考えてきたはずがないのはわかってる。ましてやこんなふうにふるまったこともない。

そう、いまのダーメンはまるで完全に別人で、外見だけは変わらなくても、中身はまったくの別物だ。

どんなことが待ち受けているか覚悟を決めて、ランチのテーブルに向かった。昼食のリンゴを袖で磨いているとき、わたしがひとりなのは着くのが早かったせいじゃないと気づいた。

耳慣れたダーメンの笑い声に顔をあげると、彼はステーシア、オナー、クレイグ、それにほかの人気者グループのメンバーに囲まれていた。これまでのなりゆきから考えて、それはとりたてて驚くほどのことじゃなかったけど、マイルズとヘイヴンまでもがそこに加わっているとは思いもしなかった。

テーブルをずっと目でたどっていき、リンゴを取り落とした。口のなかがカラカラに乾いている。

テーブルはすべてひとつにくっつけられていた。

いまや獅子《しし》と子羊がランチを共にしている。

つまりローマンの予言が実現したということだ。

ベイビュー高校の昼休みのカースト制度は終わりを迎えていた。

「で、ご感想は？」

ローマンが向かいの席に腰をおろし、親指で肩の後ろを指して、笑いながら言った。

「こんなふうに邪魔しちゃって悪いけど、ぼくの仕事ぶりに見とれてるみたいだったから、ちょっとおしゃべりしようかと思ってね。具合でも悪い？」

ローマンは心から心配しているような表情を浮かべて身を寄せてきたけれど、こっちだってそんなのに引っかかるほどバカじゃない。

目をそらすまいと、ローマンと視線を合わせた。ダーメンの態度が変わったのも、マイルズとヘイヴンが離れてしまったのも、学校全体が調和と平和のなかにあるのも、ローマンのせいだと直感している。けれど、それを証明する証拠がない。

みんなにとってローマンは英雄であり、真のチェ・ゲバラであり、ランチタイムの革命家だ。だけど、わたしにとって彼は脅威でしかない。

「家まで無事に帰れたみたいだね」

ローマンはわたしから目を離さず、ソーダをごくごく飲んだ。

マイルズにちらりと目をやると、クレイグになにやら話しかけて、揃って笑っていた。つづいてヘイヴンを見やると、オナーに身を寄せて耳元でなにかささやいている。

だけどダーメンのことは見なかった。

ダーメンがステーシアの目を覗きこみ、彼女の膝に手を置いて、最高の笑顔を向けながら彼女をからかい、腿《もも》に指を這わせるところなんて見たくない……。

そんな場面は午前中にいやというほど見た。それに、ふたりがなにをしていようと、これはまだただの前戯だ。この前モールでステーシアの頭のなかに見えた、ぞっとする行為への第一歩にすぎない。あまりにもショッキングで、動転したあげくランジェリーのラックを丸ごと倒してしまったほどの幻影。とはいえ、ステーシアはわざとあんなものを見せたのだと信じていた。まさか予言めいたものだとは考えもしなかった。いまでもあれはステーシアが悔し紛れに思いついたことで、こうしてふたりが一緒にいるのは単なる偶然にすぎないと思っている。けれど、実際に目の前で見せつけられると、とても冷静ではいられなかった。

見るのはいやでも、耳だけは傾けておこうと努めた。なにか重要な情報が交わされるのを期待して。意識を集中して波長を合わせようとすると、大きな音の壁に阻まれた。すべての声と思考が混じり合い、特定の声だけをききわけることができない。

「金曜の夜のことだよ」

ローマンは長い指でソーダの缶をトントン叩きながら話をつづけた。こっちに答える気がなくても、質問をやめるつもりはないらしい。

「きみはひとりぼっちでいただろ？　なあ、あんなふうにきみを置き去りにするなんて、ひどくいやな気分だったよ。でも、きみがそう望んだからさ」

ローマンを横目で見た。こんなゲームにつき合うつもりはなかったけど、質問に答えさえすれば、彼を追いはらえるかもしれない。

「家には無事に着きました。心配してくれてありがとう」

ローマンはにかっと笑った。その笑みを見れば、きっと大勢の女の子が胸をキュンとさせるのだろう。けれど、わたしはぞっとしただけだった。ローマンは身を寄せて言った。

「ははあ、なるほどね、きみは皮肉を言ってるわけだ」

わたしは肩をすくめてリンゴを見おろし、テーブルの上で転がした。

「そんなに嫌われるなんて、ぼくはなにをしたのかな。でもね、この状況を改善する平和的な解決方法があるはずだよ」

唇を引き結んでリンゴを見つめる。テーブルに強く押しつけながら、横にしてゴロゴロ転がしていると、実が柔らかくなって皮が破れはじめた。

「ぼくとディナーに行こう」

ローマンは青い目でわたしを見据えた。

「どうかな？　ちゃんとしたデートをするんだ。ふたりっきりで。車を磨きあげて、新しい服を買って、イケてるレストランに予約を入れよう。楽しいひとときになることを保証するよ！」

わたしは首をふってぐるりと目を回してみせた。それ以外の返事は考えていなかった。なのにローマンは引きさがろうとしない。

「いいだろ。きみの気を変えさせるチャンスをくれよ。いつでも帰っていいって誓うから。なんなら、セーフワードを決めておこうか。きみが不快に思うレベルにまで事が運んだときには、セーフワードを叫べば、すべてそこでストップさせる。そしてふたりともそのことについては二度と口にしない」

ローマンはソーダの缶をわきに押しのけて、手を重ねようとした。指先が近づき、わたしはさっと手を引いた。

「ちょっとぐらい心を開いてくれよ。ここまで言ってるんだ、断ったりしないだろ？」

ローマンは説得力のある低い声で言い、まっすぐ目を見つめてきたけれど、わたしは黙ってリンゴを転がしつづけ、皮が破れていくのを見ていた。

「バカなダーメンが連れていくようなくだらないデートになんかしないって約束するよ。第一、ぼくは決してきみみたいにゴージャスな子を駐車場にほったらかしにしない」

ローマンはこっちを見て、唇にうっすら笑みを浮かべてこうつづけた。

「まあ、あの日は確かにぼくもきみをほったらかしにしたわけだけど、あれはきみの意志を尊重しただけだ。ね、わかったろ？　ぼくはきみの命令に従って、なんでも頼まれれば喜んで受け入れることは証明済み――」

「いったいなんなの？」

ひるむこともせず、目をそらすこともせず、ローマンの青い目をじっと覗きこんで言った。いいかげん、わたしにかまうのをやめて、わたし以外がひとつになったランチテーブルに加わればいいのにと思いながら。

「みんながみんな、あなたを好きにならなきゃいけないわけ？　そういうことなの？　だとしたら、それってちょっとありえない状況だと思わない？」

ローマンは声をたてて笑った。心からおかしそうに、腿をぴしゃぴしゃ叩いて笑っている。やっと笑いがおさまると、首をふって言った。

「まさか、みんなじゃないよ。そうはいっても、いつもはそうだってことを認めないわけにはいかないけどね」

ローマンは身を寄せてきて、顔と顔とが数センチのところまで接近した。

「だってしょうがないだろ？　ぼくって人に好かれるタイプだし。たいていの人には魅力的だって思われるんだよね」

わたしは首をふって顔をそむけた。おふざけにつき合わされるのはもううんざり。さっさとこのゲームを終わらせたい。

「そう、じゃあこんなことを言うのは悪いけど、わたしのことは、あなたにこれっぽっちも魅力を感じない稀《まれ》なタイプのひとりにカウントしてもらわないと。お願いだから、これを挑戦と受けとめてわたしの気を変えさせようなんて思わないでね。お互いのために自分のテーブルにもどったほうがいいよ、わたしのことはほっといて。せっかくみんなをひとつにしたんだし、それを楽しまないなんておかしいでしょ？」

ローマンは笑みを浮かべながら椅子を立つと、まっすぐわたしの目を見つめて言った。

「エヴァー、きみって子はとんでもなくイケてるよ。わざと焦らそうとしてるのかと思うぐらいだ」

わたしはあきれ顔でそっぽを向いた。

「だけど、これ以上長居をして嫌われたくないし、男の引き際もわかってるから、おとなしくもどるよ――」

ローマンは全校生徒の座っているテーブルを親指で指した。

「もちろん、気が変わってこっちに加わりたくなったら、きみのために席をつくらせるけどね」

わたしは首をふり、もう行ってと身ぶりで示した。喉が熱く締めつけられるようで、声をだすことができない。表向きの形勢とはうらはらに、今回はわたしの負けだとわかっていた……完敗だ。

「そうだ、これ、いるんじゃないかと思って」

ローマンはわたしの靴をテーブルに置いた。ストラップの付いたウェッジサンダル。まるで和解の贈り物かなにかみたいに。

「いや、いいんだよ、お礼なんか」

ローマンは笑い、肩ごしに視線を投げかけて言った。

「だけど、そのリンゴには手加減してやりなよ。そんなに痛めつけちゃってさ」

手にさらに力をこめ、ローマンがヘイヴンの元にまっすぐ向かい、首筋を指で撫でおろして耳に唇を押しあてるのを見ていた。あまりに強く握りしめたせいで、リンゴは手のなかでぐしゃりと破裂して、べとつく果汁が指から手首まで伝い落ちた。

ローマンはそれを見て笑っていた。

# 19

美術の授業では、道具入れにまっすぐ向かい、スモックを着て道具をまとめてから教室のなかに入った。すると、奇妙な表情を浮かべて戸口に立っているダーメンの姿を見つけた。ぼんやりとした目つきで、希望を持たせてくれるような表情でもあった。心もとない不安そうな顔つきで、わたしの助けを求めているようにも見えた。

このチャンスを逃すわけにはいかない。ダーメンに身を寄せて、そっと腕に触れて声をかけた。

「ダーメン」

今日初めて話すみたいに、声がかすれて震えていた。

「ねえダーメン、大丈夫？」

彼を見つめ、その唇に自分の唇を強く押しあてたい衝動を抑えた。

ダーメンはわたしに気づいたような顔つきを見せると、すぐに優しさと愛情と恋い焦がれるまなざしがそこに加わった。

目に涙を浮かべて彼の頬に指を伸ばす。赤みがかった茶色いオーラが薄れていき、彼はまたわたしのものに――

「はいはい、どいたどいた。後ろが詰まってるよー」

ローマンの声を機に、昔のダーメンは消え去り、新しいダーメンがもどってきてしまった。

彼はオーラを燃やして、わきをすり抜けた。わたしに触れられたことに嫌悪感を抱いている。その後ろにローマンがつづき、たまたま体がかすかに触れ合うと、わたしは身をすくめて壁にぴたりと張りついた。

「おっと、失礼」

ローマンは流し目でにやりとした。

目を閉じて、壁に手をついて体を支えた。ローマンの太陽みたいにまぶしいオーラの幸福な渦――強烈で、開放的で、楽天的なエネルギーがどっと押しよせてきて、頭がくらくらする。希望に満ち、親しさに溢れ、無害そのもののイメージが流れこみ、こんなふうに彼を疑うことへの恥ずかしさと、冷たく突き放すことへの恥ずかしさでいっぱいになる。

それでも、どこか違和感がある。リズムのなかになにかが欠けている。思考というものはたいてい、乱雑なビート、言葉の急襲、映像の渦、すべてがごたまぜになった不協和音となっていて、ちっとも音の揃わないジャズみたいだ。だけどローマンの思考は規律正しく整理されていて、ひとつの考えが次の考えへときれいに流れてつづいていく。不自然に強いているみたいで、あらかじめ用意された脚本のような――

「その顔からすると、きみもぼくと同じく、ぶつかったときになにか感じるものがあったみたいだね。ほんとにまだぼくとデートする気にならない？」

冷たい息が頬にかかり、唇をすぐそばまで近づけられて、キスされるんじゃないかと心配になった。

押しのけようとした瞬間、ダーメンがわきを通りすぎて言った。

「よせよローマン、なにやってんだ？　ドジ子なんか相手にするなよ」

ドジ子なんか相手にするなよドジ子なんか相手にするなよドジ子なんか相手にするなよドジ子なんか相手にするなよドジ子なんか相手にするなよドジ子なんか相手に――

「エヴァー？　ねえ、あなた背が伸びた？」

顔をあげると、隣に立っているサビーヌ叔母さんが、食洗機に入れるために水ですすいだボウルを差しだしていた。ぱちぱちとまばたきをくりかえして、食洗機に入れるのはわたしの仕事だとようやく思いだした。

「ごめん、なに?」

濡れてすべりやすい磁器のお皿をつかみ、カゴに並べながらたずねた。ダーメンのこと と、頭のなかでぐるぐる回って心を苛《さいな》むあの言葉のことしか考えられずにいた。

「あなた、背が高くなったみたい。そうよ、絶対に伸びたわ。そのジーンズ、この前買ったばかりでしょ?」

足元を見おろすと、裾が足首の何センチか上にきていてギョッとした。確か今朝穿いたときには、裾を床に引きずるぐらいだったのに。こんなの、おかしい。

「えっと……そうだっけ」

わかっているのに、嘘《うそ》をついた。

叔母さんは目を細くすぼめて、首をふった。

「ぴったりのサイズだったはずなのに。成長期なのね。まだ十六歳なんだから、遅すぎるってこともないんでしょうけど」

まだ十六歳だけど、もうじき十七歳。十八歳になって、高校を卒業して、自立できる日が来るのが待ち遠しい。そうすればわたしは不気味で奇妙な秘密を抱えてひとりで生きていけるし、叔母さんは規則正しく予定が組まれた元の生活にもどることができる。叔母さんの親切にどう報いればいいのかさっぱりわからないのに、いまではバカ高いジーンズの代金も勘定書に加わった。

「わたしは十五歳で成長が止まっちゃったけど、あなたはわたしよりずっと背が高くなりそうね」

叔母さんはほほえみ、スプーンを何本か渡してきた。

弱々しく笑い返しながら、わたしはどこまで背が伸びるんだろうと思い、びっくり人間みたいにならないといいけど、と願った。一日で八センチ近くも背が伸びるなんて、ただの成長期では済ませられない。成長期どころの話じゃない。

言われてみると、爪も毎日切らないといけないほど伸びるのが早くなっているし、前髪を伸ばしはじめて何週間かしかたたないのに、もう顎《あご》より下まで届いている。瞳のブルーが濃くなってきているようだし、ちょっと曲がっていた前歯は自然とまっすぐになってきた。それにどんなに雑なお手入れしかしていなくても、毛穴の見えない肌は吹き出物ひとつできず透明感を保っている。

そして今度は朝から身長が八センチも伸びた？

どう考えても、原因はただひとつしかない。あの不死のドリンクのせいだ。わたしが不死人《イモータル》になってから半年が過ぎたけど、あれを飲みはじめるまでは、とくに変わったことは(瞬時の治癒能力をのぞいては)なかった。だけど飲むようになってからは、身体的な特徴のいいところが一気に高められ、人並みのところはすっかり改善されたみたいだ。

これから訪れるはずの変化にわくわくし、ほかにどんな能力が秘められているのか知りたいと思う気持ちもあるけれど、その一方で、不死人の能力を限界まで伸ばしながら、残された永遠の時間をひとりぼっちで過ごすのだということを考えずにはいられなかった。

「きっといつも飲んでるあのドリンクのおかげね」

サビーヌ叔母さんは笑った。

「わたしも試してみようかしら。ヒールなしで百六十センチの壁を越えられるんなら、願ったり叶ったりだわ!」

「だめ!」

あっと思う間もなく言葉が口をついて出ていた。そんな反応は叔母さんの興味を刺激するだけなのに。

叔母さんは濡れたスポンジを手に、眉をひそめてこっちを見た。

「あれ、叔母さんは好きじゃなさそうな味だから。ううん、きっと大嫌いだと思う。ほんとに、なんかヘンな味なんだよね」

涼しい顔を装ってひとつうなずいた。叔母さんの言葉にどれほどびびっているのか気づかれるわけにはいかない。

「でも、試してみなきゃわからないじゃない?」

サビーヌ叔母さんはじっとわたしの目を見つめている。

「ところで、あれはどこで買ってるの? お店で見かけた記憶がないんだけど。それにラベルも貼られていないみたいだし。なんていう商品?」

「ダーメンからもらってるの」

彼の名前を唇にのぼらせることに喜びを感じた。彼が去ったことでぽっかりあいた穴を埋められるわけではないけれど。

「じゃあ、わたしにも少し分けてって頼んでくれない?」

叔母さんがそう言った瞬間、これはドリンクだけの問題じゃないと気づいた。叔母さんはわたしに包み隠さず話させようとしているのだ。土曜の夜のディナーに現れず、それ以来ずっとダーメンが訪ねてこない理由を説明させようと。

食洗機の扉を閉めて、顔をそむけた。すでにきれいになっているカウンターを拭くふりをして、叔母さんの視線を避けながら言った。

「悪いけど、ダーメンには頼めないの。わたしたち……その、ちょっと冷却期間を置いてて」

声がかすれて、気まずいことこの上ない。

叔母さんはわたしを抱きしめ、慰め、すべてうまくいくわと伝えようと手を伸ばした。背中を向けていたから叔母さんの姿が直接見えたわけではなかったけど、頭のなかでは見えていたから、すっとわきに移動して叔母さんの手をよけた。

「まあ、エヴァー……かわいそうに……知らなかったわ……」

叔母さんはわたしによけられた手のやり場に困り、ぎこちなく体のわきにおろした。

いつものようによそよそしく距離を置いていることに罪悪感を覚えながら、わたしはうなずいた。叔母さんの秘密を知るわけにはいかないから、接触を避けなければいけないのだと説明してしまえたらいいのに。体が触れ合うと、見る必要のないイメージが見えてしまって心が乱れるだけなの、と。自分の秘密だけでも手にあまっているのに、そこに叔母さんの秘密まで加わるなんてごめんだ。

「なんていうか……急な話だったの」

もう少し話を引きださないことには、叔母さんはこの件を終わりにするつもりはないとわかっていた。

「とつぜんのことだったから……どう言ったらいいのかわからなくて……」

「話し相手がほしければ、いつでも相談に乗るわよ」

「いまはまだ話せない。まだ……こんなことになったばかりだから、心の整理ができてなくて。もう少ししたら、相談に乗ってもらうかも」

その頃にはすべての問題が解決して、ダーメンとわたしがまた一緒にいることを願い、肩をすくめた。

## 20

マイルズの家に着いたときは、どういうことになるか予想できず、ちょっと緊張していた。だけど、マイルズが家の前の階段に腰かけて待っているのを見つけると、小さく安堵のため息をついた。思っていたほどひどい事態にはなっていないらしい。

家の前に車を乗り入れて、窓を降ろして声をかけた。

「おはよう、マイルズ。ほら、乗って！」

するとマイルズはスマホから顔をあげて、首をふった。

「ごめん、話したと思ってた。ボク、クレイグに乗せてもらうことになってるんだ」

呆然として笑顔を張りつかせたまま、いまの言葉を脳内でリピート再生した。

クレイグって？　オナーの彼氏のあのクレイグ？　あの運動バカのクロマニョン人？　自分は〝安全〟だと感じるために――自分は〝彼ら〟とはちがうふりをするために、マイルズを笑い物にするのを生き甲斐にしている、あいつ？

あのクレイグ？

「いつからクレイグと友だちになったの？」

首をふり、マイルズに疑いのまなざしを向けた。

マイルズはしぶしぶ立ちあがり、運転席側に回ってくると、メールを打つ手を休めて言った。

「バカなことはやめて、交友関係や視野を広げようって決めてから。きみもそうしたほうがいいかもね。ちゃんと話してみると、クレイグはなかなかイケてるやつだよ」

その言葉の意味を必死に理解しようとしながら、マイルズがまた親指でメールを打ちはじめるのを見つめていた。チアリーダーがゴス娘と噂話に花を咲かせ、筋肉バカが芝居狂と仲良くするという、めちゃくちゃでありえない異世界に降り立ってしまったみたい。不自然すぎて現実に存在するはずがない世界。

それが存在してしまっているわけだけど。ベイビュー高校という場所に。

「それって、高校初日にあんたをオカマ呼ばわりしたのと同じクレイグのこと？」

マイルズは肩をすくめた。

「人は変わるもんだよ」

確かにそう。

ただし、あの子たちが変わるはずはない。

とにかく、しかるべき理由がないかぎりは、たった一日でそこまで変わるはずがない。誰かが陰でそう仕組み、みんなを操ってでもいないかぎりは。許可もなく、本人たちが気づかないうちに彼らを操り、本来の姿とはまったくちがうことを言わせたりやらせたりしていないかぎりは。

「悪いね、言ったと思うけど、ボクは忙しいんだ。もう迎えに来てもらわなくていいよ。こっちはこっちでやるからさ」

マイルズはひとつ肩をすくめただけで、わたしたちの友情を終わらせようとしている。学校への送り迎えだけの関係だったみたいに。

大きく息を吸いこみ、マイルズの肩をつかんでなにがあったのかききたいという衝動と闘った。なんで彼はこんな態度をとるのか、なんでみんながこんな態度をとるのか、なんで全員一致でわたしにそっぽを向くのか。

けれど、我慢してなんとか自分を抑えた。恐ろしいことに、その答えはもうわかっている気がしていた。そしてわたしの思っているとおりなら、マイルズに責任はない。

「そう、ならいいの」

ぜんぜん笑いたい気分じゃなかったけど、無理に笑顔を見せてうなずいた。

「じゃあ、またあとでね」

指でシフトレバーをコツコツ叩いて、なかなか返ってきそうもない返事を待った。後ろに車をつけたクレイグにクラクションを二回鳴らされたあとで、ようやくわたしは車をだした。


国語の授業では、予想していた以上にひどい事態になった。自分の席までたどり着く前に、ダーメンがステーシアのそばの席に座っているのに気づいた。ステーシアの手を握って話したり、手紙を回したり、ささやき合ったりできる距離に。わたしはといえば、完全に拒絶されたみたいに後ろの席にひとりぼっちのまま。唇をぎゅっと引き結んで席に向かうあいだ、クラスメート全員がこうささやいているのがきこえた。

「ドジ子！　気をつけろ、ドジ子！　転ぶな、ドジ子！」

車を降りてからずっと耳にしてきたのと同じ言葉。

なぜそう言われるのかさっぱりわからなかったけれど、べつに気にもならなかった。ダーメンがそこに加わるまでは。ダーメンがみんなと一緒にあざ笑いはじめたとたんに、もどりたくてたまらなくなった。車にもどって、安心できる家にもどりたい——

でも、そうしなかった。できなかった。このままじっと耐えるしかない。いまだけよ、いまだけの我慢。すぐに真相を突きとめてみせる。ダーメンを永遠に失うはずがないんだから。

そう考えていたら、なんとか持ちこたえられた。

ようやくチャイムが鳴って、みんな教室からぞろぞろと出ていき、わたしも出ていこうとしたところで、ロビンズ先生に呼び止められた。

「エヴァー、少し話せるかな?」

ドアノブをつかみ、ひねりかけたところだった。

「長くはかからないから」

深々と息を吸いこんで、降参した。先生の顔を見た瞬間、iPodの音量をあげた。

ロビンズ先生に授業のあと残されたことは一度もない。先生は生徒をちょっと呼び止めて話をするというタイプじゃない。それに、宿題を忘れず試験でA評価を取っていれば、呼びだしを食らうはずがないと思っていた。

「どう言ったものかわからないし、余計なことまで口出ししたくはないんだが……黙っているわけにもいかない気がしてね。話っていうのは——」

ダーメンのことだ。

わたしのただひとりの魂の伴侶のこと。わたしの永遠の恋人のこと。いまやわたしをすっかり嫌悪している、四百年にわたるわたしの最大のファンのこと。

その彼が今朝、席を替えてほしいと頼んだこと。

わたしにストーカーされていると思っているから。

そしていま、とうの昔に死んだ作家が書いたかび臭い古い小説のこと以外はなにも知らない、離婚したばかりのロビンズ先生は、男女の関係とはどういうものかを説明しようとしている。

若いときの恋はどんなに激しいものか。恋をしているあいだは、無我夢中になるあまり、その恋が世界のなによりも大事に思える……。けれど、実際はそうじゃない。自分が前に進もうとさえすれば、まだまだ何度でも恋はできる。前に進まなきゃいけない。なにがなんでも。なぜなら――

「なぜなら、ストーカー行為はなんの解決にもならないからね。ストーキングは犯罪だ。とても深刻な犯罪だよ」

先生は顔をしかめて、どれほど深刻なことか伝えようとした。

「わたしはストーカーじゃありません」

しまったと思ったときには手遅れだった。自分を弁護するのに、まずは〝ス〟で始まる言葉は使わず、ふつうの手順を踏むべきだった。え、彼がなんて言ったんですか？　なんでそんなことを？　どういうつもりでしょう？　そんなふうに、さっぱりわけがわからないというふうに装えば、怪しまれずに済んだのに。だから深呼吸をしたあと、こうつけ加えた。

「ロビンズ先生、失礼ですがきいてください。先生が良かれと思って話しているのはわかりますし、ダーメンになにを言われたのかは知りませんけど――」

先生の目を覗きこむと、ダーメンの言葉がはっきり見えた。わたしはイカれてて、ダーメンにつきまとい、しじゅう彼の家の前を車で通りすぎ、しつこく何度も電話をかけて、取り憑《つ》かれたような不気味で哀れな留守電を残している――確かにいくらか事実もあるけれど、それにしてもあんまりだ。

ロビンズ先生はわたしに最後まで話をさせず、首をふって言った。

「エヴァー、私はどちらかの味方についたり、きみとダーメンのあいだに入ったりするつもりはさらさらない。はっきり言って、私の出る幕ではないし、結局はきみたちが自力で解決すべきことだからね。それに最近きみは停学処分を受けたり、授業にほとんど集中していなかったり、消しなさいと言ってもしばらくｉＰｏｄをきいていたりするけれど、それでもきみは最も優秀な生徒のひとりだ。輝かしい未来を台無しにするのを見たくはないんだよ。ひとりの男子生徒のためにね」

目を閉じて大きく息を吸いこんだ。屈辱感でいっぱいで、消えうせてしまいたかった。ううん、屈辱どころじゃない。悔しさ、不面目、不名誉、ショック……逃げだしたくなるようなあらゆる感情を味わわされていた。

「先生は誤解してます」

ロビンズ先生の目を見つめて、無言の圧力でわたしを信じさせようとした。

「ダーメンがどんなことを話したにしても、事実とはまったくちがうんです」

そうつけ加えると、ロビンズ先生のため息と心の声がきこえた。妻と娘が出ていってしまったとき、どんなに途方に暮れて、もう一日だって乗り切れないと思ったか、先生はわたしに打ち明けたがっていた。けれど、それは不適切なのだろうと思っていたし、そのとおりだった。

「時間を置いて、なにかほかのことに意識を向けてみなさい」

先生は心からわたしの力になりたがっていたけれど、境界線を踏み越えることを恐れている。

「きっとすぐに――」

チャイムが鳴った。

わたしはバックパックを背負い直して、唇を噛み、先生を見た。

先生は首をふって言った。

「よろしい。遅刻届けを書こう。もう行っていいよ」

# 21

わたしはユーチューブのスターだ。あとからあとから湧いてくるような《ヴィクトリアズ・シークレット》のブラやパンティやガーターベルトをかきわけようとしている動画のおかげで、「ドジ子」なんていうびっくりするほど気の利いたニックネームをもらったばかりか、二千三百二十三回もの再生を記録してしまったらしい。偶然にも、ベイビュー高校の生徒の数と同じだ。ううん、教師の数も何人分か加わっているけれど。

そのことを教えてくれたのはヘイヴンだった。「おい、ドジ子！　転ぶなよ、ドジ子！」と叫ぶ生徒たちの列をどうにかくぐり抜け、ロッカーの前でヘイヴンに会ったとき、彼女は最近わたしが有名人になった理由を教えてくれただけじゃなく、わたしがじたばたもがいているドジッぷりを捉えた動画をｉＰｈｏｎｅで見られるようにしてくれた。

「あーあ、サイテー」

この程度のことなら大した問題じゃないと思いながらも、首をふった。

「うん、最悪だよね」

ヘイヴンはうなずいてロッカーを閉めると、わたしみたいなドジ子を相手にしているヒマはないという表情を浮かべてわたしを見た。

「で、ほかに用は？　あたし、もう行かなきゃ。オナーと約束が――」

ヘイヴンを正面からちゃんと見た。

炎のように赤かった髪のメッシュはいまではピンク色になり、いつもの青白い肌、黒っぽい服のエモ系ファッションは、ヘイヴンがいつもバカにしていたグループとお揃いの日焼けスプレー、ひらひらワンピース、ゆるふわヘアという取り合わせに変わっていた。

だけど新しいドレスコードや、人気者グループの一員となったことや、突きつけられたすべての証拠を目の前にしてみても、現時点での服装や言動について、彼女にはなんの責任もないように思えた。いくらヘイヴンには人に執着して真似をするという傾向はあっても、自分なりの基準というものは持っていた。ステーシアとオナーのグループになんて、まちがっても入りたがるはずがない。

とはいえ、それがわかっているからといって、受け入れるのがラクになるわけじゃなかった。無駄だと知りながらも、そんなことをしてなにひとつ変わるはずがなくても、わたしはヘイヴンを見つめて言った。

「あの子たちと仲良くするなんて信じられない。わたしにあんなことをしたのに」

わたしは首をふった。どれほど傷ついているか、ヘイヴンにわかってほしかった。

彼女が答える前に返事はわかっていたけれど、やっぱりショックだった。

「ステーシアたちがあんたをあのラックの上に引っくりかえるように突き飛ばしたり転ばせたりしたわけ？　それとも、自分で勝手に倒れただけ？」

ヘイヴンは眉をあげ、唇をとがらせ、細くすぼめた目でじっとわたしを見つめている。

呆然として言葉も出ない。喉がヒリヒリして熱く、しゃべろうとしても声が出なかっただろう。

「いいかげん、冷静になったら？」

ヘイヴンはあきれ顔で首をふった。

「あの子たちは面白いだろうと思ってやっただけだよ。あんただって、自分のことも周りのこともそんなに深刻に考えるのをやめて、肩の力を抜けば、ずっとハッピーになれるのに。人生、ちょっとぐらい楽しみなよ！　あたし、マジに言ってるんだよ。ね、考えてみなよ」

ヘイヴンは背中を向けると、ランチタイムの長テーブルに向かって大移動する生徒たちのなかにすっと溶けこんで消えてしまった。

わたしは校門に向かって走った。

自分をいじめることはない。どうしてぐずぐず居残って、ダーメンがステーシアとイチャつくのを見せつけられて、友だちからドジ子と呼ばれなきゃいけないの？　せっかく高い霊能力があるんだから、それを駆使して学校をサボらない手がある？

「もう帰っちゃうんだ？」

背後からきこえた声を無視して歩きつづけた。ローマンはいまのわたしがいちばん話したくない相手だ。

「なあ、エヴァー、待ってくれよ！」

ローマンは笑い、歩調を速めて隣に並んだ。

「なにをそんなに急いでるんだ？」

ロックをはずして車に乗りこみ、ドアをぐいと引いて閉めかけたとき、ローマンが手のひらでそれを押さえた。わたしのほうが力が強くて、本気でやろうと思えばドアを乱暴に閉めて走り去ることもできるとわかっていたけど、思いとどまった。いまだに不死人《イモータル》としての新たな力に慣れているわけじゃない。ローマンのことは嫌いだけど、ドアを叩きつけて彼の手を切断するのも気が進まなかった。

それは最後の手段だ。

「悪いけど、ほんとにもう行かなきゃ」

もう一度ドアを引いたけれど、ローマンは押さえる手にますます力をこめるばかりだった。その顔に浮かんだ楽しそうな表情と、指にこめられた驚くほどの力を考え合わせたとき、一見すると無関係のようなこのふたつの事実がわたしの心の奥底にある疑念を後押しする。そのことに気づくと、胃がチクチクした。

もう一度ローマンに目をやると、ソーダを飲んでいる彼のきれいな手首が見えた。自らの尾を飲みこんでいるヘビ——悪に転じた不死人の印である、神話のウロボロスのタトゥーは入っていない。どういうことか、わけがわからない。

ローマンは飲んだり食べたりするし、オーラも見えるし心の声もきこえる（つまり、わたしにはということだけど）。それだけじゃなく、認めるのは癪《しゃく》だけど、見たところ、邪悪さのかけらもない。すべてを総合すると、わたしの疑念は偏執的なばかりか、事実無根ということにもなる。

つまり彼は、わたしが思っているような、敵意ある邪悪な不死人ではないということだ。

となると、ダーメンがわたしを捨てたのも、マイルズとヘイヴンが離れていったのも、彼のせいじゃないということになる。そう、理由はまっすぐ自分にはねかえってくる。

すべての証拠がそれを裏づけていても、認めたくはなかった。

ふたたびローマンを見ると、鼓動が速くなり、さらに胃がチクチクし、不安と恐怖に圧倒された。やっぱり、彼がわたしに惹かれているイギリス出身のただの陽気な転校生だなんて、とてもじゃないけど信じられない。

ひとつだけ確実に言えるのは――ローマンが現れるまで、なにもかもうまくいっていたということ。

彼が来てからは、すべてが変わってしまった。

「ランチはパスするのか？」

ぐるっと目を回してみせた。そんなの見ればわかるのに、わざわざ返事をして時間を無駄にするつもりはない。

「車にはもうひとり乗れそうだね。ぼくが一緒だといやかな？」

「実を言うと、いやなの。だからその手をどかしてもらえると――」

ローマンの手を示し、指を動かして「シッシッ」という万国共通の合図をしてみせた。

彼は両手をあげて降参し、首をふって言った。

「エヴァー、きみが気づいてるかわからないけど、逃げれば逃げるほど、ぼくはきみを全力で追いかけるよ。走るのをやめてくれたら、お互いにとってずっとラクになるのに」

目を細くすぼめて、彼の太陽みたいな明るいオーラと整然とした思考の奥にあるものを透かし見ようとしたけれど、どうしても突き破れないバリアにぶち当たった。それはつまり、道がそこで行き止まりなのか、あるいはローマンはわたしが思っている以上にずっと手強い相手なのか、そのどちらかということだ。

「そんなに追いかけっこがしたいなら――」

不安とはうらはらに、しっかりした声で言った。

「トレーニングを始めたほうがいいよ。だって、マラソンになるんだから」

ローマンは傷ついたみたいに目を見開き、身をすくめて顔をしかめた。本当に傷ついているのかと思ってしまいそうだ。だけどその手は食わない。ローマンはドラマチックな効果を狙った表情を浮かべて、大げさな演技をしているだけだ。こんなおふざけにつき合っているヒマはない。

これで終わりになることを願いながら、ギアをバックに入れて駐車スペースから車をだした。

ローマンはにやりとしただけで、車のボンネットを叩いて言った。

「きみのお気に召すまま。ゲーム開始だ」

# 22

家には帰らなかった。

はじめは帰るつもりだった。家に帰ってベッドに身を投げだして、ふかふかの枕の山に顔を埋め、みじめな大きい赤ん坊のように泣きじゃくる気満々でいた。

だけど、家のある通りに入ろうとしたとき、思い直した。そんな贅沢《ぜいたく》をしている場合じゃない。時間を無駄にはできない。

Uターンして、ラグーナの繁華街に向かう。狭くて急な坂を通り抜け、美しい庭のある手入れの行き届いた小さな家々と、並び建つ二倍の大きさの豪邸の前を通りすぎた。

わたしの力になってくれるただひとりの人の住む家に向かう。

「あら、エヴァー」

彼女はほほえみ、大きな茶色い目でわたしを見据えながら、ウェーブした赤褐色の髪を顔から払いのけた。とつぜん押しかけたというのに、ちっとも驚いていないようだ。でも、霊能力があるんだから、めったなことでは驚かないのも当然だ。

「電話もせずにいきなり訪ねてきてごめんなさい。わたし——」

けれどエイヴァは最後まで言わせなかった。黙ってドアをあけてなかに招き入れると、(以前にも困ったことになって、どこにも行くあてがなくなったとき座ったことのある)キッチンテーブルへと案内した。

前はエイヴァのことが嫌いだった。本当に大嫌いだった。彼女がライリーに前に進むように——両親と愛犬の待つ橋の向こうへ渡るように言いきかせはじめたときには、ますます嫌いになった。ステーシアをのぞけば彼女を最大の敵とみなしていたけれど、それもすべて遠い昔のことのようだ。キッチンを動きまわり、クッキーを用意して緑茶を淹《い》れているエイヴァを見ていると、普段は連絡を取らないくせに、切羽詰まったときにだけ頼ることに罪悪感を覚えた。

あたりさわりのない言葉を交わしたあとで、彼女はわたしの向かいに座り、ティーカップを両手で包んで言った。

「背が伸びたわね！　わたしの背が低いのはわかってるけど、すっかり見あげるほどになっちゃって！」

どう答えたものかわからなかったけど、こういう反応にも慣れていかなければと思いながら、肩をすくめた。ものの数日で何センチも背が伸びていれば、気づかれて当然だ。

「わたしは遅咲きのタイプだったみたい。いまになって成長期が来たらしくて」

ぎこちない笑みを口元に浮かべて言った。もっと説得力のある答えを考えるか、せめて自信を持って返事をしないと。

エイヴァはわたしを見てうなずいた。わたしの言葉を少しも信じてはいないけれど、追及しないことにしたらしい。

「ところで、シールドは役に立ってる?」

ハッと息をのみ、ぱちぱちとまばたきをした。目の前の問題にばかり気を取られていたせいで、彼女の助けを借りてつくったシールドのことを忘れていた。前回ダーメンがいなくなったとき、すべての雑音を防いでくれたシールドは、彼がもどってきた瞬間にはずしてしまっていた。

「ああ、えっと、はずしちゃったの」

唇から言葉を漏らすと、身をすくめた。そうよ、あのシールドを張るために午後いっぱいかかったっていうのに。

彼女は笑みを浮かべ、ティーカップ越しにこっちを見つめて言った。

「べつに驚きはしないわ。ふつうでいるのって、それほどいいことでもないから。そう、もっとすごいことを経験してしまったあとではね」

オートミールクッキーを割って肩をすくめる。自分で決められるものなら、わたしはなにがなんでもふつうになることを選ぶだろう。

「シールドのことで来たんじゃないとすれば……なにがあったの？」

「えっ、わからないの？　霊能力者のくせに？」

そう言って、バカみたいなジョークに対しては大きすぎる笑い声をあげた。

エイヴァは肩をすくめただけで、重そうな指輪をはめた指でカップのふちをなぞりながら言った。

「わたしはあなたほど心を読む能力が優れていないの。だけど、なにか深刻なことが起きているのは感じ取れるわ」

「ダーメンのことなの」

言いかけて唇を噛みしめた。

「彼は……彼は変わった。冷たくて、よそよそしくて、残酷なほどになって、わたし——」

視線を落とした。言葉の裏にある真実を思うと、口にするのはつらすぎた。

「電話を折り返してもくれないし、学校で口もきいてくれないし、一緒の授業では席まで移っちゃって、いまは……彼はいま、べつの子とつき合ってる。意地悪な子なのに、本当にひどい子なのに。いまではダーメンまで意地悪に――」

「まあ、エヴァー――」

エイヴァは優しい目をして、穏やかなあたたかい声で言いかけた。

「ううん、エイヴァが思ってるようなことじゃないの。ぜんぜんちがうの。ダーメンとは別れてないし、ふたりのあいだに問題もなかった。そういうことじゃなくて。まるで、ある日まではなにもかも順調そのものだったのが、つぎの日になったらガラッと変わっちゃったみたい」

「変化の引き金になるようなことがあったの？」

エイヴァは思いやりに満ちた顔でわたしを見つめている。

そう、ローマンが現れた。だけど、彼が邪悪な不死人《イモータル》かもしれず、ベイビュー高校の全校生徒にマインドコントロールか催眠術か魔法をかけているんじゃないかと疑っているなんて話すわけにはいかないから、ここ最近のダーメンの奇妙な態度――頭痛や汗、そのほかの隠す必要のないいくつかのことについて、エイヴァに話した。

お茶を飲んで窓の外の美しい庭を眺めるエイヴァを見つめながら、息を詰める。彼女はわたしに視線をもどして言った。

「〈夏世界《サマーランド》〉について知っていることをすべて話して」

半分に割った手つかずのクッキーを見つめて、唇をぎゅっと引き結んだ。そんなふうにおっぴらに何気なく〈夏世界〉という言葉が会話に出てくるのは初めてだ。これまでずっと、ダーメンとわたしだけの神聖な場所だと思っていた。ふつうの人がその存在を知っているなんて気づかなかった。

「きっと行ったことがあるのよね？」

エイヴァはティーカップをおろし、眉をあげる。

「臨死体験のあいだに？」

わたしは二度行ったことを思いだし、うなずいた。かぐわしい野原が広がり震える木々のそびえる、あの魔法のような神秘的な異次元にすっかり魅せられて、帰りたくなかったほどだ。

「じゃあ、あっちにいるあいだに寺院を訪れた？」

寺院？　寺院なんてひとつも見なかった。象、砂浜、馬――ふたりでつくりだしたものは見たけれど、建物や住居といった類のものは絶対に見てない。

「〈夏世界〉はいま言った寺院や〈学びの大講堂〉と呼ばれるもののために伝説となっているのよ。あなたの探している答えはそこで見つかるんじゃないかしら」

「でも、ダーメンがいなければどうやって行くのかもわからない。えっと、だから、死んだりしないことには……。でも、そもそもどうして〈夏世界〉のことを知ってるの? 行ったことがあるの?」

エイヴァは首を横にふった。

「何年も前から行こうとがんばってるの。何度かは惜しいところまでいったけど、一度も入り口を通り抜けられたことはなくて。だけどふたりで力を合わせてエネルギーを一箇所に集めることができれば、通り抜けられるかもしれない」

「そんなの無理だよ」

この前、そんなふうにやってみようとしたときのことを思いだした。あのときのダーメンはすでに疲労の徴候を見せていたとはいえ、絶好調のときのエイヴァよりはるかに能力は高いはずだった。

「そんなに簡単な話じゃない。エネルギーを一箇所に集めたとしても、エイヴァが思ってるよりずっと難しいよ」

けれども、エイヴァは首をふってにっこりしてみせただけで、椅子から立ちあがった。

「だけど、やってみないことにはわからないでしょう?」

# 23

エイヴァのあとについて短い廊下を歩いた。赤い織布の敷物の上でサンダルをパタパタいわせながら思っていた。こんなの、うまくいきっこない。

ダーメンと一緒でも入り口に届かなかったのに、エイヴァとできるはずがない。いくら彼女が優れた霊能力の持ち主だったとしても、しょせんパーティー向けの能力だ。折りたたみ式のカードテーブルで占いをして、気前よくチップをはずんでもらえるよう、それらしく飾り立てた話をきかせるだけ。

「あなたが信じなければ、決してうまくいかないわよ」

インディゴブルーのドアの前で立ち止まり、エイヴァは言った。

「最初から信じて取り組まないと。だからこの部屋に入る前に、ネガティブな考えはすべてなくして。悲しいことや不幸なこと、そのほかあなたを引きずりおろして〝できない〟と言わせるようなことは、すべて取り払ってほしいの」

ひとつ大きく息を吸いこんでドアをにらみ、ぐるりと目を回してみせたくなる衝動と闘いながら思った。やれやれ、わかりきっていたことじゃない。これもまた、エイヴァを相手にするときに我慢しなきゃいけないインチキくさい儀式のひとつにすぎない。

だけど、実際にはこう口にしていた。

「心配しないで、わたしなら大丈夫」

自信ありげに見えていることを願いながらうなずいた。エイヴァがやろうとしている20ステップの黙想だかなんだか知らない怪しげな儀式はなしで済ませたかった。

けれどエイヴァは腰に手をあてて、わたしを見据え、その場をじっと動かなかった。わたしが心の重荷を軽くすることに同意するまで、部屋に通すつもりはないのだ。

だから「目を閉じて」と言われたとき、わたしはそれに従った。単にさっさと事を進めたかったからだけど。

「じゃあ、足の裏から細く長い根が生えて、地面の奥深くへと穴を掘っていき、土のなかを這い進んでいっぱいに伸びているところを思い浮かべて。地核に到達してそれ以上は進めなくなるまで、どんどん深く深くへと掘りさげていくの。わかった？」

うなずいて、言われたとおりのことを思い浮かべたけど、話を先に進めるためだけにしたことで、信じていたからではなかった。

「大きくひとつ息を吸って、さらに何度か深呼吸して、全身をリラックスさせて。筋肉がゆるみ、緊張がほぐれていくのを感じなさい。しつこく残っているネガティブな思考や感情が消えていくのに任せるの。すべて消し去って、きれいさっぱりお別れするのよ。できる？」

はい、はい、やればいいんでしょ。

なにも考えずそのとおりにしてみると、驚いたことに本当にリラックスしはじめた。心底リラックスしていた。長く厳しい戦いのあとに、安らぎを得たみたいに。

こうして解放されるまで、どれほど神経が張りつめていたか、どれほどネガティブになっていたか、気づいていなかった。〈夏世界《サマーランド》〉に近づくためならなんでもするつもりだったけど、この怪しげな儀式は本当に効果があるのかもしれないと認めないわけにはいかなかった。

「今度は意識を上に移動させて、頭頂部に集中して。金白色の光がそこからまっすぐ射しこみ、首、手足、胴体を通ってずっと足元まで降りていくところを想像して。そのすばらしくあたたかい光が体のすみずみまで癒し、内外の細胞をひとつ残らず覆い、その強力な癒しの力で残っている悲しみや怒りを愛のエネルギーに変えるのを感じるの。始まりも終わりもない明るさ、愛、許しのまっすぐな光が体内に流れこむのを感じなさい。体が軽くなって、洗い清められたと感じられるようになったら、目をあけてわたしを見て。ちゃんと準備ができるまで待つのよ」

言われたとおり一連の光の儀式を行った。エイヴァにとっては重要なことなのだから、せめて真剣な姿勢だけでも見せるつもりだった。金白色の光が体内を巡り、細胞やらなにやらを覆うところを想像しながらも、どれぐらいたってから目をあければ嘘っぽく思われないか計算していた。

だけどそのとき、不思議なことが起きた。体が軽くなって、幸せな気持ちになり、強くなったように感じた。ここに着いたときには絶望的な気分だったというのに、満たされた気分になっていた。

目をあけると、エイヴァがほほえみかけていた。見たことのないほど美しいすみれ色のオーラが全身を包んでいる。

エイヴァはドアをあけ、わたしもつづいてなかに入った。目を細くしてまばたきをくりかえし、濃い紫色の壁に目を慣らした。この小さな部屋は、見たところ聖堂としても使われているようだ。

「ここで占いをしてるの？」

壁を埋めつくす聖像や水晶玉、キャンドルの膨大なコレクションを眺めてたずねた。エイヴァは首をふり、細かい刺繍《ししゅう》の施されたフロアクッションに腰をおろすと、すぐ隣のクッションを叩いて座るよう促した。

「ここにやって来るほとんどの人は暗い感情で満たされているから、この部屋に通すという危険は冒せないの。この部屋のエネルギーを純粋で清潔に保ち、暗いエネルギーが一切流れこまないようにするためには、わたし自身も含めて、体内が清められるまでは誰もなかに通さないようにしているのよ。いまあなたにもやってもらった清めの儀式は、毎朝目を覚ました直後と、この部屋に入る前にもやっているの。あなたにもそうすることをお勧めするわ。バカバカしいと思ってるのはわかっているけど、気分がすっきりしたことに驚いてもいるでしょう」

唇を噛みしめて視線をそらした。心を読まなくても、わたしの考えていることはお見通しのはずだ。すぐに顔に出てしまうから。

「確かに気分がすっきりした。だけど、根っこがどうとかっていうあれはなに？　なんか妙な感じだけど」

「あれは〝グラウンディング〟と呼ばれるものよ」

エイヴァはほほえんだ。

「ここを訪ねてきたとき、あなたのエネルギーはバラバラになっているようだったけど、グラウンディングはそれを抑えるのに役立つの。これも毎日やるといいわ」

「だけど、そのせいで〈夏世界〉に行けなくならない？　だって、ここに根を張るわけでしょう？」

エイヴァは声をあげて笑った。

「まさか、それどころか、心から行きたいと望む場所に集中できるようになるのよ」

部屋を見回すと、ものが溢れていて、すべてを見て取るのは大変なほどだった。

「つまり、ここはエイヴァの神聖なスペースってことね？」

エイヴァは笑みを浮かべ、クッションから飛びだした糸を引っぱっている。

「わたしはこの部屋で拝み、瞑想し、異次元に到達しようと努めているわ。そして、今度こそ行けそうだという強い予感がしているの」

エイヴァは蓮華座に足を組み、わたしにも同じことをするよう促した。はじめのうちは、こんなに伸びたひょろ長い脚では、エイヴァのように曲げてからませるなんて無理だと思わずにはいられなかった。けれど少しすると、いともたやすく自然で心地いい体勢で足を組めたことに驚いた。

「準備はいい？」

エイヴァは茶色い目でわたしの目を見つめてたずねた。

自分の足の裏を見つめながら肩をすくめた。膝の上に置いた足の裏がこんなにはっきり見えるなんて。エイヴァはつぎはどんな儀式をさせるつもりだろう?

「良かった。さあ、今度はあなたが導く番よ」

そう言ってエイヴァは笑った。

「わたしは一度も行ったことがないんだもの。道案内はあなたが頼りだわ」

## 24

　こんなに簡単にいくなんて、思いもよらなかった。

　まさかわたしとエイヴァで〈夏世界《サマーランド》〉に来られるなんて、信じられなかった。

　だけど目を閉じて、ゆらめく光のまばゆい入り口を想像し、そのなかに飛びこむと、あの弾力のある不思議な草の上に並んで転げ落ちた。

　エイヴァは目を見開き、口をぽかんとあけてわたしを見つめたまま、なにも言えずにいた。

　わたしはうなずいてあたりを見回した。彼女がどんな気持ちでいるのかよくわかった。前にも来たことがあっても、現実離れした感覚は少しも薄れはしない。

「ねえ、エイヴァ」

　立ちあがり、ジーンズのお尻をはたいて言った。ここがどれほど魔法に満ちた不思議な場所なのか教えてあげたくてうずうずしていた。

「なにか思い浮かべてみて。なんでもいいから。ものとか、動物とか、人間でもいいよ。目を閉じて、できるだけ鮮明にそれを見るだけで……」

エイヴァは目をつぶった。眉間に皺を寄せて選んだものに集中するのを見ていると、こっちがわくわくしてきた。

目をあけたとき、エイヴァは胸の前で両手を組み合わせて、まっすぐ前を見つめて叫んだ。

「そんな！　嘘、そんなはずが……だけど、あれは……あの子そっくりだし、まるで本物だわ！」

エイヴァは草の上にひざまずき、手を叩いてうれしそうに笑っている。一頭の美しいゴールデンレトリバーがエイヴァの腕に飛びこんで、頬をぺろぺろとなめ回し、彼女はその犬を胸にぎゅっと抱いて、何度も何度も名前を呼んだ。本物ではないことを教えておくのはわたしの義務だ。

「あのね、残念だけどその子は――」

言い終える前に、犬はエイヴァの腕をすり抜け、薄くなり、すぐに跡形もなく消えてしまった。彼女の顔に浮かんだみじめな表情を見て、こんな遊びを始めてしまったことに罪悪感を覚え、胸が痛んだ。

「先に説明しておくべきだったよね」

思いつきで行動してしまったことを悔やんで言った。

「本当にごめんなさい」

エイヴァは、膝についた草を払いながら涙をこらえていた。

「いいのよ。本当に。こんなにいいことがあるはずはないってわかってたもの。でも、あの子とまた会えただけでも——たとえ現実じゃなくても、これっぽっちも悔やんでいないわ。だからあなたも悔やまないでね、いい?」

エイヴァはわたしの手を取り、強く握りしめた。

「あの子が恋しくてたまらなかった。短い時間ではあっても、また一緒にいられたことは、すばらしい貴重なプレゼントだったわ。あなたのおかげよ」

エイヴァが本心からそう言ってくれていることを願いながらうなずき、深々と息を吸いこんだ。これから望みのままにいろんなものをつくりつづけることもできるけど、わたしの望みはただひとつだけだ。それに、エイヴァが愛するペットと再会するのを見たことで、物質的な喜びには価値が見いだせなくなっていた。

「これが〈夏世界〉なのね」

エイヴァはあたり一面を見渡した。

「そう。だけどこれまでに見たことがあるのは、この野原と、あの小川と、わたしがつくりだすまで存在しなかったいくつかのものだけ。そうだ、あそこに橋があるでしょ？　ずっと向こうの、霧がかかってるところに」

エイヴァはふり向き、確認してうなずいた。

「あそこには行っちゃだめ。向こう側につながっているから。ライリーが話していたのはあの橋のこと。わたしがエイヴァに説得されて、あの子を渡らせた橋だよ」

エイヴァは目を細くすぼめ、わたしを見つめて言った。

「もしも渡ろうとしたらどうなるのかしら？　まだ生きているし、招かれてもいないのに渡ったとしたら」

黙って肩をすくめた。そんなことを実践して調べてみるつもりはまったくない。

「やめたほうがいいと思うけど」

エイヴァの目を見ると、本気で迷っているのがわかった。純粋な好奇心から、橋を渡ってみるべきか悩んでいる。

「もどってこられなくなるかもよ」

危機感のないエイヴァにわからせようとつけ加えた。でも、この場所がそうさせるのだろう。あまりに美しく、魔法のような魅力に溢れているから、普段ならやらないようなことまでやってみようという気にさせられるのだ。

エイヴァはまだ完全に納得してはいなかったものの、いろいろと見て回りたくてうずうずしているらしく、わたしに腕をからめて言った。

「じゃあ、どこから始めましょうか」

ふたりともどこから始めたものか見当もつかなかったから、とりあえず歩きはじめた。踊る花の咲きほこる草原を歩き、震える木々の立ちならぶ森を抜け、色とりどりの魚の泳ぐ虹色の小川を渡り、曲がりくねった道を進んでいくと、ひとけのない長い一本道に出た。

そこは黄色いレンガの道や、黄金の敷きつめられた道なんかじゃなく、そこらで見るような、ふつうのアスファルトでできたありふれた道だった。

とはいえ、この道には塵《ちり》ひとつなく、路面の穴もブレーキ痕《こん》も見あたらないから、そこらの通りよりずっときれいだ。通りだけじゃなく、このあたりにあるものはどれもぴかぴかで真新しく、一度も使われたことがないみたいに見える。エイヴァの話が事実であれば、〈夏世界〉は時間という概念よりも古くから存在しているのだけれど。

「〈学びの大講堂〉について、具体的にはどんなことを知ってるの?」

あらゆる種類の天使や神話の生き物が柱に彫刻された、立派な白い大理石の建物を見あげながらたずねた。ここが探している場所なのだろうか。装飾的でありつつも荘厳で、立派だけれど畏怖《いふ》を抱かせるでもなく、いかにも大学の講堂という感じだ。

けれどエイヴァはもう興味をなくしてしまったのか、肩をすくめただけだ。

答えはここにあるはずだとあれほど自信を持っていたのに。ふたりのエネルギーを合わせて旅をしようとあれほど熱心だったのに。こうしていざ来てみたら、瞬時になんでもつくりだせる力に夢中になりすぎて、ほかのことには気が回らないみたいだ。

「知ってるのは、存在するということだけ」

エイヴァは目の前に手を広げて、ひらひらと動かしていた。

「調べているあいだに、そう書かれている文章に何度も行きあたったもの」

でもいま調べてるのは、その指につくりだした大きな宝石のちりばめられた指輪のことだけみたいね！　実際に言葉を口にしたわけではないけれど、もしエイヴァがこっちを見ようとさえすれば、わたしの顔に浮かんだいらだちの表情に気づいただろう。

「それで、そこに着いたらどうすればいいの？」

ここに来た真の目的にエイヴァを集中させたくてたずねた。わたしは自分の役目を果たしたんだから、エイヴァにだって手伝ってもらわなきゃ。

「寺院が見つかったら、なにを調べよう？　急な頭痛？　手に負えないほど汗をかく発作について？　そもそも、なかに入れてもらえるのかな？」

一瞬は消えたものの完全になくなることはない、わたしのネガティブで悲観的な考えについて、とくとお説教されるものと予想してふりかえると、エイヴァはいなくなっていた。

まちがいなく、完全に消えてしまった。

「エイヴァ！」

呼びかけながらぐるぐる回った。ゆらめいて光る靄《もや》を、どこからともなく広がってそこらじゅうを照らしている光のなかを、目を細くして覗きこんだ。

「エイヴァ、どこにいるの？」

叫びながら、ひとけのない長い道の真ん中を駆けていき、足を止めて窓や戸口を覗きこんだ。誰も利用する人はいないのに、どうしてこんなにたくさんのお店やレストランや画廊や美容院があるのだろう？

「あなたには見つけられない」

ふりかえると、黒髪の小柄な少女が立っていた。まっすぐな髪が肩に垂れ、カミソリで切ったみたいなぱっつん前髪が黒い目を縁取っている。

「ここでは人は迷子になるの。いつものことよ」

「あなた——誰なの？」

糊《のり》のきいた白いブラウス、チェックのスカート、青いブレザー、ニーソックス。典型的な私立学校の制服だ。でも、この子はただの生徒なんかじゃない。ここにいるからには。

「あたしはロミー」

彼女は唇を動かさずにそう言った。その声はわたしの背後からきこえてきていた。

くるっとふり向くと、そっくり同じ女の子が立っていて、笑いながらこう言った。

「その子はレイン」

もう一度ふりかえると、目の前にうりふたつの少女が並んでいた。服も、髪も、顔も、目も——なにもかも同じだ。

ニーソックスだけをのぞいては。ロミーのニーソックスはたるんでいるけれど、レインのはきちんと引っ張りあげてある。

「〈夏世界〉へようこそ」

ロミーはにっこりし、レインは細くすぼめた目でうさんくさそうにじろじろ見ている。

「お友だちのことは残念だね」

ロミーはそう言って双子の片割れを肘で小突いたけれど、返事はなかった。

「うん、レインも残念だって。認めたがらないだけで、そう思ってるんだよ」

「どこに行ったかわかる？」

ふたりを交互に見やりながら、この子たちはいったいどこから来たんだろうと不思議に思った。

ロミーは肩をすくめた。

「あの人は見つけてほしくないみたい。だからあたしたちがあなたを見つけたの」

「なんの話？　そもそも、あなたたちはどこから来たの？」

前にここに来たときは、誰にも会わなかったのに。

「それは、あなたが誰にも会いたがらなかったからだよ」

ロミーはわたしが頭のなかで考えていたことに返事をした。

「いままでそう望まなかっただけ」

あっけにとられてロミーを見た。頭のなかがぐるぐる回ってる——この子、わたしの心が読めるの？

「思考はエネルギーだよ」

ロミーは肩をすくめた。

「〈夏世界〉は流れの速い強大なエネルギーでできてる。あまりに強力で、思考が読めてしまうほどなの」

それをきいた瞬間、ダーメンとここを訪れたときのことを思いだした。あのとき、わたしたちはテレパシーで会話できた。だけどそのときは、わたしたちだけにできることだと思っていた。

「それが本当なら、なんでわたしにはエイヴァの心が読めなかったの？　それに、なんでエイヴァはあんなふうに忽然《こつぜん》と消えてしまったの？」

レインはぐるりと目を回したけれど、ロミーは身を寄せてきて、幼い子どもに話しかけるみたいに低く穏やかな声で話した。

「そうしようと思えば、そう望まなきゃ」

わたしがぽかんとしているのを見て、ロミーは説明した。

「〈夏世界〉では、あらゆることに可能性がある。どんなことでも叶うの。だけど、それを実現するには、まずそう望まないと。じゃなきゃ、その可能性は実現されないまま、たくさんある可能性のひとつのままで終わってしまうのよ」

いまの話の意味を理解しようとしながら、ロミーを見つめた。

「前に人を見かけなかったのは、あなたがそう望まなかったから。でもいまはどう？　周りになにが見える？」

見回すと、ロミーの言うとおりだとわかった。お店もレストランもいまでは人で溢れ、画廊には新しいアートが展示され、美術館の階段は人でごったがえしていた。人々のエネルギーと思考に意識を注いでみると、この場所がどれほど多様性に富んだ空間かに気づいた。あらゆる国籍と信仰の人々がこの場に存在し、平和に共存している。

――すごい。

なにひとつ見逃さないよう、そこらじゅうをきょろきょろと見回した。

ロミーはうなずいた。

「そういうわけで、あなたが寺院への道を知りたいと望んだ瞬間に、あたしたちがお手伝いのために現れたの。エイヴァは消えてね」

「つまり、わたしがエイヴァを消したってこと？」

だんだん事情が飲みこめてきた。

ロミーはくすくす笑ったけれど、レインはあきれ顔で首をふり、こんなに鈍い相手には会ったことがないというような目でわたしを見ていた。

「まさか」

「じゃあこの人たちはみんな――」

わたしは人の群れを示した。

「死んでるの？」

レインのほうはあきらめて、ロミーに向かって質問した。

レインが耳元に口を寄せてなにかをささやくと、ロミーは身を引いて言った。

「レインはあなたが質問しすぎるって」

レインは顔をしかめて、こぶしで腕を強く殴りつけたけれど、ロミーは笑うだけだった。わたしはそんなふたりを見つめていた。レインはずっとにらんでいるし、ロミーは謎めいたことばかり言っている。面白いと思うのと同じぐらい、次第にイライラしてきた。

わたしにはやることがある。探さなきゃいけない寺院がある。こんなわけのわからないおふざけにつき合って、時間を無駄にはできない。

ふたりともわたしの心が読めるのだと思いだしたときには遅かった。ロミーはうなずき、こう言った。

「あなたのしたいように。案内するわ」

# 25

ふたりは肩を並べて大股で歩き、先に立って通りを進んでいった。その規則的ですばやい歩調に、ついていくのがやっとだった。手作りキャンドルから小さな木のおもちゃまでさまざまな商品を呼び売りしている露天商と、お礼や笑顔と引き換えに丁寧に包まれた商品を並んで受け取っている客の前を通りすぎた。フルーツの店、お菓子を売る店、オシャレなブティックを横目に歩き、曲がり角で立ち止まって、馬車につづいてお抱え運転手の運転するロールスロイスが目の前を通りすぎるのを待った。

こんなものがどうして一箇所に同時に存在できるのか、どうして見たところかなり古そうな建物がぴかぴかの現代的なデザインの建物の隣に建っていられるのかたずねようとしたとき、ロミーがわたしを見て言った。

「もう話したでしょ。〈夏世界《サマーランド》〉にはあらゆる可能性があるんだって。別々の人たちが別々のものを望むから、思いつくかぎりのあらゆるものが存在してるわけ」

「じゃあ、ぜんぶつくりだされたものってこと？」

　心を打たれ、いまいちどあたりを眺めた。ロミーはうなずき、レインはずんずん先を歩いていく。

「だけど、誰がつくりだしているの？　あの人たちはわたしみたいな日帰り旅行者？　生きてるの、死んでるの？」

　ロミーとレインを見比べた。いまの質問はこのふたりにも言えることだ。外見はふつうに見えるけど、ふたりにはどこかものすごく変わったところがある。得体が知れないというか——時間を超越している感じがする。

　ロミーに視線を定めたそのとき、初めてレインがわたしに話しかけた。

「あんたが寺院を探してるから、あたしたちは手伝ってあげてる。でも勘違いしないでよ、あたしたちにはあんたの質問に答える義務はない。あんたの知ったことじゃないことだってあるんだから」

　ハッと息をのんだ。ロミーが仲裁に入って代わりに謝るだろうかと思って見たけれど、人通りの多いべつの通りへと導くだけだった。ひとけのない路地に入り、静かな大通りに出ると、立派な建物の前で足を止めた。

「ねえ、なにが見える?」

ロミーはそう言って、レインとふたりでわたしをまじまじと見つめた。

目の前に建つ荘厳な建物に、目を見開き口をぽかんとあけて見とれてしまった。手のこんだ美しい彫刻、傾斜した壮麗な屋根、堂々たる柱、立派な扉――その大きなあらゆるパーツがくるくると変化していき、パルテノン神殿、タージマハル、ギザの大ピラミッド、ロータステンプルへと姿を変えた。頭のなかもぐるぐるさせながら、建物がめまぐるしく変貌を遂げるのを眺めていた。やがて世界中のすばらしい寺院や奇跡がすべて、その変化しつづける建物に表現された。

なにが見えるって……すべてが見える。そう思ったけれど、言葉にならなかった。畏怖の念を起こさせる目の前の美しい光景に、口もきけなくなっていた。

ロミーにも同じものが見えているのだろうかと思い、ふり向くと、彼女は「ね、言ったでしょ!」とレインの腕を思い切り小突いていた。

「この寺院はあらゆる善良なものの知識と愛とエネルギーでできてるの」

ロミーはにっこりした。

「これが見える者は、なかに入ることを許されているのよ」

それをきいた瞬間、わたしは立派な大理石の階段を駆けあがった。この壮麗な建物のなかになにがあるのか見たくてうずうずしている。けれど、両開きの大きな扉の前に着いたとき、ふとふりかえった。

「あなたたちは来ないの？」

レインは黙って見つめていた。わたしなんかに関わりたくなかったと思いながら、いぶかしげに目を細めている。ロミーのほうは首をふってこう言った。

「あなたの答えはこのなかにある。もうあたしたちは必要ない」

「でも、どこから始めればいいの？」

ロミーはレインを見つめ、双子の姉妹のあいだで秘密のやり取りが交わされた。そのあとでこっちを見ると、話した。

「アカシックレコード（宇宙と人類の過去から未来まであらゆることが書かれているとされる記録）を探すの。そこには、これまでに語られたこと、考えられたこと、成し遂げられたこと、あるいは、これからのことすべてが永久に記録されてる。でも、あなたが見つけることになっていた場合にだけ見つけることができる。そうじゃなければ――」

その話はそこまでにしたいという様子で、ロミーは肩をすくめたけれど、わたしの目にパニックがはっきりと表れているのを見て取ると、先をつづけた。

「あなたが知るはずがないということになっていた場合は、知ることはない。ただそれだけの話」

そんなのなんの励ましにもならないと思いながら、その場に立ち尽くしていた。ふたりが背を向けて立ち去ろうとするのを見ると、ホッとしたほどだった。

「じゃあ、あたしたちはもう行かなきゃ、ミス・エヴァー・ブルーム」

わたしは絶対に教えたはずがないのに、ロミーはフルネームを口にした。

「きっとまた会うだろうけど」

ふたりが去っていくのを見つめながら、最後にもうひとつだけききたいことがあったのを思いだして、呼びかけた。

「だけど、どうやって帰ればいいの？　ここでの用が済んだら——」

レインは背中をこわばらせ、ロミーは辛抱強く笑みを浮かべて言った。

「来たときと同じ方法で。出口を通るに決まってるでしょ」

# 26

ふりかえると同時に、目の前で扉が開いた。スーパーマーケットにあるような自動ドアとはわけがちがう。たぶん入っていいということなんだろう。

燦爛《さんらん》たるあたたかな光の溢れる広々とした入り口に足を踏み入れた。降りそそぐまばゆい光は、〈夏世界《サマーランド》〉のほかの場所とも同じく、どこか一箇所から射しているわけではなさそうだ。隅から隅までくまなく行き渡り、影や暗い場所というものをひとつもつくらない。

古代ギリシャ様式の彫刻が施された白い大理石の柱に挟まれたホールを歩いた。彫刻された木製の長テーブルには、ローブをまとった修道士、司祭、ラビ、シャーマン、ありとあらゆる求道者たちが肩を並べて座っている。みんな大きな水晶玉と宙に浮かぶタブレットを見て、そこにくり広げられる映像をおのおの調べている。

立ち止まり、アカシックレコードのある場所をたずねて邪魔をしたら失礼だろうかと考えた。だけどその部屋はひどく静かで、みんな作業に没頭していたため、邪魔する気になれず、そのまま歩きつづけた。

まじりけのない真っ白な大理石から彫りだされたみごとな彫像が立ちならぶ前を通りすぎ、やがてイタリアの大聖堂を思わせる装飾的な広々とした部屋に入った。大聖堂のようなドーム型天井、ステンドグラスの窓、ミケランジェロも驚きそうな壮麗で精緻《せいち》なフラスコ画。

部屋の中央に立ち、全体を捉えようと見あげながら、すっかり圧倒されていた。くるくる回っているうちに、めまいと疲労を覚え、一度にぜんぶ見るのは不可能だと悟った。それにもうじゅうぶん時間を無駄にしていた。

目をかたく閉じて、ロミーのアドバイスに従った。なにかを実現するには、まずはそれを望むこと。求める答えに導いてほしいと願った直後、目をあけると長い廊下が現れた。

これまでの白熱光のような明かりに比べると、うす暗かった。この廊下がどこへつづいているのかわからなかったけど、わたしは歩きだした。どこまでもつづくような美しいペルシャ絨毯《じゅうたん》をたどり、ヒエログリフに埋めつくされた壁に手を走らせる。指先でなぞるだけで、そのイメージが頭に浮かぶ。触れるだけでそこに描かれた物語が紐《ひも》解かれていく。

するととつぜん、なんの前触れもなく、わたしはまたべつの部屋の入り口に立っていた。

今度の部屋はべつの意味で凝ったつくりだった。彫刻や壁画が凝っているのとはちがい、シンプルそのものという意味で。

円形の壁はなめらかで輝いていて、はじめはただの白い壁に見えていたけれど、よくよく見るとただのなんてものじゃないことに気づいた。本物の白——美術の授業で習ったように、すべての色を合わせることで初めて生まれる白だ。天井には何千という美しいカットのクリスタルがぶらさげられ、そのすべての光がゆらめき、反射し、部屋に渦を描く色の万華鏡となっている。そのほかに部屋にあるのは、物質の特性に反して不思議とあたたかく心地よい大理石の長椅子ひとつだけだ。

長椅子に腰かけて膝に手を重ねると、ここまで歩いてきた廊下など存在しなかったかのように、背後で壁が継ぎ目なくぴたりと閉じた。

不思議と怖くはなかった。目に見える出口はなく、この奇妙な部屋に閉じこめられてしまったようなのに、安心できて、穏やかな気持ちで、守られていると感じていた。繭《まゆ》に包まれ、慰められているみたい。円形の壁はわたしを歓迎して抱きしめる大きな力強い腕のよう。

大きくひとつ息を吸って、すべての疑問に対する答えがもたらされることを願うと、大きな水晶のプレートが目の前に現れた。それはさっきまでなにもなかった空間に浮かび、わたしのつぎの動きを待っている。

だけど、ここまで答えに近づいたのに、質問したいことが急に変わった。だから「ダーメンの身になにが起こって、どうすれば直せるの？」という質問の代わりに、「ダーメンについて知っておくべきことをすべて教えてほしい」と頭のなかで考えた。ダーメンが話そうとはしない謎に包まれた過去について、すべてを知る唯一のチャンスかもしれないと思った。興味本位で詮索《せんさく》しようとしてるわけじゃなく、解決法を探すのにどんな情報も役立つはずだと自分を納得させる。それに、わたしに知る権利がなければ、なにも明かされることはないはず。だったら質問してみてもいいんじゃない？　考えがまとまるとすぐに、水晶はブーンと鳴りはじめて振動し、表面に映像がどっと溢れた。高画質のテレビみたいにクリアな画質だ。

雑然とした小さな作業場が見えた。窓は黒くぶ厚い木綿の布で覆われ、壁はたくさんのキャンドルに照らされている。ダーメンはそこにいた。三歳ぐらいで、膝下まである簡素な茶色いチュニックを着て、ぶくぶくと泡立つ小さなフラスコや積みあげられた石、カラフルな粉の入った缶、乳鉢と乳棒、大量のハーブ、染料のガラス瓶で散らかったテーブルの前に座っている。父親が小さなインク壺《つぼ》に羽根ペンを浸し、複雑な記号を連ねてその日の作業について書き記すのを見つめている。父親はしばしば手を止めては、『フィチーノのヘルメス全集』というタイトルの本を読み、ダーメンはそれを真似て、自分の紙切れになにやら書きなぐっている。

ダーメンはそれは可愛らしくて、ふっくらした丸い頬は天使みたいだった。あのまぎれもない漆黒の目に黒髪がかかり、柔らかそうな幼い首筋にカールして垂れている。思わず手を伸ばさずにはいられなかった。まるで本物のようで、すぐそばにいるように思えて、触れることさえできれば、きっと彼の住む世界を一緒に体験できるはずだと確信していた。だけど指を近づけたとたん、水晶は耐えがたい熱さになった。手には一瞬、火傷の水ぶくれができたけれど、すぐに治った。これで境界線がわかった。見るのは許されても、干渉してはいけないのだ。

映像はすばやく進み、ダーメンの十歳の誕生日になった。特別な日だからと、お菓子がふるまわれ、午後遅くには父親の作業場を訪ねることを許された。ふたりに共通しているのは、ウェーブした黒髪、なめらかなオリーブ色の肌、きれいな顎の線だけじゃない。ふたりは錬金術の霊薬を完成させるという情熱も分かち合っていた。鉛を金に変えるばかりか、命を永遠に延ばすという錬金術——完璧な賢者の石を探し求めている。

ふたりは作業に取りかかった。手順はいつも決まっていて、ダーメンが乳鉢と乳棒でそれぞれのハーブをすりつぶし、塩、オイル、色のついた液体を慎重に計量し、それを父親がぶくぶくいっているフラスコに加える。父親はひとつの作業が進むごとに手を止めて、なにをしているのか知らせ、自分たちが果たすべき仕事について息子に説明している。

「私たちが追い求めているのは変質だ。病を健康に、老人を若者に、鉛を金に、ことによっては不死も。すべてはひとつの基本的な元素から生まれていて、その核まで還元できれば、そこからどんなものでもつくりだすことができるんだ！」

ダーメンは夢中になってききいっている。まったく同じ話を前にも何度もきいたことがあるというのに、父親の言葉の一語一語に熱心に耳を傾けていた。ふたりはイタリア語で会話していて、わたしは一度も学んだことがなかったけれど、なぜかすべて理解できた。

父親は材料の名前を言ってから加えていき、今日のところは最後のひとつを入れないでおこうと決めた。最後の成分となる風変わりな見た目のこのハーブは、三日間寝かせた霊薬に加えれば、ますますその力を高めるはずだと確信していた。

透き通った赤い霊薬をもっと小さなガラスのフラスコに注いだあと、ダーメンはそっとふたをして、見つかりにくい秘密の棚にしまった。散らかった器具を片付けたところに、ダーメンの母親が食事ですよと呼びに来た。シンプルな絹のドレスを着て、カールした金髪を小さな帽子に押しこんだ、クリーム色の肌をした美しい女性だ。夫に向けるほほえみと、息子に向けるまなざしには、溢れる愛情がありありと見て取れた。ダーメンと母親の情感のこめられた黒い瞳は鏡に映したようにそっくりだった。

三人が食事をとりに家にもどろうとしたとき、浅黒い三人の男たちがドアから飛びこんできた。男たちはダーメンの父親を襲い、霊薬をよこせと脅した。母親は霊薬をしまった棚にダーメンを押しこみ、音を立てずにそこにじっとしているようにと命じた。

ダーメンは暗く湿っぽい空間に縮こまり、板の小さな節穴から様子をうかがっていた。一生の仕事が集約されている父親の作業場が、霊薬を捜す男たちの手でめちゃくちゃにされるのを見ていた。父親は、記録を渡しても生き延びることはできなかった。ダーメンは震えながら、なすすべもなく両親が殺されるのを見ていた。

わたしは白い大理石のベンチに座ったまま、頭のなかがぐるぐる回り、胃がむかつくのを感じていた。渦巻く感情、とてつもなく深い絶望、ダーメンが感じていることをすべて感じていた。ダーメンの涙で目の前がぼやけ、熱く荒い息づかいは彼のものと区別がつかなくなっていた。わたしたちはいまではひとつになっていた。ふたりは想像を絶する深い悲しみを共に味わっていた。

わたしたちはふたりとも、同じ種類の喪失感を味わっている。

わたしたちはふたりとも、どこか自分に責任があると思っている。

ダーメンは両親の傷をきれいに洗った。三日が過ぎれば、最後の成分となるあの風変わりなハーブを霊薬に加えて、両親を生き返らせられるはずだと信じていた。なのに三日目が来たとき、霊薬の瓶をしっかり握りしめて死体の横で体を丸めているところを、悪臭に気づいた近所の人々に見つかってしまった。

ダーメンは抵抗し、あのハーブをつかんで無我夢中で霊薬のなかに突っこんだ。両親にそれを飲ませようとしたけれど、叶わぬうちに近所の人々に取り押さえられた。

人々はダーメンがなにかの魔術を行っているのだと確信し、教会の救貧院に預けた。ダーメンはそれまで知っていた愛するすべてのものから引き離されたことに打ちのめされ、悪魔祓いをしようとする司祭たちに痛めつけられた。

何年ものあいだ、ダーメンは静かに苦しんでいた――ドリナがやって来るまでずっと。いまや十四歳のたくましい美青年となったダーメンは、ドリナの燃えるような赤毛、エメラルドグリーンの瞳、白くなめらかな肌に釘付けになった。驚くほどの美しさに、見つめずにはいられなかった。

ダーメンとドリナが互いを気づかい、大切に思い、絆を築いていくさまを見つめながら、わたしは息もできないほどになり、こんなの見たいなんて頼まなければよかったと後悔した。わたしはがむしゃらで、衝動的で、むこうみずで、どんなことになるのかちゃんと考えもしなかった。いまではドリナは死に、なにも恐れることはないとはいえ、ダーメンが彼女のとりこになっていくのを見るのは耐えがたかった。

ダーメンは司祭の手によって負わされたドリナの傷の手当をし、敬意を持って彼女をとても大切にしていた。まぎれもなく惹かれている気持ちを否定し、ドリナを守り、救い、逃げるのを手助けしようと決意していた。

その日は思っていたよりずっと早くやってきた。フィレンツェを疫病が襲ったのだ。無数の命を奪った恐ろしい黒死病によりリンパが腫れ、皮膚から膿《うみ》が出て、人々はのたうちまわって苦しんだ。

ダーメンは大勢の仲間の孤児たちが発病して死んでいくのをどうすることもできずに見ていた。が、ドリナが感染すると、父親が人生をかけて取り組んでいた仕事にもどることを決めた。大切にしてきたすべてのものを失うきっかけとなり、これまでの数年間はずっと考えないようにしていたあの霊薬をもう一度つくったのだ。ほかに残された選択肢もなく、ドリナを失いたくなくて、ダーメンは霊薬を彼女に飲ませた。病を防ぐことだけを願いながら、自分も飲み、残っている孤児たちにも飲ませた。まさか永遠の命まで授かることになるとは思ってもいなかった。

理解不能な力によって、苦悶《くもん》の悲鳴をあげて病に倒れて死んでいく司祭たちをよそ目に、孤児たちは解放された。孤児たちはフィレンツェの街にもどって死者から金品を略奪したが、ドリナをかたわらに置いたダーメンの狙いはただひとつ――両親を殺した三人組に復讐することだけだった。とうとう居場所を突きとめたものの、男たちは霊薬に最後の成分を入れていなかったため完成できず、疫病に倒れていた。

ダーメンは男たちが死ぬのを待った。治療薬をやろうと守るつもりもない約束をしてからかった。ついに男たちが息絶えたときには勝利の虚しさに愕然《がくぜん》として、愛に溢れるドリナの抱擁に慰めを求め……。

わたしは目を閉じた。シャットアウトしようと思ったけれど、いくらがんばっても、いま見たものが永遠に目の裏に焼きついて離れないことはわかっていた。

ふたりが六百年にわたって断続的に恋人でいたということは頭ではわかってる。だけど、それを目の前に見せられるとなると、話がちがう。

それに認めたくはないけど、残酷で強欲でうぬぼれのかたまりだった昔のダーメンは、わたしを捨ててステーシアに走ったいまのダーメンと驚くほど多くの共通点があることに、いやでも気づかされた。

果てることのない欲望でふたりが結びついているさまを一世紀にわたって見てくると、わたしとダーメンの出会いまで見る気が失せてしまった。前世の姿を見たいという興味はもはやなくなっていた。こんなものをさらに百年分も見なければならないというのなら、そこまでして見たくはない。

目をつぶり、「もういい、最後を見せて！　お願い！　これ以上、一秒だって見るのは耐えられない！」と願った瞬間、水晶がちらちら揺れて、ぼやけた映像が猛スピードで早回しされ、個々の映像の区別がつかないほど一気に通りすぎていった。ダーメン、ドリナ、そして何度も生まれ変わったわたし（ブルネット、赤毛、ブロンド）の姿がちらっと見えるだけで、すべてがめまぐるしい速さで通りすぎていく。顔や身体は見分けがつかなくても、目だけはいつもなじみあるものだった。

思い直して、スピードを落とすよう頼んでも、映像はそのますますばやく過ぎていく。最後にローマンの姿が現れた。唇をねじ曲げて、目には歓喜が溢れている。彼は年老いて息絶えたダーメンを見つめていた。

そして――

そのあとはなにもなくなった。

水晶の映像は消えてしまった。

「待って！」

叫び声は空っぽの部屋の背の高い壁にぶつかって反響し、まっすぐ自分にはねかえってきた。

「お願い！　もう一度見せて！　ちゃんとするから。本当に！　もう嫉妬したり動揺したりしないって約束する。巻きもどしてくれたら、しっかりぜんぶ見るから！」

だけど、いくら懇願しても、いくらもう一度見せてと頼んでも無駄だった。水晶は視界から消えうせてしまった。

あたりを見回し、誰か助けてくれそうな人を探した。けれど、ここにいるのはわたしだけだった。頭を抱え、またつまらない嫉妬と不安に負けたりして、なんてバカだったんだろうと落ちこんだ。

ダーメンとドリナの関係を知らなかったわけじゃないのに。どんなものを目にすることになるか、気づいていなかったわけじゃないのに。気を強く持って目の前の情報に向き合うこともできなかったせいで、どうすればダーメンを救えるのか見当もつかない。どうしてふたりの関係がこんなにガラッと変わってしまったのか、さっぱりわからない。

わかっているのは、ローマンのせいだということだけ。とっくに想像していたことをみじめに確認しただけだ。ローマンはなんらかの方法でダーメンを弱らせ、不死の命を奪おうとしている。ローマンの狙いはさておき、ダーメンを救うのに希望があるとすれば、理由とはいかなくても方法を知る必要がある。

ひとつ確実に言えるのは、ダーメンが老いるはずはないということ。六百年間生きているのに、見た目はティーンエイジャーのままなんだから。

愚かで心が狭くてちっぽけな自分に腹を立て、両手に顔を埋めた。自分が憎らしいほど情けない。答えを知るチャンスを自ら奪ってしまったのだから。すべてを巻きもどして、一からやり直せたらいいのに。過去にもどれたらいいのに――

「過去にはもどれないよ」

ふいに背後からきこえてきたロミーの声にふりかえった。どうやってこの部屋に入ったんだろう。見回してみると、そこはもうあの美しい円形の部屋ではなく、わたしはホールにもどっていた。修道士、司祭、シャーマン、ラビが座っていたところからいくつか離れたテーブルの前に座っていた。

「それに未来へと早送りするのも絶対にだめ。そこへ至るまでの道のりを、現在の時間を奪うことになるから。結局、本当に存在しているのは、いまという瞬間だけなんだから」

ロミーは水晶のタブレットで失敗したことについて言っているのだろうか、それとも人生について一般論を述べているのだろうか。

ロミーはほほえんでたずねた。

「大丈夫？」

肩をすくめて目をそらした。わざわざ説明することなんかない。この子はどうせもう知ってるんだから。

ロミーはテーブルに身を乗りだして首をふった。

「ううん、あたしはなんにも知らない。ここで起きたことはぜんぶあなたのことで、あなただけの秘密。あなたの嘆く声がきこえたから、あたしは様子を見に来ただけ。ただそれだけよ。それ以外にはなにもない」

「感じの悪い双子の片割れはどこ?」

どこかに隠れているのかと思い、あたりを見渡した。

けれどロミーは笑みを浮かべただけで、ついてくるようにと身ぶりで促した。

「あの子は外であなたのお友だちを見張ってる」

「エイヴァがここにいるの?」

それを知ってホッとしている自分に驚いた。あんなふうに置き去りにされたことで、彼女にまだ腹を立てているというのに。

だけどロミーは今度も身ぶりだけで、入り口からエイヴァのいる外の階段へと導いた。

「エイヴァ、どこに行ってたの?」質問というよりは責めるような口ぶりになっていた。

「ちょっと寄り道しちゃって」

彼女は肩をすくめた。

「ここがあまりにもすばらしいところだから……」

エイヴァはわたしが自分を許してくれることを期待してこっちを見ていた。が、あきらかにそんなつもりがないのに気づくと、目をそらした。

「なんでここに来ることになったの？　ロミーとレインが――」

だけどふりかえると、ふたりはいなくなっていた。

エイヴァは目を細くすぼめ、新たにつくりだしたゴールドのフープ・イヤリングを指でいじりながら言った。

「あなたを見つけたいと望んだから、ここに来ることになったの。でも、わたしはなかには入れないみたい」

エイヴァは扉に向かって顔をしかめた。

「ここだったのね？　探していた〈学びの大講堂〉はここだったんでしょ？」

うなずきながら、彼女が新しく身につけているものを見て取り、ますますいらだちを募らせた。人の命を救う手助けをしてもらうために〈夏世界〉に連れてきたのに、エイヴァときたら自分のことで頭がいっぱいだ。

「わかってる」

エイヴァはわたしの頭のなかの声に返事をした。

「我を忘れちゃって、申し訳ないと思ってるのよ。もし、まだ必要なら、ちゃんと手伝うわ。それとも、探していた答えはすべて手に入れた?」

唇を嚙みしめて地面を見おろし、首をふって言った。

「それが、困ったことになっちゃって……」

恥ずかしさでいっぱいになった。非は自分にあると思いだしたら、なおさら。

「残念だけど、ふりだしにもどったみたい」

世界一の負け犬みたいな気分だった。

「わたしにできることはない?」

エイヴァはほほえみ、本心から言っているのだと伝えようと腕をぎゅっと握ってきた。だけどいまの時点で彼女にできることは大してなさそうだった。

「そんなに簡単にあきらめちゃだめよ。なんといっても、ここは〈夏世界〉なんだから。どんなことだって可能なのよ!」

確かにそのとおりだけど、わたしには地上でやらなければならない大事な仕事がある。よそ見なんかは許されない、全神経を集中させなければならない仕事が。

「じゃあ、エイヴァにしてもらいたいことがひとつあるの」

# 27

エイヴァは残りたがったけど、がっちりその手をつかんで帰らせた。ふたりとも〈夏世界《サマーランド》〉で時間をたっぷり無駄にしていたし、わたしにはほかに行く場所があった。

「がっかりだわ!」

自分の家の小さな紫色の部屋のフロアクッションに着地してすぐ、エイヴァは自分の指をにらんで言った。

「指輪はそのままとっておきたかったのに」

彼女がつくりだした宝石のちりばめられたゴールドの指輪はいつものシルバーの指輪にもどり、新しく身につけていたものも移動のあいだに消えてしまっていた。

「だよね。でも地上でも同じことはできるんだし、またつくればいいじゃない」

わたしのレッスンが始まったばかりのときにダーメンに言われたのと同じ励ましの言葉を

くりかえし、にっこり笑ってみせた。いまとなっては、レッスンにもっと集中しておけばよかったと思うけど、不死人《イモータル》であるということは、時間だけはたっぷりあるということだと高をくくっていた。

それに、エイヴァにきつくあたってしまったことで、罪悪感を覚えはじめていた。あの場所を初めて訪れたら、ちょっとばかり興奮するのは当然だ。

「これからどうするの？」

わたしを玄関まで見送りながら、エイヴァはたずねた。

「いつ〈夏世界〉にもどるの？　まさかひとりでもどるつもりじゃないでしょう？」

ふりかえり、エイヴァと視線を合わせると、彼女がどれほど力を消耗しているかわかり、連れていったのはまちがいだったのかもしれないと思った。

目を合わせないようにしながら車に向かい、肩ごしに言った。

「電話するね」

翌朝、駐車場に車を停めて教室に向かった。いつもの生徒の波にまぎれこんだけれど、今朝はみんなとの距離を保ってパーソナルスペースを確保しようとはしなかった。代わりに、ただ人の流れに身を任せた。ｉＰｏｄもパーカーもサングラスも家に置いてきたのに、誰かの体がかすめても、少しも反応しなかった。

どのみちあまり役立ちはしなかったこれらのアイテムには、もう頼らない。いまでは自分でコントロールできるのだから。

昨日、〈夏世界〉を出る前に、もっといいシールドをつくるのを手伝ってほしいとエイヴァに頼んだ。彼女を外に待たせておいて、ひとりで大講堂にもどって答えを受け取ることもできるとわかっていたけど、エイヴァは力になりたがっていたから。彼女もなにかを学べるかもしれないと思い、好きに波長を合わせたり切断したりできるシールドを思い描き、ふたりのエネルギーを集中させた。つぎの瞬間、わたしたちは互いに顔を見合わせて、同時に言った。

「できた!」

だからいまでは、誰かの心の声がききたければ、相手のエネルギーフィールドに波長を合わせればいい。ききたくなければ、切断する。

ダーメンの動向を見逃さないよう、早めに国語の教室に着いた。一秒たりとも監視を怠るわけにはいかない。ダーメンに起きていることの原因はローマンにあると映像で確認してはいたものの、いまのところ収穫はまだそれだけだ。犯人が判明したいま、今度はその方法と狙いを調べる番だ。

あまり長くかからないといいんだけど。理由のひとつは、ダーメンが恋しかったから。もうひとつは、不死のドリンクが残り少なくなっていて、飲む量を減らさなければいけなくなっていたから。ダーメンは決してレシピを教えようとはしなかったから、どうやってつくればいいのか見当もつかないし、あれがないとどうなるのかも予想がつかない。いいことにならないのはまちがいないけれど。

ダーメンは初めて霊薬を飲んだとき、これでずっと病気とは無縁になるのだと思っていた。最初の百五十年は何事もなく過ぎたけれど、その後かすかな老化の兆しが見えはじめ、また飲むことにしたのだ。そしてまた。やがて完全に依存するほどになるまで。

わたしがドリナを倒すまで、不死人でも死ぬことがあるということにダーメンは気づいていなかった。わたしもダーメンも、いちばん弱いチャクラを狙うことだけが不死人を滅ぼす唯一の方法だと思っていたし、そのことを知っているのはわたしたちだけだといまでも確信している。アカシックレコードによると、ローマンはべつの方法を見つけたらしい。となると、ダーメンを救う希望があるとしたらそれはローマンがなにを知っているのか調べることにある。

教室のドアが開くと目をあげて、クラスメートたちが続々と入ってくるのを眺めた。わかってはいたけど、みんなが笑ったり冗談を言い合ったりしながら仲良くしているのを見るのはやっぱりつらかった。先週まではあいさつさえロクにしてなかったのに。全校生徒が仲良しなんて理想的かもしれないけど、わたしだけはこの状況を喜べずにいる。

それに、のけ者にされてるから言うわけじゃなく、こんなの不気味で、不自然で、おかしい。学校って、ううん、人間ってこんなふうに動かされるものじゃない。好きな者同士が集まるっていうのが自然な姿だ。おまけに、ここにみんなの意志はない。ハグしたり、笑い合ったり、バカみたいにハイタッチしたりしているのは、お互いに対する愛情が新たに芽生えたからじゃないことに、みんなはこれっぽっちも気づいていない――すべてはローマンのしわざなのに。

自分の楽しみのためにパペットを自在に操る人形師みたいに、ローマンはみんなを操っている。どうやってそんなことをしているのかわからないし、本当に彼がやっていると証明することもできないけど、とにかくそれが真実だと心の奥で確信している。ローマンが近くにいるといつも胃がチクチクしたり、肌がぞわっとするのと同じぐらい確かなことだ。

ダーメンが席に着き、ステーシアが彼の机に身を乗りだすのが見えた。ぶ厚いパッドを詰めて寄せてあげた胸がダーメンの顔のすぐ前に迫っている。ステーシアは肩から髪を払いのけ、自分のバカバカしいジョークにくすくす笑っている。ダーメンの心の声だけをきくためにステーシアの声は閉めだしていたから、どんなジョークだったのかはきこえなかったけど、ダーメンがそれをくだらないと思っているのがわかっただけで、じゅうぶん満足だった。

おかげで小さな希望も湧いてきた。

ダーメンがステーシアの胸の谷間に意識をもどした瞬間に、その希望はまたすぐしぼんでしまったけれど。

いまのダーメンはあまりにも平凡で幼稚で、はっきりいって、恥ずかしくてしょうがない。昨日、ドリナとイチャついている彼の姿を見せられたときには傷ついたけど、いま思うと、これに比べればなんてことはなかった。

ドリナは過去のことで、水晶に映しだされた中身のない薄っぺらな美しい姿にすぎない。

でもステーシアは現在のことだ。

ステーシアも中身がなく薄っぺらで美しいけれど、こっちは三次元の姿で目の前に立っている。

ダーメンは弱くなった頭で、パッドがぎっしり入ったステーシアの胸のことばかり考えて、すっかり興奮していた。これが彼の本当の好みなのだろうかと思わずにいられなかった。

こんな生意気で、ガツガツしてて、うぬぼれ屋の女の子が、ダーメンの本当の好みのタイプなのだろうか。

　わたしはたまたま出会った異例のタイプで、この四百年にわたって現れては邪魔をしつづけているだけの存在なのだろうか。

　授業中ずっとダーメンから目を離さなかった。ひとりぼっちの後ろの席からずっと。ロビンズ先生の質問には、考えもせず反射的に答えた。先生の頭のなかに見えた答えをくりかえすだけで。つねにダーメンのことを考え、彼の本当の姿を何度も自分に言いきかせていた。いま見えている姿とはちがって、善良で、優しくて、思いやりがあって、誠実で……わたしがいくつもの人生でまぎれもなく愛した人。いま目の前に座っているのは、本当の彼じゃない。昨日明かされた過去の態度をいくら反映していようと、ダーメンはこんな人じゃない。

　チャイムが鳴ると、また彼のあとをつけた。授業をサボって二時間目の体育の授業中もずっと監視をつづけ、校庭を走っているはずの時間もダーメンのいる教室の外をうろつくことにした。廊下の監視係が近づいてくるのを察知すると、さっと身を隠し、いなくなるとまたもどってきた。ダーメンに非難されたとおりのストーカーみたいに、窓から教室のなかを覗き、彼の心の声のすべてに耳を傾けた。ダーメンの意識がステーシアだけに向けられているのではないとわかって、安心していいのか心配するべきなのかわからなかった。彼はまああ見た目が良くてそばに座っている女子なら誰にでも興味を示していた。もちろん、わたしだけはべつだけど。

三時間目もダーメンの監視をつづけたけれど、四時間目になる頃には、ターゲットをローマンに切り替えた。まっすぐ彼の目を見つめて自分の席に向かい、視線を感じるたびに彼のほうをふり向き、気づいているそぶりを見せた。ローマンがわたしに対して考えていることは、ダーメンがステーシアに対して考えていることと同じぐらい陳腐で気まずい内容だったけど、赤面したり反応したりするのはいやだった。ひたすらほほえんで小さくうなずきつづけていた。笑って耐えるつもりだった。この相手の正体を知りたければ、黒死病みたいに避けていてはどうにもならない。

チャイムが鳴ると、不本意ながらふりあてられた仲間はずれのドジ子の役を降りることにして、ひとつに長くつなげられたテーブルへとまっすぐ向かった。ちゃんと席までたどり着いてクラスのみんなと一緒に座ろうと決めて、一歩進むごとにひどくなる胃のチクチクも無視した。

近づいていくわたしに向かってローマンがうなずくのを見て、予想に反してちっとも彼が驚いていないことにがっかりせずにはいられなかった。

「エヴァー！」

ローマンはにっこりして、自分の隣の狭いスペースをぽんぽんと叩いた。

「やっぱりぼくの妄想じゃなかったんだね。教室で同じ瞬間を分かち合っていたのは」

ぎこちない笑みを浮かべ、ローマンの隣の席に体を押しこんだ。とっさにダーメンのほうに視線を向けてしまったけれど、すぐに強いて目をそらした。ローマンに意識を集中しないと。わき道にそれたら絶対にだめ。

「いつかはきみも折れるだろうと思ってたよ。もっと早ければよかったけど。その分、時間を取りもどさないとね」

ローマンは身を寄せてきた。彼の顔がすぐ近くにあって、瞳のなかの細かなところまで見て取れた。きらきらしたすみれ色の瞳を見つめていると、あっけなく吸いこまれていきそうで——

「これっていいよね。いいと思わない？　こんなふうにみんなが集まって、ひとつになるなんてさ。これまでずっと、環を完成させるのにきみだけが欠けていた。でもこうして来てくれたんだから、ぼくの任務は完了だ。実現できっこないって思ってただろ？」

ローマンは頭をのけぞらせて笑った。目を閉じ、きれいな歯を見せ、くしゃくしゃの金髪に日射しを浴びながら。認めたくはないけれど、本当のところ、彼は魅力的だった。

ダーメンとはちがった意味で。そう、ダーメンとはぜんぜんちがう。ローマンには、前のわたしならきっと恋をしたはずの、外見的な魅力と計算されつくしたかっこよさがほどよくあり、過去の暮らしを思いださせる。あの頃のわたしは見た目ばかり気にしていて、内面についてはほとんど見ようとしなかった。

ローマンがチョコレートバーをかじるのを見つめたあと、視線をダーメンに移した。黒髪に黒い瞳のゴージャスな横顔を見つめていると、胸のなかが恋しさでいっぱいになって耐えられないほどだった。彼が手をふりまわしてくだらない話でステーシアを喜ばせるのを見つめながら、話よりも手のほうに気を取られていた。肌に触れる彼の手がどんなにすばらしい感覚をもたらしたか思いだし――

「……だからさ、きみがこっちに来てくれたのはうれしいんだけど、ホントはどういうつもりなのかなって、つい気になってね」

ローマンはわたしを見つめたまま言った。

だけどわたしはダーメンを見つめたままだ。彼はステーシアの頰に唇を押しあて、耳へと移り、ずっと首筋をおりていき……。

「きみはあらがいきれないぼくの魅力とかっこよさに負けたんだって思いたいのは山々だけど、そこまでバカじゃないし。だからエヴァー、どういうつもりなのか教えてくれよ」

ローマンの話している声はきこえていた。絶え間なくつづく遠い雑音のようにだらだらと話しつづけているのがきこえていた。けれど、わたしはダーメンを見据えたままでいた。わたしが存在することさえまったく気にかけてもいない、生涯の恋人で永遠の魂の伴侶を。ダーメンの唇がステーシアの鎖骨をかすめてまた耳元へ移動し、そっと唇を動かしてささやきかけ、残りの授業はサボって自分の家に行こうと彼女を説きふせようとしているのを、胃をぎゅっとつかまれる思いで見て……。

待って——彼女を説きふせる？　ステーシアを説得しようとしてるの？　それってつまり、彼女はまだ心の準備ができてなくて気が進まないってこと？

ふたりがもうやっちゃったと思ってたのはわたしだけ？

ステーシアに波長を合わせて、どういうつもりで焦らしてるのか調べようとしたとき、ローマンに腕をぽんぽんと叩かれた。

「なあ、いいだろ、エヴァー。恥ずかしがらずにさ。ここでなにをしてるのか教えてくれ。すっかり気が変わった理由をはっきり言ってくれよ」

返事をする間もなく、ステーシアがこっちを見て言った。

「ちょっと、ドジ子、こっち見すぎでしょ」

わたしは反応しなかった。ダーメンのことしか見てなくて、きこえないふりをした。ステーシアの存在を認めたくなかった。ふたりの体はからみあい、ひとつのもののようなものだとしても。こっちをふりかえって、わたしを見てくれたら……ちゃんとわたしを見てくれたら……

以前のように見てくれたらいいのに。

だけどついにこっちを見たダーメンの視線は、わたしを素通りした。まるでわざわざ見る価値もないというように、いまではわたしが見えないかのように。

そんなふうに無視されて、わたしは呆然とし、息ができずに凍りつき、身動きもできなくって――

「ねえねえ、もしもーし？」

ステーシアはみんなにきこえるぐらい大きな声をだした。

「マジメな話、あんたのためにできることはある？　救いようはあ、あ、ある？」

ほんの数メートル離れたところに座っているマイルズとヘイヴンをちらりと見やると、ふたりは首をふって、どちらも最初からわたしなんかとかかわらなければよかったと思っていた。わたしは大きく息を吸いこんで、ふたりにはどうにもできない状況なのだと自分に思いださせた。ローマンがこの恐るべきショーの脚本家で、プロデューサーで、監督で、創造者なのだ、と。

ローマンと目を合わせて思考を覗きこむと、胃がチクチクとねじれた。ありきたりのバカげた考えの奥まで掘り進めるつもりだった。ローマンが演じているセクシーでやんちゃで砂糖中毒のティーンエイジャーというほかにも、べつの姿が見られるだろうか。

わたしは騙されはしない。あの水晶で見た映像、勝ち誇った邪悪な笑みを浮かべていたローマンの姿は、もっと暗い面があることをほのめかしていた。

ローマンの笑みが大きくなり、視野がわたしだけに狭められるにつれ——すべてがぼやけていった。

ローマンとわたし以外のなにもかもが。

わたしは制御できない力によってぐんぐん引っぱられながら、トンネルを駆け抜けていた。自分ではどうにもできないままローマンの心の暗い深遠にすべり落ちていく。ローマンはわたしに見せたい場面を慎重に選んでいた。わたしと泊まるはずだったホテルのスイートルームでダーメンがパーティーを開いているところを。そこにはステーシア、オナー、クレイグ、以前はわたしたちとは決して口をきかなかった子たちが勢揃いしていた。部屋を荒らしたことでホテルから追いだされるまで、パーティーは何日もつづいた。

ローマンはわたしに不快な行為のかぎりを見せつけた。見たくなかったようなものばかりを。そしてとうとう、あの水晶で見た映像——最後の場面にたどり着いた。

わたしは椅子から転げ落ち、手足をもつれさせて床に倒れた。まだローマンの支配にとらわれたままだった。全校生徒が金切り声で「ドジ子!」とあざ笑う合唱が始まり、ようやく我に返った。赤いドリンクがこぼれてテーブルの上に広がり、へりからしたたり落ちるのを、ぞっとしながら見つめていた。

「大丈夫?」

立ちあがろうとするわたしを見て、ローマンはたずねた。

「見るのはキツイよね。わかるよ、ぼくにも経験はある。だけど結果的にはそれがいちばんなんだ、絶対にね。その点についてはぼくを信じてもらうしかない」

「やっぱりあんただったのね」

怒りに身を震わせながらローマンの前に立ち、鋭くささやいた。

「ずっと前からわかってた」

「へーえ」

ローマンはにっこりした。

「それはそれは。きみに一ポイント入ったね。でも言っておくけど、まだぼくのほうが十ポイントはリードしてるよ」

「こんなこと、絶対に許さないから」

こぼれた赤いドリンクの水たまりにローマンが中指を浸し、その滴《しずく》をそっと舌に垂らすのを、恐怖を覚えながら見ていた。まるでわたしになにかを伝え、警告しているかのようだった。

ある考えが頭のなかで形を取りはじめたそのとき、ローマンは唇を舐めて言った。

「でも、そこがきみのまちがいだよ」

ローマンは首筋の印が見えるように頭を動かした。いまでは精巧なウロボロスのタトゥーがちらちらと見え隠れしている。

「ぼくはもうやりおおせたんだから。もうぼくの勝ちだ」

ローマンはにやりとした。

# 28

美術の授業には出なかった。ランチのあと、すぐに帰った。

ううん、訂正。ほんとはランチの最中に帰った。ローマンとの恐ろしい対峙の直後、果てしない「ドジ子!」の合唱に追いかけられながら駐車場へと走り、車に飛び乗ってチャイムが鳴るずっと前に学校から走り去った。

ローマンから離れる必要があった。あの不気味なタトゥー(ドリナの手首にあったのと同じ、ちらちらと浮かびあがっては消える手のこんだウロボロスのデザイン)から距離を置きたかった。

ローマンが邪悪な不死人《イモータル》であることを示すまぎれもないあのシンボル。やっぱり、ずっと思っていたとおりだった。

ダーメンは邪悪な不死人のことを警告してくれず、そもそもドリナが悪に堕《お》ちるまで彼らの存在さえ知らなかったけど、それにしたってこのことに気づくまでにこんなに時間がかかるなんて。確かにローマンは飲んだり食べたりするし、オーラも見えるし心も読めるとはいえ、いまではすべて見せかけだけのものだったとわかっている。本物らしく見せようと巧みにつくられた、ハリウッドのスタジオセットの建物みたいに。ローマンがやったのはまさにそれだ。陽気でお気楽なイギリスから来た青年という外観を装ってみせて、まぶしく輝くオーラをまとい、エッチなことやハッピーなことを考えているふりをしたのだ。本当はずっと、奥深くにはまったくべつの彼が存在していたというのに。

本当のローマンはどす黒い。

それに気味が悪い。

そして邪悪だ。

ほかのどんなことも悪へと通じている。だけどなお邪悪なのは、ローマンの狙いはダーメンを殺すことだという事実。おまけにその理由はいまだ不明のまま。

ローマンの思考の奥深くに潜りこんだとき、動機は見えなかった。

ローマンを倒さなければならないとすれば、動機はとても重要になる。彼を永久に葬り去るためには、正しいチャクラを狙うことが必須だ。動機がわからなければ、失敗しかねない。

怒り、攻撃、欲求の中心となる第一チャクラを狙うべきだろうか？　それとも、ねたみと嫉妬が宿るチャクラとか？

だけどなにがローマンを駆り立てているのか見当もつかないから、まちがったチャクラを打つことは大いにありえる。そうなれば、彼を倒せないばかりか、とんでもなく怒らせてしまうことになるだろう。残り六つのチャクラのなかから選ぶ頃にはローマンもこっちの狙いに気づくにちがいない。

それにローマンの命を奪っても、自分が困るだけだ。彼がダーメンや全校生徒にしたことの秘密が謎のままになってしまう。そんな危険だけは絶対に冒せない。そもそも人の息の根を止めるなんて気が進まない。これまでに暴力をふるったのは、闘わなければこっちがやられるという状況で仕方なくそうしたときだけだ。ドリナにこれまで何度も命を奪われ、今回は家族みんなまで命を奪われたとはいえ、彼女が消滅したのはすべてわたしの責任だと思うと、恐ろしくてたまらなかった。

ふりだしにもどったからには、一から始めることにしよう。

パシフィック・コースト・ハイウェイを右折し、ダーメンの家に向かう。下校時間になるまでのこれから二、三時間を利用して、彼の家に押し入り、じっくり調べてみるつもりだった。

警備員の詰め所に近づき、シーラに手をふると、そのまま門へと車を進めた。当然開くものと思っていたのに門は閉じられたままで、頭から突っこまないようあわててブレーキを踏んだ。

「あの、ちょっと！」

シーラは叫び、わたしを見たこともない不法侵入者だとでもいうように、車に駆け寄ってきた。先週までわたしは毎日のようにここに通いつめていたというのに。

「こんにちは、シーラ」

感じよくフレンドリーに、危険なところなんかなさそうに、にっこりほほえんでみせた。

「ダーメンの家に行くとこなの。だから門をあけて通してもらえると――」

シーラは唇を真一文字に引き結んで、目を細くすぼめてわたしを見た。

「お引き取り願います」

「え？　なんで？」

「リストから名前をはずされているので」

シーラは両手を腰にあてて言った。これまで何か月もほほえんで手をふってくれていたというのに、その顔にはこれっぽっちも良心の呵責《かしやく》は見られない。

唇を引き結んで、言葉の意味を噛みしめた。

リストから名前をはずされた。除名だかブラックリスト入りだか知らないけど、立派なゲート付きコミュニティへの出入りを無期限で禁止された。

それだけでもつらいのに、彼氏じゃなくビッグ・シーラから公式な別れを告げられるなんて、なおさらつらい。

シフトレバーがはずれそうなほど力をこめて握りながら、膝を見おろした。それから深々と息を吸いこんで、シーラを見て言った。

「そうなの、もうわかってるだろうけど、ダーメンとわたしは別れたの。でも、置いてあった荷物を取りに行けないかなと思って。ほら、ここに――」

バッグのファスナーをあけて、すばやく手を突っこんだ。

「まだ鍵も持ってるし」

高く手を掲げてみせると、鍵は真昼の日射しを反射して光った。

屈辱でいっぱいになっていたせいで、シーラが手を伸ばして鍵を奪い取るのを予見できなかった。

「さあ、丁寧にお願いしているうちに、ここから出ていってください」

シーラは鍵を胸ポケットの奥に突っこんだ。マンモスサイズの胸で引っ張られたシャツからは、鍵の形が見て取れた。ブレーキからアクセルに踏み換える時間も与えず、シーラは言った。

「ほら、行って。車をバックさせなさい。二度は言いませんよ」

# 29

今回は、あの広大なかぐわしい野原へのいつもの着地はパスして、〈夏世界《サマーランド》〉の中心街とみなしている場所の真ん中に着地した。立ちあがって埃《ほこり》を払うと、周りを歩く人たちがみんな何事もなかったかのようにふるまいつづけているのを見て驚いた。空から人が降ってくるのはごくふつうのことで、日常茶飯事だとでもいうみたい。実際にここではそうなのかもしれない。

カラオケバーと美容院を通りすぎ、ロミーとレインが案内してくれた道をたどり直した。そんなことをしなくても、行きたい場所を望むだけでいいんだろうけど、ここの地理を理解しておきたかった。路地をちょっと行って曲がると大通りに出て、大理石の階段を駆けあがって巨大な正面扉の前に立つと、扉は目の前で開いた。

大理石の大きなホールに入ると、前回来たときより人が大勢いることに気づいた。

頭のなかで質問を吟味《ぎんみ》する。アカシックレコードにアクセスする必要があるのか、この場ですぐに答えを得られるものなのかわからなかった。

「ローマンの正体と、彼がダーメンにしたことは？」という質問や、「どうすればローマンを止めてダーメンの命を救えるの？」といった質問の答えを得るには、その類の保護された情報へのアクセスが求められるのだろうか。

質問はシンプルにしたほうがいいという気がして、目を閉じて考えた。

要するにわたしが知りたいのは――どうすればなにもかも元どおりにできるのかということ。

考えがまとまったとたんに、目の前に入り口が開いた。あたたかい光に誘われて真っ白な部屋に入った。前と同じような虹色を混ぜた白い部屋だったけど、今回は白い大理石の長椅子ではなく、使い古した革のリクライニングチェアがあった。

近づいていってすとんと座り、足置きを伸ばして身を落ち着けた。肘掛けに〝R・B〟と〝E・B〟と刻まれたイニシャルを見るまで、パパのお気に入りの椅子だということに気づかなかった。ガールスカウトでもらったキャンピングナイフでライリーが彫ったのとそっくり同じものだと気づき、ハッとした。

わたしがライリーをそそのかしたことが両親にばれると、ライリーは一週間、わたしのほうは十日間の外出禁止になった。パパとママの目にはわたしが抜け目ない首謀者として映り、余分に罰を受けるのが当然だと思われたのだ。

イニシャルが彫られた革を指でなぞった。深く彫りすぎたRのカーブ部分では、詰め物まで爪がめりこんだ。あの日を思いだし、すすり泣きそうになるのを抑えた。あの頃の日々をすべて思いだした。かつては当たり前のものだと思っていたけれど、いまでは耐えがたいほど恋しくてたまらない、あの夢のようなすばらしい日々を、一日残らず。もどれるものなら、なんでもする。もどって元どおりにやり直せるなら、どんなことだってて——

そう考えたとたん、さっきまでなにもなかった空間が変化しはじめた。リクライニングチェアがひとつあるほかは空っぽの部屋が、オレゴンの懐かしい家へと変貌を遂げた。ママお得意のブラウニーの香りがあたりに漂い、壁の色は白から柔らかいベージュ（ママが〝ドリフトウッドパール〟と呼んでいた色合い）へと変わった。色合いの異なるブルーを三色使っておばあちゃんが編んだアフガン編みのブランケットが膝の上に現れ、ドアに目をやると、愛犬バターカップのリードがドアノブに引っかけられ、ライリーの古いスニーカーがパパのスニーカーと並んで置かれているのが見えた。ひとつひとつの品が部屋を埋めていくのを眺めていると、やがて写真や本、小物までもがぜんぶ目の前に揃った。

わたしの思考がもたらしたことなのだろうか。なにもかも元どおりにしてほしいと頼んだから。

もどりたいと言ったのは、ダーメンとわたしのことだったのに。

ちがう？

過去の暮らしにもどることは本当に可能なの？

それともこれはよくできたニセモノで、このブルーム家のジオラマを体験するのがせいぜいということ？

周りを取り囲んでいるものと、自分の真意について問いかけていると、前回のものとそっくりなスクリーンがあらわれて、さまざまな色がチカチカと点滅した。

ブランケットにしっかりくるまり、膝の下にきちんとたくしこんでいると、〝ルール・ブルー〟という文字が画面に現れた。いったいどういう意味だろうと思っていると、すごくきれいなカリグラフィーの説明書きが現れ、こう説明されていた。

フランス語の表現であるルール・ブルー、つまり〝青い時間〟とは、夜から朝に、あるいは夕方から夜に変わる境目の時間のことである。空がすばらしい色になり、花の香りが最も強くなる時間でもある。

目を細くしてスクリーンを見つめていると、文字が消えて、みごとな満月が現れた。なんともいえない色合いの美しいブルーに輝いていて、空の色にも似ている……。

それから、同じスクリーンに自分の姿が見えた。ジーンズと黒いセーターを着て、髪はふんわり垂らし、同じ青い月を窓から眺めて、もうすぐ訪れるなにかを待っているみたいに腕時計に目をやっている。

スクリーンに映る自分を眺めているという、夢見心地のぼんやりした状況ではあっても、向こう側の自分が感じていること、考えていることは伝わってきた。

わたしはどこかへ行こうとしている。かつては踏みこんではならないと思っていたどこかへ。空と月が同じ色合いになる瞬間をいまかいまかと待ちわびている。太陽が完全に沈み、空が深くて濃いすばらしいブルーになるのを。一度は失われたと思っていた場所へもどるには、それだけがわたしを導く唯一のチャンスだと知りながら。

わたしは画面に釘付けになり、そのなかで自分が手をあげて目の前にある水晶に指を触れ、過去へと引きもどされるのを見て、ハッと息をのんだ。

# 30

ホールから飛びだし、階段を駆けおりた。目の前がぼやけていて、鼓動が激しい。ロミーとレインに気づいたときには手遅れで、レインを突き飛ばして転ばせてしまった。

「ごめんね、気づかなくて――」

身をかがめ、手を差しだしてレインが立ちあがるのを手伝おうとしながら、大丈夫かと何度もたずねた。彼女がその手を無視して自力で立ちあがろうとするのを見て、気まずさに顔をしかめた。レインはスカートをまっすぐ直し、ニーソックスを引っぱりあげた。彼女のすりむけた膝がみるみる癒えるのを見て驚いた――このふたりもわたしと同じかもしれないとは、考えてもみなかった。

「あなた……あなたたちは……」

だけどはっきり口にする前に、レインが先に言った。

「あたしたちは絶対にちがう」

そしてニーソックスの高さが左右でちゃんと揃っているのを確かめた。

「あんたとはぜんぜんちがう」

レインはブルーのブレザーとチェックのスカートを整えると、首をふっている双子の片割れをちらりと見やった。

「レインったら。失礼だよ」

ロミーは顔をしかめた。

レインはロミーをにらみつづけていたけれど、その声からはいくらか勢いがなくなっていた。

「そう、あたしたちはちがう」

「じゃあ……わたしたちのことを知ってるの?」

そうたずねると、「あーあ、やれやれ!」というレインの心の声がきこえた。ロミーは真面目な顔をしてうなずいた。

「わたしのことをいけないと思ってる?」

レインはぐるっと目を回し、ロミーは優しくほほえんで言った。

「ごめんね、あの子は無視して。いけないなんて思ってないよ。あたしたちはあなたの選んだことを裁く立場にはないんだから」

ふたりを交互に見比べた。青白い肌、大きな黒い目、カミソリで切りそろえたような前髪、薄い唇。顔の造作のひとつひとつが際立っていて、まるでマンガのキャラが現実に飛びだしてきたみたいだ。それに、外見はうりふたつだというのに、中身は正反対なのが不思議でならない。

「ね、どんなことがわかったのか話して」

ロミーは通りを歩きだしながら笑顔で言った。みんなが自分についてくるものと思いこんでいる。実際にわたしたちはついていったけれど。

「探していた答えはすべて見つかった？」

――探していた以上の答えが見つかった。

水晶のスクリーンが消えてからずっと、目を丸くして口もきけずにいた。与えられた知識をどう扱えばいいものか見当もつかなかったけれど、それはわたしの人生を変えるばかりか、世界まで変えてしまう可能性があるということはじゅうぶん承知していた。そんな強力な知恵を得たというのは確かにすごいことだけど、それに伴う責任はまぎれもなく重い。

こんなのを見せられて、わたしにどうしろというのだろう？　理由があって見せられたことなのだろうか？　なにか地球規模の理由でもあるの？　自分では気づいていない新しい使命を与えられているのだろうか？　ちがうとすれば、なにが狙い？

ていうか、正直――なんでわたしが？

こういう質問をしたのはわたしが初めてのはずがない。

思いついたただひとつのもっともらしい答えは、わたしは過去にもどることになっているのかもしれないということ。もどる運命にあるのかもしれない。

暗殺を食い止めたり、戦争を防いだり、歴史を変えるようなことをするためじゃない。わたしはそういうことをするのにふさわしくはなさそうだから。

だけど、きっと理由があってこの情報を与えられたはずだ。となると、ずっと考えていた理由へとふたたび導かれる。事故、霊能力、ダーメンがわたしを不死人《イモータル》にしたというシナリオのすべてがひどいまちがいだったということ。もし過去にもどって事故が起きるのを未然に防げたら――すべてを元どおりにすることができる。オレゴンにもどって、この新しい人生なんかなかったみたいに、かつての暮らしをまた始めることができる。それはずっと願ってきたことだ。

でも、その場合ダーメンはどうなるの？　彼も過去にもどることになる？

ドリナがわたしの命を奪おうとするまで、ダーメンは彼女と一緒にいて、また同じことのくりかえしになるのだろうか？

わたしは必然の運命を遅らせようとしているだけなの？

それとも、わたし以外はすべて変わらない？ わたしがオレゴンにもどって、ダーメンの存在すら知らないうちに、彼はローマンの手にかけられて命を落とすの？

だとしたら、そんなことが起きるのを許すわけにはいかない。

心から愛したただひとりの相手に背中を向けるなんて、できるはずがない。

ロミーとレインがまだこっちを見て、返事を待っているのに気づいたけれど、どう答えたらいいかわからなかった。だから、とんでもないマヌケみたいに口をあけて、じっと立ち尽くしていた。〈夏世界《サマーランド》〉みたいに絶対的な愛に溢れた完璧な場所にいてさえも、わたしはやっぱり気の利かない子なんだ。

ロミーが笑みを浮かべ、目を閉じると、腕いっぱいの深紅のチューリップが現れた。その美しいチューリップを、彼女はさっと差しだしてきた。

だけどわたしは受け取ろうとしなかった。眉をひそめただけで、後ずさりしはじめた。

「なんの真似？」

弱々しいかすれ声で言い、ふたりを交互に見やると、どちらもわたしと同じぐらいとまどっているのがわかった。

「ごめんなさい」

ロミーはわたしの警戒をやわらげようとして言った。

「なんでこんなことをしたのか、自分でもわからない。ただ頭のなかにパッと浮かんだから、それで――」

ロミーの手のなかでチューリップが消えていき、どこだか知らないけれど元あった場所にもどっていくのを見つめていた。けれど、チューリップが消えたからといって、この状況になんらちがいが生まれるわけでもない。ふたりにも消えてほしかった。

「ここにはプライバシーってものはまったくないわけ?」

怒鳴りながら、自分が過剰に反応していることはわかっていたけれど、抑えることができなかった。あのチューリップがなんらかのメッセージだったとしたら――ロミーがわたしの心の声をきき、過去はあきらめていまを生きろと説得するつもりだったとしたら、そんなの余計なお世話だ。このふたりは〈夏世界〉のことは知りつくしているのかもしれないけど、わたしのことはなにも知らないんだから、干渉する権利はないはずだ。この子たちはこんな決断をくださなきゃならない立場になったことは一度もないんだから。愛する相手をみな失うのがどんな気分か、わかるはずがない。

さらに一歩さがると、レインは眉をひそめ、ロミーは首をふって言った。

「あたしたちはなにもきいてない。嘘じゃないよ。あたしたち、あなたのすべてを読めるわけじゃないの。見えるのは、許されたことだけ。あなたがあの部屋でなにを見たとしても、それはあなたのもので、あなただけが知っておくこと。ただ、悩んでるみたいだから、心配してるだけ。それだけだよ。それ以外にはなにもない」

これっぽっちも信じられず、目を細くして彼女を見つめた。この子たちはずっとわたしの頭のなかを覗いていたのかもしれない。だって、そうじゃなければ、なんで深紅のチューリップなんかをつくりだしたの？

「あの部屋は――」ママのブラウニーのにおいと、おばあちゃんのブランケットの手触りを思いだして息をのんだ。もう一度あの暮らしを手に入れられるのだ。そのときが来るのを待ってさえいれば、家族と友だちの元へもどれる。

「あの部屋は前とはちがってた」

ロミーはうなずいた。

「あの部屋にはいろんな顔があるから、あなたが必要としているどんなものにも変わるのよ」

ロミーはわたしの顔をじっくり見回した。

「あたしたちが来たのは力になりたかったからで、あなたを動揺させたり混乱させたりするためじゃない」

「てことは、なに？　ふたりはわたしの守護天使か守護霊かなにかってこと？　私立学校の制服を着たふたりの妖精？」

「まさか」

ロミーはけらけら笑った。

「じゃあ何者なの？　ここでなにをしてるの？　どうしていつもわたしを見つけだせるの？」

レインはこっちをにらみ、もう行こうとロミーの袖を引っぱった。だけどロミーはそこを動かず、わたしの目を見つめて言った。

「あたしたちはサポートのためにここにいる。それを知っておいてもらえばいいから」

わたしはしばらくロミーを見つめたあと、レインをちらっと見やり、首をふって歩きだした。ふたりはわざと謎めいた態度をとっていて、不思議というだけでは片付けられない。その意図はいいものではなさそうだという強い予感がある。

後ろからロミーに呼びかけられても、そのまま歩きつづけた。ふたりからとにかく離れたくて歩いていくと、劇場の外にとび色の髪の女性が立っていた。後ろ姿を見るかぎり、エイヴァそっくりだった。

# 31

とび色の髪の女性の肩を叩き、エイヴァじゃないとわかったときの落胆はとてつもなく大きく、おかげでどんなに彼女と話したいと思っているか気づかされた。

だから〈夏世界《サマーランド》〉をあとにして、ショッピングモールの駐車場に停めてあった自分の車のなかに舞いもどったのだけど、偶然通りかかった買い物客にそれを見られてしまった。その人は両手に抱えていた荷物を落とし、コーヒーやスープの缶が散らばった。これからは、もうちょっと目立たないよう気をつけよう。

エイヴァの家に着くと、リーディングの真っ最中だったから、終わるまで日のあたる明るいキッチンで待っていた。盗み聞きはいけないと知りながらも、エイヴァが相手の詳細まで正確に言い当てていることに驚いた。

「やるね」

客が帰り、キッチンにやってきたエイヴァに言った。

「すごく感心した。マジで、そこまでできるとは思わなかった」

エイヴァがいつものようにやかんにお湯を沸かし、お皿にのせたクッキーを差しだすのを眺めながら、ほほえんだ。

「あなたにそこまで言ってもらえれば上出来ね」

エイヴァはにっこりして、向かいの椅子に座った。

「でも、わたしの記憶が正しければ、あなたのこともかなり正確に言い当てたことがあるはずだけど」

クッキーに手を伸ばした。そうすることを期待されていると思ったから。表面の砂糖をぺろっと舐めて、もはや甘い物に魅力が感じられないことに悲しみを覚えた。

「あのときのリーディングを覚えてる？　ハロウィンの夜の」

エイヴァはまじまじと見つめてきた。

わたしはうなずいた。よく覚えてる。あれはエイヴァにもライリーが見えると知った夜だった。それまでは妹の霊と会話ができるのはわたしだけだと思っていて、そうじゃないんだとわかったときは面白くなかった。

「さっきの人に、つき合ってる相手は負け犬だって教えてあげたの？」

クッキーを半分に割った。

「彼氏はあの人の友だちと浮気しているから、どっちともいますぐ縁を切るべきだって言ってあげた？」

膝に落ちたクッキーのくずを払いながらたずねた。

「単刀直入に言えば、そういうことよね」

やかんがピーピー鳴りはじめ、エイヴァは立ちあがってお茶を取りにいった。

「だけど、あなたもリーディングをやるつもりになったら、もっとソフトな伝えかたを学ばなきゃ」

急に胸がずきんと痛んだ。自分の将来について、最後に考えたのはいつだっただろう。大人になったらなにになりたいかということについて考えたのは。

これまでいろいろな職業を考えてきた。パーク・レンジャー、教師、宇宙飛行士、スーパーモデル、ポップスター……リストはどこまでも尽きなかった。

だけど不死人《イモータル》となったいまは――これから千年以上かけてぜんぶ試せることになったいまは、そんな野心は持てなくなっていた。

最近わたしが考えていることといったら、どうすればダーメンを取りもどせるかということだけだ。

いくら世界を意のままにできても、それを分かち合う相手がいなければ、大して魅力を感じられない。

「わたしは……まだ自分がなにになりたいかわからない。ちゃんと考えたことがないから」

そう嘘をついた。過去の暮らしにもどれば、将来を考えるのも簡単になるのだろうか。過去にもどることを決断すれば。それでもまだ前みたいにポップスターになりたいと思うのだろうか。それとも、ここで経験したことはもどってからもつきまとうのだろうか。

だけど、カップを口元に持ちあげて、フーフーと二回吹いてから飲んでいるエイヴァを見て、ここに来たのはわたしの将来について話し合うためじゃなく、わたしの過去について話し合うためだと思いだした。エイヴァに打ち明けて、わたしの最大の秘密を分かち合おうと決めたのだ。彼女は信用できるだけじゃなく、力になってくれるはずだから。

本当のところ、頼りにできる相手が必要だった。わたしひとりでやり遂げられるはずがない。でも、もどるべきか残るべきか決めるのを助けてほしいわけじゃない。選択の余地はほとんどないと気づきはじめていたから。

ダーメンを置いていくことを思うと――二度と彼に会えないことを思うと、耐えられないほどつらい。けれど、わたしがパパにしつこくせがんでバカみたいな青いトレーナーを取りにもどってもらったせいで――あるいは、ドリナがダーメンをひとりじめするために車の前に鹿を飛びださせるようにしむけたせいで、みんながはからずも犠牲になったことを思うと、このままじゃいけない、なんとかしなければという気がした。

あの事故をどう捉えるにしても、結局のところ原因はわたしにあるのだから。家族が生きていられないのは、わたしのせい。みんなの輝かしい未来がこれほど悲劇的な短さで断ち切られることになったのは、わたしのせいだ。わたしが余計なことをしなければ、どれも起きなかったはず。すべてはそうなる運命だったのだとライリーは言い張っていたけれど、わたしに与えられた選択肢は、ダーメンとの未来を犠牲にすれば、家族は自分たちの人生を取りもどせるというものだ。

そうするのが正しい。

そうするよりほかはない。

それに、学校のみんなから社会的に追放されているという現状では、わたしに残された友だちはエイヴァだけだ。つまり、彼女にはわたしが残していくことの後処理をしてもらう必要がある。

カップを口元に運び、飲まずにまたおろした。取っ手のカーブを指でなぞりながら、深く息を吸いこんで言った。

「ダーメンは毒を盛られているみたいなの」

エイヴァは息をのみ、目をぱちくりさせた。

「誰かが……誰かが彼の――」

〝霊薬〟に――

「好物のドリンクに手を加えてるらしくて。おかげでダーメンは――」

〝人間〟っぽい――

「ふつうっぽい態度をとってる。いい意味じゃなくて」

唇を嚙みしめて椅子を立ち、エイヴァに息をつく間も与えずつづけた。

「わたしは彼の家のゲートをくぐり抜けられないから、忍びこむのを手伝ってほしいの」

# 32

「着いたよ。とにかく冷静にね」

わたしが後部座席の足元にうずくまると、エイヴァはゲートへと車を進めた。

「うなずいて、ほほえんで、さっき教えた名前を伝えればいいだけだから」

もっと目立たなくなるよう、膝を抱えてさらに身を縮めようとした。ほんの二週間前、おかしな成長期にまだ悩まされていなかったときなら、これぐらいのことはずっと簡単だったのに。さらに身を低くして、ブランケットをぎゅっと巻きつけた。エイヴァは窓をおろし、シーラに笑いかけ、ステーシア・ミラー（わたしの代わりにダーメンのゲストリストに入った）だと名前を告げた。ステーシアがシーラに覚えられるほどしょっちゅう遊びに来てないといいんだけど。

ゲートが開き、車が動きだすと、ブランケットを払いのけてシートによじのぼった。エイヴァはあからさまに羨ましそうな顔をして、あたりに建ちならぶ家を見回し、首をふって呟いた。

「ゴージャスね……」

肩をすくめ、わたしもあたりを見渡した。これまで大して気にかけたこともなかった。このあたりのことはいつも、フランスのお城のようなダーメンの豪邸にたどり着くまでつづく、きれいな庭と地下に車庫のある似非《えせ》トスカーナ様式の家の最新モデルとして、ぼんやりと眺めていただけだった。

「どうすればこんなところに住めるのかわからないけど、いい暮らしをしてるのはまちがいないわね」

エイヴァはちらっとこっちを見て言った。

「ダーメンは競馬をやるの」

もごもご呟き、エイヴァがダーメンの家の私道に車を乗り入れると、ガレージのドアに意識を集中させた。ドアの細部まで見て取ると、目を閉じて「開いて」と念じた。

頭のなかでドアが持ちあがるのを確認し、目をあけると、ドアがガタガタいったあとですごい音を立てて勢いよく落ちるのが見えた。この調子だと、〈念動《サイコキネシス》〉を使いこなせるようになるには、どう考えてもまだまだ時間がかかりそうだ。

「えーと、いつもみたいに、裏口に回ったほうがよさそう」

むざんに失敗したことが恥ずかしかった。

けれどエイヴァはわたしのバッグをつかんで正面玄関に向かっていった。あわてて追いかけて、玄関には鍵がかかっていてそこからは入れないんだから、そっちに行っても無駄だと話しても、彼女はそのまま歩きつづけ、だったらふたりで鍵をあければいいだけのことでしょう、と言った。

「エイヴァが思ってるほど簡単なことじゃないよ。前にも試してみたけど、うまくいかなかったんだから」

前回来たときにうっかりつくりだしてしまった余分なドアを見やった。あのときのまま、まだ奥の壁に立てかけられっぱなしになっているということは、ダーメンはステーシアを追いかけるのに夢中で、ドアを片付ける時間もなかったらしい。

そう考えた瞬間、こんなもの消してしまえればいいのにと願った。悲しくて、虚《むな》しくて、認めたくないほど絶望的な気分になった。

「今回はわたしも手伝うわよ」

エイヴァはにっこりした。

「わたしたちが力を合わせればどんなにすごいことができるか、もう証明済みでしょ」

期待と楽観に満ちた目で見つめられて、試してみるぐらいはいいだろうと思った。手をつないで目を閉じ、目の前でドアが開くところを思い描いた。デッドボルトがすべる音がきこえた直後、ドアが大きく開き、わたしたちを迎え入れた。

「お先にどうぞ」

エイヴァはうなずきながらそう言い、腕時計に目をやると、眉根を寄せた。

「さっきもきいたけど、正確には時間はどれだけあるのかしら？」

手首を見ると、あの日ダーメンが競馬場で買ってくれた、クリスタルと蹄鉄《ていてつ》が付いたブレスレットが目に入った。これを見るたびに、恋しくて胸がいっぱいになる。それでも、はずしたくはなかった。はずすなんてできない。わたしとダーメンのかつての仲を思いださせてくれる唯一の持ち物だから。

「ちょっと、エヴァー？　大丈夫？」

エイヴァは心配そうな顔をしていた。

大きく息を吸い、うなずいた。

「時間はまだたっぷりあるはず。だけど言っておくと、ダーメンには授業をサボって早く家に帰る悪い癖があるの」

「だったら、さっさと始めたほうがいいわね」

エイヴァは笑みを見せ、玄関ホールにすべりこんであたりを見渡した。玄関の大きなシャンデリアから、二階につづく階段の錬鉄製の凝った手すりまでをきょろきょろ眺めると、目を輝かせながら言った。

「ダーメンは十七歳って言ったわよね？」

わたしはキッチンに向かった。わざわざ答える必要はないし、わたしは、ポップスターでも人気テレビ番組の出演者でもない十七歳がこんな家に住んでいるという信じがたい事実より、ずっと差し迫った大事な問題を抱えているのだ。

「ねえ、ちょっと待って」

エイヴァはわたしの腕に手を伸ばして引き止めた。

「二階にはなにがあるの？」

「なにも」

言うと同時に、失敗したと悟った。こんなにあわてて答えたら、信じてもらえるはずがない。だけど、エイヴァにあちこち覗き回られて、彼の〝特別な〟部屋を見られるのだけは絶対に避けたい。

「隠すことないじゃない」

エイヴァは週末に両親が家をあけている反抗的なティーンエイジャーみたいににやりとし

た。

「学校が終わるのは何時？　二時五十分？」

わたしは小さくうなずいただけだったけれど、エイヴァを後押しするにはそれでじゅうぶんだった。

「それからどれぐらいかかる？　学校から家まで車で十分ぐらい？」

「二分ぐらい」

わたしは首をふった。

「ううん、いまのはナシ。三十秒ぐらい。ダーメンは信じられないほどスピードをだすから」

エイヴァはもう一度時間を確認してこっちを見ると、口元にうっすら笑みを浮かべて言った。

「それでも家のなかをささっと見て回って、ドリンクを入れ替えて帰るには、まだまだ時間はじゅうぶんあるわよね」

わたしの頭のなかに叫び声が響いた。〝だめって言いなさい！　だめって！　とにかく、だめって、言うの！〟耳を傾けなければいけない声だ。

でも、エイヴァにこう言われると、声はすぐにかき消された。

「エヴァーったら、いいでしょ。こんな豪邸、めったに見学できるものじゃないんだから。それになにか役に立つ発見があるかもしれないわ。そうじゃない？」

唇を嚙みしめ、苦痛を感じているみたいにうなずいた。大好きな相手の部屋を見せてもらおうとしている興奮した女子高生みたいに、先頭を切って駆けていくエイヴァ（実際にはわたしより十歳は年上だけど）の後ろをしぶしぶついていく。彼女は最初に見えたドアの開いている部屋にまっすぐ向かった。ダーメンの寝室だ。あとについてなかに入ると、部屋の様子がわたしの出ていったときのままだったことに、驚いているのかホッとしているのか自分でもわからなかった。

ただし、前より散らかっていた。

それも、ずっと。

どうしてこうなったのかは考えたくもなかった。とはいえ、シーツ、家具、壁に飾られている絵まで、うれしいことに、なにひとつ変わっていなかった。嘘みたいだけど、何週間か前にわたしが選ぶのを手伝ったのとすべて同じものだった。ダーメンが眠るのにも使っていたというあの不気味な部屋ではもう一分たりとも過ごしたくなかったので、この部屋を使えるように家具をそろえたのだ。埃っぽい過去の遺物のなかで過ごすのは、ぞっとして我慢できなくなってきたから。

厳密に言えば、わたしも埃っぽい過去の遺物のひとつだという事実はおいといて。けれど、この部屋に新しい家具を入れたあとも、わたしは彼と自分の家で過ごすほうが好きだった。わからないけど、なんていうか、ただ——そのほうが安心だったからだと思う。サビーヌ叔母さんがいつ帰ってくるかわからないおかげで、心の準備ができていないことをせずにいられたから。こんなことになったいまでは、どうしようもなくバカみたいに思えるけど。

「すごいお風呂ね」

エイヴァはモザイクで飾られたシャワーブースと、たっぷり二十人は浴びられそうなほどのシャワーヘッドを見て言った。ジャグジーのへりに腰かけて、蛇口をいじっている。

「ずっとこういうジャグジーがほしいと思ってたのよ。使ったことある？」

顔をそむける前に、頬が赤くなっているのをエイヴァに見られてしまった。いくつか秘密を漏らして、ダーメンの家の二階にあがらせたからといって、彼女にわたしの私生活のすべてをさらすつもりはない。

「ジャグジーならうちにもあるよ」

エイヴァが家の見学ツアーを終わらせて仕事に取りかかれることを願った。階下に行って、ダーメンの霊薬とわたしの霊薬を交換しなければ。彼女をひとりでここに残しておくと、いつまでも降りてこないんじゃないかと心配だった。

腕時計を指で叩くと、エイヴァは名残惜しそうに寝室から廊下に出た。けれど、いくつかドアの前を通りすぎたところで立ち止まった。

「ね、この部屋にはなにがあるの？　ちょっとだけ」

止める間もなく、あの部屋に——ダーメンの神聖な空間に入ってしまった。彼だけの聖域に。あの不気味な霊廟に。

ただし、部屋は様変わりしていた。

それも、徹底的に劇的に。

ダーメンの時間旅行の形跡は完全に消えうせていた。ピカソもヴァン・ゴッホもビロード張りの長椅子も見あたらない。

そこには赤いフェルト張りのビリヤード台に、お酒がぎっしりの黒い大理石のバーとぴかぴかのクロム製スツール、それに大きな薄型テレビで覆われた壁に向かって並んだリクライニングチェアがあった。

あの古い品々はどうなってしまったんだろう。値の付けられないあの芸術品の数々は、前は見ていると気にさわったものだけど、こんなモダンで洒落た家具に取って代わられると、幸せだった頃の失われたシンボルみたいに思えた。

昔のダーメンが恋しい。ルネサンス時代にすがりつき、頭がよくて、ハンサムで、騎士道精神に溢れるわたしの彼が恋しい。

このいかにもすかしたティーンっぽい新世紀のダーメンは、わたしにとって見知らぬ相手だ。もう一度部屋を見回して、彼を救うにはもう手遅れなのだろうかと考えた。

「どうかした？　顔が真っ白だけど」

エイヴァは目を細くすぼめた。

わたしは彼女の腕をつかみ、階段の下へ引っぱっていった。

「急がなきゃ。手遅れになる前に！」

# 33

階段を駆けおりてキッチンに入り、叫んだ。

「ドアのそばに置いてあるバッグを持ってきて！」

ダーメンの赤いドリンクをわたしのとすり替えようと、冷蔵庫に急いだ。彼が帰ってきてしまう前にすべてを終わらせなければ。

だけど大きな冷蔵庫をあけると、予期しなかったものが見えた。

まず、冷蔵庫には食べ物がぎっしり詰まっていた。

それも大量に——三日間つづく盛大なパーティーでも開こうとしているみたい。

牛のリブロース、厚切りのステーキ肉、三角形の大きなチーズ、チキン半分、大きなピザ二枚、ケチャップ、マヨネーズ、各種テイクアウト容器……なにからなにまで揃ってる！

そして言うまでもなく下段にはビールの六缶パックがいくつか並べられている。

べつにふつうだと思われるだろうけど、問題がある。ダーメンはふつうじゃない。六百年間、まともに食事をしていない。それにビールも飲まない。不死のドリンクか、水か、ときどきグラスにシャンパンならある。ハイネケンとコロナはありえない。

「なんなの？」

エイヴァはバッグを床におろし、肩ごしに覗きこんできた。わたしがなにを見てこんなに動揺しているのか突きとめようと冷凍庫をあけたけれど、ウォッカ、冷凍ピザ、アイスクリーム容器などがぎっしり詰まっているだけだ。

「なるほど……最近買い出しに行ったわけね……わたしが見落としているだけで、なにかびっくりするようなものが入ってる？　あなたたち、お腹が空いたらいつもは食べ物をつくりだしてるとか？」

わたしは首をふった。ダーメンもわたしも空腹を感じないなんて言えるわけがない。わたしたちが地上でも〈夏世界《サマーランド》〉でもものをつくりだせる霊能力者だとエイヴァが知っているからといって、不死人《イモータル》であることまで教える必要はない。

エイヴァが知っているのは、わたしが話したことだけだ。ダーメンは毒を盛られているんじゃないかとわたしが強く疑っていることだけ。彼の霊能力、高い身体能力と知能、じっくり磨きあげられた才能と技術、それに昔に起きたことを覚えている長期記憶までもが損なわれるような毒を盛られ、すべての能力がゆっくりと失われていき、やがては人間にもどってしまうことについては話していない。

ダーメンはとびきりかっこよくて、何百万ドルも持ってる大金持ちで、自立してる。平均的な高校生に見えるかもしれないけど、このままだと年を取りはじめるのは時間の問題だ。

そして老化して衰えていく。

それから……あのスクリーンで見たように、最後には死んでしまう。

だからこそドリンクを入れ替える必要がある。力を蓄えて、願わくばこれまでに受けた損傷からもいくらか回復できるよう、ちゃんとしたのを飲んでもらわないと。そのあいだにわたしはダーメンを元にもどす解毒剤を探すのだ。

この散らかった家と、模様替えされた部屋、中身の詰まった冷蔵庫がなんらかの徴候だとすれば、わたしが思っていたよりもダーメンの症状はずっと進行が早い。

「あなたが言ってるボトルも見あたらないけど」

エイヴァは肩ごしに冷蔵庫のライトの下を覗きこんだ。

「本当にここにしまってあるの？」

「うん、まちがいなくここにあるはず」

世界一豊富な香辛料のコレクションをかきわけると、ドリンクが見つかった。何本かのボトルのネック部分を指で挟み、エイヴァに手渡す。

「思ったとおりだった」

これでようやく少しは前進できた。

エイヴァはわたしを見て、眉をあげて言った。

「ダーメンがまだこれを飲んでいるのはおかしいと思わない？　本当に毒が混じってるなら、きっと味が変わってるはずでしょう？」

そう言われたとたんに、自信がなくなってきた。

もしもわたしがまちがっていたら？

すべて勘違いだったとしたら？

ダーメンはただ単にわたしを見放しただけで、みんなもわたしを見放しただけで、ローマンはなんの関係もないんだとしたら？

ボトルをつかんで口元に運ぶと、エイヴァの叫びに一瞬手を止めた。

「まさか飲むつもりじゃないわよね？」

だけど、わたしは肩をすくめてひと口飲んだ。本当に毒が入っているか確かめるにはそうするしかなさそうだ。ちょっぴり飲んだぐらいでは害がないといいけど……。

飲んだ瞬間、なんでダーメンがちがいに気づかなかったのかわかった。味にちがいはなかった。ともかく、後味が襲ってくるまでは。

「お水！」

わたしはあえぎ、流しに駆け寄って蛇口の下に頭を突っこみ、不快な後味が薄まるまで、水道の水を飲めるだけ飲んだ。

「そんなにまずいの？」

エイヴァの問いかけにうなずき、袖で口を拭いた。

「思ったよりひどかった。でもダーメンがこれを飲んでいるところを見たことがあれば、なんで味のちがいに気づかないのかわかるはず。彼はまるで――」

まるで死にかけているみたいにガブ飲みしてると言おうとしたけど、あまりに胸にこたえて言えなかった。

「喉が渇いてたまらないみたいに飲んでるから」

わたしはエイヴァに残りのボトルを渡し、彼女は毒の入ったドリンクを流しの縁に沿って並べていった。ふたりでスムーズに切れ目なく流れ作業をつづけ、最後のボトルを渡すそばから、わたしはバッグのなかの〝安全な〟ボトルを取りだそうと身をかがめていた。ダーメンにこれをもらったのは何週間か前、ローマンが現れる前のことだったから、安全だとわかっていた。これを毒入りのものが置いてあった場所に安全なドリンクを移し替えるつもりだった。そうすればわたしがここに来たことを、決してダーメンに疑われはしないはずだ。

「この古いほうはどうすればいい？」

エイヴァがたずねた。

「流しちゃう？　それとも、証拠として取っておく？」

わたしが答えようとして顔をあげるのと同時に、ダーメンが横のドアから入ってきた。

「おまえら、人の家のキッチンでなにをしてる？」

# 34

わたしは凍りついた。毒の入ってないドリンクのボトルを二本ぶらんと持ったまま。夢中になりすぎていて、彼がそばにいないか察知するのを忘れていた。

エイヴァは呆然《ぼうぜん》としている。わたしが必死に隠そうとしているパニックの表情そのままに、目を見開いて口をぽかんとあけている。

わたしはダーメンを見て、咳払いをしてから言った。

「ちがうの、あなたが思ってるようなことじゃないの！」

この上なくバカげたまずい言い訳をしてしまった。だって、まさにダーメンの思っているとおりだったんだから。エイヴァとわたしは彼の家に押し入り、冷蔵庫の食料に細工をしようとしていた。単純明快な話だ。

ダーメンはバッグをおろすと、わたしの目を見据えてこっちに近づいてきた。

「おれ《い》がなにを考えてるか知りもしないくせに」

ところが、わたしにはわかってる。ダーメンの頭を駆け巡っている恐ろしい考えに顔をしかめた。彼は心のなかで、「ストーカー！　変人！」とわたしを責め、さらにひどい言葉でも非難していた。

「そもそもどうやってここまで入りこんだ？」

ダーメンはわたしとエイヴァを交互に見やった。

「えっと、シーラが通してくれたの」

手に持ったままのボトルをどうしたものかわからなかった。

ダーメンはこめかみの血管をぴくぴくさせながら頭をふり、こぶしを握った。こんなに怒っている彼を見るのは初めてだ。怒りを表せることさえ知らなかった。わたしがその怒りの原因になったと思うと、ひどくいやな気分だった。

「シーラのやつ、ただじゃ済まさないぞ」

ダーメンの怒りはおさまる気配もない。

「ききたいのは、おまえらがここでなにをしてるのかってことだ！　おれ《い》の家で！　人の冷蔵庫をあさって——」

ダーメンは目を細くした。

「いったいなにをするつもりだ？」

わたしはエイヴァをちらりと見やった。最愛の恋人にこんな口のききかたをされるところを見られて、気まずかった。

「それに、その女は？」

ダーメンはエイヴァを指さした。

「あのパーティーの霊能者だろ？」

「あのときのこと、覚えてるの？」

ボトルを体のわきにおろした。ダーメンはわたしたちの過去のどんなことを覚えているのかとずっと気になっていて、バカみたいだけど、エイヴァと会ったのを彼が覚えていたことで希望が湧いてきた。

「あのハロウィンの夜を覚えてるの？」

プールのそばで初めてキスしたときのことを思いだしながらささやいた。わたしたちは前もって決めていたわけじゃないのに、マリー・アントワネットとその恋人フェルゼン伯爵という完璧に合った衣装に身を包んでいた。

「ああ、覚えてるさ」

ダーメンは首をふった。

「それに言いたかないけど、あんなふうにグラッとくることはもう二度とない。こっちは軽い気持ちだったのに、ここまでマジになられるとはな。おまえがこんなにヤバイやつだと知ってたら、絶対に相手になんかしなかったよ。そこまでの価値はなかったもんな」

ハッと息をのみ、まばたきして涙をこらえた。この人生に生きる価値を与えているただひとつのもの——わたしたちの愛を取りもどすという望みが手からすり抜けてしまい、虚しくて、心が空っぽになるまでえぐられてほうりすてられたみたいだ。これはダーメンの言葉じゃない、ローマンが言わせていることだ。本当のダーメンは誰に対してもこんな口のききかたはしないと自分に言いきかせても、胸の痛みは少しもやわらぎはしなかった。

「ダーメン、お願い」

やっとのことで言った。

「最悪の状況に見えてるのはわかってる。ほんとにわかってるの。だけどちゃんと説明できる。わたしたちはあなたを助けようとしてるだけなの」

嘲《あざけ》るような目つきでダーメンに見られて、恥辱でいっぱいになった。けれど、やれるだけのことはするべきだと思い、強いて話をつづけた。

「ある人があなたに毒を盛ろうとしている」

喉をゴクリと鳴らし、彼と視線を合わせた。

「あなたが知ってる相手が」

ダーメンはひと言も信じていない様子で頭をふった。わたしは完全にイカれてて、いますぐ身柄を拘束されるべきだと思っている。

「そのおれの知り合いで毒を盛ってるヤツってのは、ひょっとしておまえのことじゃないのか？」

ダーメンはさらに一歩こっちに近づいてきた。

「人の家に押し入ってるのはおまえなんだからな。冷蔵庫をあさって飲み物をいじって。証拠がすべてを物語ってると思うけど」

わたしは首をふり、熱くヒリヒリする喉の奥から声をしぼりだした。

「どう思われてるかはわかるけど、わたしを信じて！　ぜんぶ本当のことなの、嘘なんかついてない！」

ダーメンはさらに一歩進み出た。意図的に、ゆっくりと慎重に、まるで獲物を追いつめるみたいに。

わたしは思い切って洗いざらいぶちまけることにした。どうせ失うものはなにもないのだから。

「ローマンのことを言ってるの」

ダーメンの表情が非難から憤激に変わるのを見て、息をのんだ。

「あなたの新しい友だちのローマンは――」

エイヴァをちらりとうかがった。ローマンの正体を話すわけにはいかない。まだわからないけど、なんらかの理由からダーメンを殺そうとしている邪悪な不死人《イモータル》だなんて。どうせ話したところで、なんにもならない。ダーメンはドリナのことや自分が不死人だということも覚えてないいんだから。現状では理解できるはずもない。

「出てけ」

ダーメンの目つきはひどく冷たく、冷蔵庫から流れてくる冷気よりもぞくりとさせられた。

「警察に通報する前に出てけよ」

彼がそう脅すのと同時に、エイヴァが毒入りのドリンクをシンクにあけるのが見えた。ダーメンはケータイを握りしめ、人差し指ですでに9を押し、続いて1を、そして――

彼を止めなきゃ。通報させるわけにはいかない。警察と関わり合いになるような危険は決して冒せない。

ダーメンはこっちを見ようともしなかったけど、わたしは彼の目を覗きこんだ。すべてのエネルギーをダーメンに注ぎ、思考を飛ばして彼の思考と交わらせることで影響を与えようとした。テレパシーによる深紅のチューリップの花束と共に、この上なく思いやりに溢れた愛の白い光を浴びせた。そのあいだずっとこうささやきかけていた。

「面倒を起こす必要はないのよ」

ゆっくりと後ずさりする。

「わたしたちはいますぐ出ていくから、誰にも電話なんかしなくていい」

息を詰めて様子をうかがっていると、ダーメンはなぜ最後の〝1〟を押せないのかわからずに、じっとケータイを見つめていた。

目をあげたとき、ほんの一瞬ではあったけれど、昔のダーメンがもどってきた。前みたいな目でわたしを見て、体じゅうにあたたかく心地よいうずきをもたらした。その目つきは一瞬にして消えてしまったものの、いまはそれだけでも満足だった。

ダーメンはカウンターにケータイをほうり、首をふった。感化の効力が尽きてしまう前にさっさと出ていったほうがいい。わたしはバッグをつかんでドアへと向かった。ふりかえると、ダーメンは棚と冷蔵庫にあったドリンクを残らず空にしているところだった。わたしが中身に手を加えたせいで、飲むのは危険だと信じこみ、ふたをはずして中身をシンクにあけていた。

# 35

「あのドリンクが手元になくなって、ダーメンはどうなるの？　具合はよくなるの、それとも悪くなる？」

車に乗りこむとすぐにエイヴァはそう問いかけてきた。本当のところ、どう答えたものかわからなかった。いまもわからない。だからなにも言わず、ただ肩をすくめてみせた。

「本当にごめんなさい」

エイヴァは膝の上で両手の指を組み合わせ、心からそう思っているのだという目でわたしを見ていた。

「わたしのせいよね」

だけどわたしは首をふった。確かにエイヴァのせいで、ずいぶん時間を無駄にしてしまったとはいえ、人の家に押し入ろうなんていうすばらしいアイディアを思いついたのも、目の前の作業に夢中でドアを見張っておくのを怠ったのも、このわたし。誰かを責めるとすれば、それはわたしだ。

でもダーメンに見つかってしまったことよりなお悪いのは、わたしは変人ストーカー女から、被害妄想を抱いた哀れな負け犬として彼の目に映っているということだ。わたしがもう一度好きになってもらいたくて、あの赤いドリンクにブードゥー教の調合薬を仕込み、イカれた黒魔術をかけようとしたのだと彼は信じている。

なぜかというと、ダーメンがこの一件について話すとすぐに、ステーシアがそう信じこませたから。

そして彼はその話を信じることに決めたらしい。

じつのところ、学校じゅうのみんながそう信じていた。何人かの先生も含めて。

おかげで学校に行くのがこれまで以上にみじめになった。今度は「ドジ子！」や「負け犬！」や「魔女！」と延々からかわれるだけじゃなく、ふたりの先生に授業のあとに残るよう言われたから。

そうは言っても、ロビンズ先生に呼び止められたことにはさほど驚きもしなかった。わたしがダーメンと別れたあとの自分の人生を築けずにいることについてはすでに話していたから、この一件について話し合おうと授業のあとに残されたとき、それほどのショックは受けなかった。

それよりも、自分の対処の仕方のほうに我ながら驚いた。自分は決してやらないだろうと思っていた手段にあっさり打って出るなんて。わたしは自分を弁護したのだ。

「お言葉ですが――」

先生に最後まで言わせずに口を挟んだ。いくら善意からとはいえ完全に境界を越えた、離婚したばかりでアル中気味の国語教師が与えようとしている〝恋愛についてのアドバイス〟なんかに興味はなかった。

「この件について最後にわたしが確認したときは、すべて噂にすぎないということでした。本当だと証明できる根拠のない、真偽の不確かな出来事じゃないんですか」

嘘をついたばかりだというのに、わたしは先生とまっすぐ目を合わせた。エイヴァとわたしは現行犯で押さえられたわけだけど、ダーメンが写真を撮ったわけでもなく、またユーチューブに動画が出回るようなこともない。

「公式に罪に問われて裁判にかけられているわけじゃないということは――」

そこでいったん言葉を切って咳払いをした。ドラマチックな効果を狙ったためでもあり、自分が言おうとしていることが信じられなかったためでもある。

「有罪と証明されるまでは、わたしは無罪ですよね」

先生は躊躇《ちゅうちょ》し、なにか言おうとしたけれど、わたしの話はまだ終わっていなかった。

「このクラスでのわたしの態度は模範的ですし、成績に関していえばさらに模範的ですから、そのどちらかについて話し合いたいということじゃないなら……もう話すことはありませんよね」

幸い、ムニョス先生の場合はもうちょっとあっさり済んだ。もっとも、それはわたしのほうから先生に話しかけたからかもしれない。ルネサンス時代に夢中の歴史教師なら、ドリンクを調合するのに必要なハーブの名前を調べるのを助けてもらうには、ぴったりだと思ったから。

ゆうべ、グーグルであのハーブについて調べようとしたとき、なにを検索にかければいいのかまったくわからないことに気づいた。できるだけふつうにふるまって食事もとるようにしていたけれど、相変わらずサビーヌ叔母さんがタカのように見張っているから、ほんのちょっと〈夏世界《サマーランド》〉に行ってくるなんて論外だった。

だからムニョス先生が最後の希望となった。最後でないとしても、いちばん手近な希望に。昨日、ダーメンがボトルの中身をすべて流してしまったことで、残りわずかになっていたドリンクの半分がなくなってしまった。つまり、もっとつくらなければいけないということだ。それも、大量に。これからわたしが去るまでのあいだ力を保つ分だけじゃなく、ダーメンの回復のためにもたっぷり用意しておかなければならない。

ダーメンはレシピを教えてくれようとしなかったから、水晶に映しだされた彼の父親が、霊薬を調合する前に材料をぜんぶ声にだしていたのを頼りにするしかなかったけれど、最後のひとつだけは息子の耳にささやきかけたため、声が小さすぎてどうしてもききとることができなかった。

だけどムニョス先生はなんの助けにもならないとわかった。古い本の山を調べて収穫はゼロということになったあと、先生はわたしを見て言った。

「エヴァー、悪いが答えは見つからないようだが、いい機会だからきみと話を——」

わたしは手をあげて先生にそれ以上話をつづけさせなかった。ロビンズ先生への対応は決して誇れるものではなかったけれど、ムニョス先生が話をやめなかったら、同じスピーチをしてみせるつもりだった。

「先生が言おうとしていることはちゃんとわかってます」

先生の目をまっすぐ見つめて、うなずいた。

「でもぜんぶ誤解です。先生が思っているようなことじゃ——」

そこではたと口をつぐんだ。否定するにしても、これではとんでもなくヘタな言い訳にきこえるだけだと気づいたのだ。実際にそういうことが起きたかもしれないけど、先生が思っているようには起きていないという事実をほのめかしてしまったのだから。つまり本質的に罪を認めてしまったも同然だ。酌量すべき事情があるというだけで。

首をふり、ひそかに自分にあきれ果てた。あーあ、やっちゃった。この調子でつづけたら、サビーヌ叔母さんに弁護してもらわなきゃいけなくなる。

すると先生とわたしはお互いに見合って、ふたり揃って首をふり、それ以上は追及しないと合意した。

だけど、わたしがバッグをつかんで出ていこうとしたとき、先生は手を伸ばしてわたしの袖に触れて言った。

「くじけずにがんばるんだよ。きっとすべてうまくいくから」

それでじゅうぶんだった。そのシンプルな行為だけで、サビーヌ叔母さんがほぼ毎日スタバに通っているのが見えた。ふたりはためらいがちな恋の戯れを楽しんでいた。それは(ありがたいことに)ほほえみ合うところから先に進んではいなかったけれど、ムニョス先生はふたりの仲が進展する日が来るのを心待ちにしていた。とんでもない話だけど、ふたりがつき合うなんてことがないよう、全力で止めなきゃいけないとわかっていたけど、いまはそっちにかまっている時間はなかった。

先生のエネルギーをふりはらい、教室のドアから出ていくと、廊下を進みもしないうちに、わたしにぴったり歩調を合わせてローマンが近づいてきた。彼はわたしを横目で見て言った。

「ムニョス先生は助けになった？」

わたしはそのまま歩きつづけ、頬にローマンの冷たい息を感じて顔をしかめた。

「タイムリミットが迫ってるよ」

ローマンは恋人の抱擁みたいに柔らかで優しくなだめるような声で言った。

「いまではすべてがかなりのスピードで進行してるって思わない？　きみが気づきもしないうちに、ぜんぶ終わってるだろうね。そしたら、そう、きみとぼくだけになる」

わたしは肩をすくめた。それは事実じゃないとわかっていた。過去を見たんだから。あのフィレンツェの教会で起きたことを見たんだから。勘違いじゃなければ、おそらくいまでも地上をうろつき回っているはずの不死の孤児は六人いる。生き延びて、今頃どこにいてもおかしくない六人。けれどローマンがその事実に気づいてないとしても、教えてあげる義理はない。

だからローマンの目を覗きこみ、深いネイビーブルーの瞳の誘惑にあらがいながら、こう言った。

「わたしにとってはありがたい話ね」

「ぼくにとってもね」

ローマンはにっこりした。

「破れた心を繕うのを手伝ってくれる相手がきみには必要になる。きみを理解してくれる相手が。本当のきみの正体を知る相手が」

ローマンはわたしの腕を指で撫でおろした。その感触は驚くほど冷たく、布越しにも伝わってくるほどで、わたしはさっと腕を引いた。

「あなたはわたしのことをなにもわかってない」

ローマンの顔をじろりと見て言った。

「わたしをみくびってるみたいね。わたしがあなただったら、こんなに早く勝利を祝うなんて軽率な真似はしない。勝った気になるにはまだまだ早すぎるよ」

脅しのつもりだったけど、声がすっかり震えていて真面目に受け取ってもらえるはずがなかった。だから歩調を速めて、ローマンの嘲るような笑い声をあとに残し、マイルズとヘイヴンの待っているランチのテーブルに向かった。

ベンチに座り、ふたりを交互に見やりながらほほえみかけた。マイルズとヘイヴンと最後に一緒に過ごしてからずいぶん長い時間が過ぎた気がして、こうしてふたりがここに座っているのを見ているだけで、バカみたいにうれしくなった。

「ふたりとも」

顔がにやけるのを抑えられなかった。ふたりはまずわたしを見て、つぎにお互いを見て、まるでこの瞬間のリハーサルをしてあったみたいに完璧なタイミングで揃って頭をうなずかせた。

マイルズはソーダに口をつけた。これまでソーダなんて手に取ろうともしなかったのに。ネイルで缶のわきをトントン叩くのを見て、胃のなかが恐怖で満ちた。ふたりの思考に波長を合わせるべきか否か葛藤し、ふたりがここにいる理由がなんであれ心の準備はできるだろうけど、二度もきかされるなんてごめんだと思い、やめておいた。

「話があるんだ。ダーメンのことで」

マイルズが言った。

「ちがうよ」

ヘイヴンが割りこんだ。マイルズをにらみ、ハンドバッグのなかからにんじんスティックを取りだした。人気者グループの女子特有の低カロリーのランチ。

「話っていうのは、ダーメンとあんたのこと」

「なにを話すことがあるの？　ダーメンはステーシアとつき合ってるんだし、わたしは……立ち直ろうとしてる」

ふたりは目くばせを交わした。

「でも、ほんとに立ち直ろうとしてる?」

マイルズがたずねた。

「マジで、人の家に押し入って食料に細工するなんて、相当イカれてるよ。前に進もうとしてる人のするようなことじゃない――」

「なんなの? じゃあ、ふたりは噂をすっかり信じちゃったわけ? 何か月も友だちでいて、何度もお互いの家で一緒に過ごしたっていうのに、わたしにそんなことができると思うなんて――」

もうじゅうぶんだと思い、目をぐるりと回して首をふった。何世紀にもわたって絆をつくりあげてきたダーメンでさえも変わってしまったというのに、一年足らずのつき合いのマイルズとヘイヴンになにが期待できるっていうの?

「だって、あたしにはダーメンがそんな作り話をする理由がわからないから」

ヘイヴンはわたしの目をじっと見つめて言った。その目つきはひどく厳しく批判的だった。彼女はわたしの力になろうと思って来たわけじゃなかった。わたしのためを思っているようにふるまってはいても、本当はわたしが落ちていくのを楽しんでいる。ダーメンを取られたうえ、ローマンにはっきり好意を示したあとも彼がわたしを追いかけていたから、わたしが打ちのめされるのを見て喜んでいるのだ。いまこうして親切にわたしの横に座ってくれているのは、いい気味だとほくそえみながらわたしの目を覗きこみたいだけだった。テーブルを見おろした。これほどまでに胸が痛いなんて。だけどヘイヴンを裁いたり恨んだりしないよう努めた。嫉妬《しっと》がどういうものかはよくわかっている。理性なんか吹っ飛んでしまうものだ。

「もうすがりつくのはやめなよ」

そう言ってマイルズはソーダに口をつけたけれど、決してわたしから目を離しはしなかった。

「もう忘れて、前に進まなきゃ」

「あんたがダーメンのストーカーだってことはみんな知ってるよ」

ヘイヴンは口元を手で覆いながら言った。いつもの黒とは対照的に、白いネイルが塗られている。

「あんたが彼の家に二度も押し入ったってことは、みんなが知ってることだよ。マジであんたって手がつけらんないよね。イカれちゃってるよ」

この言葉の攻撃はあとどれだけつづくんだろうかと思いながら、わたしはテーブルを見つめていた。

「とにかく、あたしたちは友だちとして、いつまでもしがみついてちゃだめだってことを納得してもらいたいだけなの。彼から手を引いて、前に進まなくちゃ。はっきり言って、あんたの態度は不気味だし、言うまでもないけど……」

ヘイヴンはぐだぐだとしゃべりつづけた。きっとわたしが来る前にあらかじめふたりで相談しておいた項目をすべてあげつらねているんだろう。だけどわたしはヘイヴンが「友だちとして」と言ったあとから話をきくのをやめていた。その言葉だけにすがりつき、ほかの言葉はなにもききたくなかった。友だちだというのは、もはや真実ではなくても。

首をふって顔をあげると、ランチテーブルに座ってわたしをじっと見据えているローマンが目に入った。腕時計をトントンと叩いたあと、ひどく不吉で威嚇《いかく》的な身ぶりでダーメンを示すのが見えて、わたしは勢いよく席を立った。遠い雑音のように次第に小さくなっていくヘイヴンの声を背に、車へと走った。やらなければならないずっと大事なことがあるというのに、時間を無駄にしてしまった。

# 36

もう学校になんて行っていられない。あんな耐えがたい苦痛に苛まれる毎日にはもううんざりだ。ダーメンのことはどうにもできず、ローマンには嘲られ、先生や善意を装った元友人のお説教を受けることになんの意味があるの？　それに、期待しているとおりに事が運べば、わたしはすぐにオレゴンの昔の高校にもどり、カリフォルニアでの暮らしはなかったことみたいに生きていくのだ。だからもう同じ苦しみを味わうことに意味はない。

ブロードウェイ通りをくだり、歩行者の往来を縫って進み、峡谷へと向かった。なんにも知らない買い物客をびっくりさせることなく〈夏世界《サマーランド》〉への入り口をあけられるように静かな場所に行きたかった。車を停めたあとで、ここが初めてドリナと対決した場所だと思いだした。ダーメンが入り口を開いてくれて、〈夏世界〉を初めて訪れた場所。

シートにうずくまると、黄金色の光のヴェールが目の前にゆらめくのを思い浮かべ、〈学びの大講堂〉の真ん前に着地した。めまぐるしく姿を変えるみごとな建物にほとんど目もくれず、ふたつのことだけに意識を集中させて広々した大理石のホールに駆けこんだ。

ダーメンを救う解毒薬はあるの?

ドリンクを完成させるのに必要な最後の材料、あの秘密のハーブをどうすれば突きとめられる?

ふたつの質問を何度もくりかえし、白い部屋への入り口が現れるのを待った。

けれど、なんの反応もなかった。

天体もない。水晶のプレートもない。白い円形の部屋もない。

ゼロ。無。

後ろから穏やかな声がきこえてきただけだ。

「もう手遅れだよ」

ロミーだろうと思いながらふりかえると、そこにはレインがいた。ぐるっと目を回してドアへと向かうと、こっちはこの双子の片割れから離れたくてたまらないのに、彼女は後ろからついてきて、同じ言葉をくりかえした。

こんなことをしているヒマはない。世界一不気味な双子のくりだす謎めいたたわごとを解読しているヒマは。つねにいまという状態がつづくなかですべてが起きる〈夏世界〉には時間の概念がないとはいえ、地上にもどったときにはここで過ごした時間の分だけきっちり過ぎている。ということは、立ち止まっているヒマはない。わたしはレインの声がささやきにしかきこえなくなるまで、できるかぎり早足で通りをくだっていった。過去の暮らしにもどる前にダーメンを救わないと。その答えがここにないのなら、どこかよそを探してみるしかない。

わたしは駆けだした。路地に入ったところで、とつぜん耐えがたい頭痛に襲われ、地面にくずおれた。こめかみを指で押さえ、あらゆる方向から刺されたみたいな痛みに苦しんでいると、頭のなかにイメージの渦が広がっていった。スケッチの連続。本のページみたいに一枚がつぎの一枚へとつながっていき、そこに描かれていることの詳細な記述がつづく。三ページ目まで進んだとき、それがダーメンを救う解毒剤のつくりかたを示していることに気づいた。新月のときに植えられたハーブ、きいたこともない稀少《きしょう》な水晶と鉱物、チベット僧の手で刺繍された絹の袋……それらすべてを正確な手順にのっとって慎重に集め、つぎの満月のエネルギーを吸収させる必要がある。

不死のドリンクを完成させるのに必要な材料を見せられた直後、まるで何事もなかったかのように頭がすっきりした。バッグに手を伸ばして紙とペンを探し、最後の手順を書き留めたところでエイヴァがやってきた。

「ひとりで〈夏世界〉への入り口を開けたのよ！」

エイヴァは顔を輝かせてわたしの目を見た。

「まさかできるとは思わなかったけど、今朝いつもの瞑想《めいそう》をしようと身を落ち着けたとき、こう思ったの。やるだけやってみたっていいじゃない、って。そうしたら——」

「朝からずっとここにいるの？」

彼女はきれいな服を着て、ブランド物の靴を履き、重そうなゴールドのブレスレットをして、宝石で指を飾り立てている。

「〈夏世界〉に時間はないわ」

エイヴァはとがめた。

「そうかもしれないけど、地上ではお昼過ぎだよ」

わたしがそう言うと、彼女は地上のつまらないルールに縛られるのをいやがり、首をふって顔をしかめた。

「だったらなに？　地上で見そびれて困ることなんかある？　これから大金持ちの有名人になるって言われるのを期待した、一生貧しいままのお客の長い列とか？」

エイヴァは目を閉じてため息をついた。

「もうそんなのうんざりなのよ。単調で退屈な仕事には飽き飽きだわ。でも、ここではなにもかもがすばらしいし、このままずっといるのもいいかもしれないわね！」

「だめだよ」

本当にだめなのかはわからなかったけど、反射的にそう言った。

「なぜ？」

エイヴァは肩をすくめ、両手を空にあげてくるくる回った。

「なぜここにいてはいけないの？　納得のいく理由を教えてほしいわ」

「なぜって——」

そのまま流してしまえればいいと思ったけれど、相手は子どもじゃない。なにかまともな答えを思いつく必要があった。

「だって、正しいことじゃないから」

エイヴァにききいれてもらえることを願いながら言った。

「エイヴァにはなすべき仕事がある。みんなになすべき仕事がある。なのにここに逃げこむのは——ズルをしてるみたい」

「まさか。ここにいる人たちはみんな死んでるとでも言いたいの？」

彼女は目を細くすぼめた。

わたしはあたりを見回した。人でごったがえす歩道と、映画館やカラオケバーの長い行列を眺めながら、どう答えたらいいものかわからないことに気づいた。あのうちの何人がエイヴァみたいな人たちなんだろう？ 人生に飽き飽きして、うんざりして、幻滅して、ここに来る方法を見つけ、地上を捨てて二度ともどらないことに決めた人たちは？ そしてかつてライリーがしていたみたいに、死んだのに橋を渡ろうとしない人たちはどれだけいるんだろう？

もう一度エイヴァを見た。彼女が自分の人生をどうしようと、わたしには口出しする権利はない。自分がどういう人生を選んだかを思えばなおさらだ。

わたしはエイヴァの手を取り、ほほえんで言った。

「とにかくいまは、あなたが必要なの。占星術について知ってることをぜんぶ教えて」

# 37

「それで?」

テーブルに肘をついてエイヴァのほうに身を乗りだした。サンジェルマン・デ・プレの眺めとざわめきにではなく、わたしに意識を集中させようとして。

「わたしが牡羊座だってことは知ってるわよ」

エイヴァは肩をすくめた。わたしを見るより、セーヌ川、ポン・ヌフ、エッフェル塔、凱《がい》旋門《せんもん》、ノートルダム大聖堂(このニセモノのパリでは、それらがすべて一列に並んでいる)を眺めることを楽しんでいる。

「それだけ?」

カプチーノを混ぜながら思った。なんで飲む気もないのに、くるんと巻いた髭に白いシャツと黒いベスト姿というマンガみたいなウェイターに、こんなものを注文してしまったのだろう。

　エイヴァはため息をつき、こっちを向いて言った。

「ねえ、ちょっとは肩の力を抜いてこの眺めを楽しんだら？　だいたい、最後にパリを訪れたのはいつ？」

「一度もないけど」

　エイヴァに見せつけるようにぐるりと目を回して言った。

「パリに行ったことは一度もない。それにこんなこと言いたくないけど、これは――」

　そこで間を取ってあたりを示し、オルセー美術館の隣にあるプランタンデパートの真横に立つルーヴル美術館を指さした。

「パリじゃない。こんなの、いかにもなテーマパークのパリみたい。旅行のパンフレットとフランスのポストカードと映画の場面をかき集めて、ぜんぶいっしょくたに混ぜたら、はい、できあがりって感じ。だって、あのウェイターを見た？　彼のトレイはつねに傾いてくるくる回ってるのに、一度も落っこちてない。ホンモノのパリにそんなウェイターがいるとは思えないよ」

　場をしらけさせる名人みたいなわたしの態度も、エイヴァは笑い飛ばしただけで、ウェーブしたとび色の髪を肩の上で揺らして言った。

「言っておくけど、これはわたしの記憶どおりのパリなのよ。これらの名所は一列には並んでなかったかもしれないけど、このほうがずっとすてきだわ。実はわたし、ソルボンヌ大学に行ったのよ。前に話したことがあったかしら、わたしが——」

「すごいね、エイヴァ。本当に。時間さえ迫ってなければ、ぜひ詳しくきかせてほしいところだけど……そうじゃなくて、わたしが言いたかったのは、月の周期にかかわることならなんでも、占星術でも天文学でも知っていることを教えてほしいってことなの」

エイヴァはバゲットをちぎり、バターを塗った。

「もうちょっと具体的に言ってくれない？」

ポケットに手を突っこんで、ビジョンを見た直後に書きつけておいた紙を取りだして開き、エイヴァを横目でうかがいながら言った。

「じゃあ、新月の正確な定義とその時期について教えて」

エイヴァはエスプレッソに息を吹きかけ、わたしをじっと見つめて言った。

「新月は太陽と月が合《ごう》の位置にあるときに現れる。つまり、地上から見たとき、太陽と月がどちらも空の同じ方向にあるということ。そのせいで月は太陽の光を反射しないから、地球からは月が見えないことにもなる」

「でも、新月にはどんな意味があるの？　なにかを象徴しているの？」

エイヴァはうなずき、さらにバゲットをちぎり取って言った。

「新月は新しい始まりの象徴なのよ。回復とか、再生、希望——それに変化を起こしたり、悪癖を捨てたり、腐れ縁を断ち切るのにももってこいの時期でもあるわね」

エイヴァはもの言いたげな表情を向けてきた。

けれどわたしは無視して受け流した。ダーメンとわたしの関係について言っているのはわかっている。だけどエイヴァはわたしがダーメンとの関係を終わらせて、消し去ろうとしているなんて思ってもいない。わたしがダーメンを愛し、彼のいない未来が想像できないのと同じぐらい、そうするのがみんなのためなのだと心から信じている。どれも起きるべきではなかったことだ。わたしたちはこうなるべきではなかった。不死だなんて自然に反しているし、正しくない。すべてを元にもどすのが、わたしのいまなすべきことだ。

「満月は新月から数えていつ現れるの？」

エイヴァは手で口をおおい隠してバゲットを噛んでいる。

「満月は新月のおよそ二週間後。月が太陽の光を最大に反射して、地上から月全体が見えるときのこと。実際には、月がどこかへ行くわけじゃないから、つねに満ちているのだけど——ああ、なにかを象徴するかって？」

エイヴァはにっこりした。

「満月は豊穣《ほうじょう》や完全を象徴し、物事を最大限に実らせるといったことを表しているの。満月のときは月のエネルギーが最大になるから、魔力にも満ちているのよ」

エイヴァのいまの言葉の意味をひとつひとつ理解しようとしていると、これらの月相がわたしの計画にとても重要になってくる理由が少しずつわかってきた。

「どの月相もなにかを象徴しているのよ。月は古代の民間伝承では強力な役割を担っているし、潮の満ち干を支配している。人間の体はほとんど水でできているから、わたしたちも月に支配されているのだと言われることもある。〝狂気の《ルナティック》〟という言葉が月を表すラテン語の〝ルナ〟から来てるのを知ってた？　ああ、それに狼男の伝説も忘れちゃいけないわね——あれも満月が関係してるでしょ！」

わたしは内心あきれ果てていた。狼男やヴァンパイア、悪魔なんてものは存在しない。存在するのは不死人《イモータル》と、その命を狙う邪悪な不死人だけだ。

「どうしてこんなことをきくのか教えてもらえない？」

エイヴァはエスプレッソを飲み干して、カップをわきに押しやった。

「もう少ししたらね」

わたしの言い方は早口でそっけなく、エイヴァみたいにおしゃべりを楽しむ口調ではない。でもわたしは彼女とはちがって、パリでの休暇を楽しんでいるわけじゃなく、必要な答えを手に入れるためにこの景色を許容しているにすぎない。

「最後にもうひとつだけきくけど、〝ルール・ブルー〟とか〝青い時間〟って呼ばれるときに出る満月のどこがそんなに特別なの?」

エイヴァは目を見開き、息を切らして言った。

「ブルームーンのことを言ってるの?」

あの映像のなかでは月がとても青くて、空と溶け合うほどだったのを思いだし、肩をすくめた。あんなふうに青くゆらめきながら光っていたということは、あれは実際のブルームーンを表していたのだろう。

「そう。それも青い時間に出るブルームーンのこと、なにか知ってる?」

エイヴァは深々と息を吸いこんで、遠くを見つめながら答えた。

「ひと月のあいだの二度目の満月がブルームーンとなるという考えが主流ね。だけどべつの考え方もあって、もっと秘義に通じた人々の考えによると、真のブルームーンは必ずしも同じ月のあいだに現れた二度目の満月のこととはかぎらず、占星術の同じ宮のあいだに現れた二度目の満月のこととされているの。とても神聖な日とみなされていて、次元と次元の結びつきがとても強くなり、瞑想、祈り、神秘の旅には理想的なときとなるのよ。ルール・ブルーのあいだのブルームーンのエネルギーを利用すれば、あらゆる魔法が起きると言われているわ。例によって、限界を定めるのは自分次第ということね」

エイヴァはわたしがなにを企んでいるのか気にしている様子でこっちを見ているけれど、まだ打ち明ける心構えができていない。そのあとエイヴァは首をふって言った。

「だけど知ってのとおり、本物のブルームーンはめったに見られない。三年から五年おきにしか出ないわね」

胃がぎゅっとなり、両手で椅子のへりを握りしめた。

「つぎのブルームーンがいつかわかる？」

そうたずねながら、心のなかで思っていた。お願いだから早く、お願いだから早く！

吐き気がして気を失いそうになっているわたしに、エイヴァは首をふって答えた。

「見当もつかないわ。でも調べる方法ならわかるわよ」

エイヴァはにこっとして目をつぶった。と、シルバーのｉＭａｃが現れた。

「はい、検索してみたら？」

彼女は笑い、パソコンをわたしのほうに押しやった。

# 38

エイヴァがパソコンをつくりだしたときは自分がバカみたいに思えたものの（あーあ、なんで思いつかなかったんだろう？）、答えはすぐにちゃんと見つかった。

残念ながら、わたしが期待していたいい知らせではなかった。

ううん、それどころじゃない。

そうなる運命だったかのように、なにもかもひとつにまとまりつつあったというのに……。三から五年おきにしか見られない稀少な満月、わたしが過去にもどる唯一のチャンスでもあるブルームーンがつぎに現れるのは明日だった。その瞬間、すべてが崩れ落ちた。

「まだ信じられない」

エイヴァが手のひらにきちんと積みあげた二十五セント玉をパーキングメーターに投入するあいだ、わたしは車から降りながら言った。

「ただの満月のことだと思ってたのに。ちがいがあることも、そんなに珍しいことだとも知らなかった。これじゃあ、どうしろっていうの?」

エイヴァはお財布をパタンと閉じて、こっちを見た。

「そうねえ、わたしが見たかぎり、あなたには三つの選択肢がある」

わたしは唇を噛みしめた。きくのが恐かった。

「愛して大切に思っているすべてが完全に崩れ落ちるのをただじっと見ているか、あてずっぽうで決めるひとつのことだけに対処するか、わたしが力になれるようになにがどうなっているのか具体的に話すか」

大きくひとつ息を吸って、目の前に立っているエイヴァを見つめた。色あせたジーンズ、シルバーの指輪、白いコットンのチュニック、茶色いレザーのサンダルといういつもの服装にもどっている。エイヴァはいつでもそこにいて、いつでも相談に乗ってくれて、いつでもわたしの力になろうとしてくれる。わたしが自分では助けが必要なことに気づいていないときでさえも。

わたしが否定的な態度をとっていた(それに正直に言えば、かなり意地悪だった)あの頃も、エイヴァはちゃんとそこにいて、わたしの気が変わるのを待っていてくれた。一度もわたしの態度を非難せず、わたしのように遠ざけたり背を向けたりもしなかった。ずっとそばにいて、霊能者の姉貴分として介入するときが来るまでひかえていてくれた。そしていま、わたしにはエイヴァしかいないも同然だ。頼れるのは彼女ただひとり。秘密の数々も含めた本当のわたしを知ろうとしてくれるのは彼女だけ。

それにもう、エイヴァに打ち明けるほかに選択肢はなかった。残念ながら、自分ひとりでやり遂げるのは不可能だ。

「わかった」

そうするのが正しいだけじゃなく、そうするよりほかはないのだと自分に言いきかせながらうなずいた。

「エイヴァに頼みたいことがあるの」

通りを歩きながら、あの日水晶に映しだされたものについて話してきかせた。不死人《イモータル》であることを決して明かさないというダーメンとの約束を尊重しつつ、できるだけ多くを説明しようとした。ダーメンを治すには解毒剤が必要で、さらにあの〝特別な赤いドリンク〟を飲むことで体力を回復できるのだと話した。わたしは最愛の相手と一緒にいるか、終わるはずじゃなかった家族の四つの命を救うか、どちらかを選ぶことを迫られているのだと説明した。

エイヴァの働くお店（何度も通りかかったことはあるけれど、一度も入ったことはない）

の前に着いたとき、彼女はなにか言おうとしているみたいに口をあけてわたしを見たけれど、その口をまたかたく閉じた。そしてこの筋書きをさらに反芻《はんすう》してから、口ごもりながらようやく話しだした。

「でも、明日だなんて！　そんなにすぐに行ってしまうなんて、あなたにはできるの？」

実際にそう言葉にされると、胸が苦しくなった。だけど、あと何年も待つわけにはいかない。本当の気持ちよりも自信ありげにうなずき、エイヴァを見て言った。

「だから解毒剤のことで力を貸してほしいの。それに、解毒剤が完成したら、それと一緒に霊――」

言いかけて口をつぐんだ。怪しまれていないことを願いながら、落ち着いて言い直した。

「あの赤いい、い、い、ドリンクをダーメンに届ける方法を見つけて。彼が回復できるように。ダーメンの家に入る方法はもうわかってるんだから、解毒剤は飲み物に混ぜるとか、なにか方法を見つけてくれるよね」

最悪の計画に思えるのはわかっていたけど、きっとうまくいくはずだと信じることにした。

「ダーメンが治ったら……元のダーメンにもどったら、これまでに起きたことをすべて話してかまわない。そして彼にあの赤いドリンクを飲ませて」

エイヴァのひどく悩ましい表情をどう解釈すればいいのかわからず、わたしは話を先に進めることにした。

「わたしはダーメンに背を向けるみたいに思われるかもしれないけど、そうじゃない。絶対にちがう。じつを言うと、解毒剤もなにも必要なくなる可能性もじゅうぶんあるの。わたしが過去の自分にもどれば、なにもかも元どおりになる可能性はじゅうぶんにある」

「そうなるのを見たの？」

穏やかな優しい声でエイヴァはたずねた。

わたしは首を横にふった。

「ううん、仮説にすぎないけど、理にかなってると思う。それ以外には考えられないし。だからいまこうしてエイヴァに話していることは、念のために言っているだけで、必要なくなるかもしれないんだけど。その場合、この会話はなかったことになるだろうから、エイヴァはわたしと話したことを覚えていないはず。それどころか、わたしと知り合いだった記憶もなくなる。でも万が一わたしがまちがっていたときに備えて一応、バックアップの計画だけは用意しておきたくて。まちがってはいないと強く確信してるけど、いざというときのためにね」

もごもごと言った。わたしは誰を納得させようとしているんだろう？　エイヴァ？　それとも、自分自身？

エイヴァはわたしの手を握り、思いやりに満ちた目をして言った。

「あなたは正しいことをしようとしてるのよ。それに運がいいわ。過去にもどるチャンスを手に入れられる人なんて、そう多くはないもの」

わたしは彼女を見つめ、にやりとした。

「い、い、いい、そう多くはない？」

「そうね、パッと思いつくかぎりはひとりもいないわね」

エイヴァはにっこりした。

ふたりとも笑ったけれど、わたしはまたエイヴァを見つめると、真剣な声で言った。

「真面目な話、ダーメンの身になにかがあったら耐えられない。そうとわかったら、わたしも生きてはいられない。自分のせいでそんなことになったとしたら――」

エイヴァはわたしの手をぎゅっと握り、お店のドアをあけると、なかへと導きながらささやいた。

「心配しないで。わたしを信じて」

彼女の後ろについて歩き、書物がぎっしり詰まった本棚、壁一面のＣＤ、天使の像だけを集めた一角、そしてオーラの写真が撮れるという装置の前を通りすぎると、白髪混じりの長い髪を一本の三つ編みにした年配の女性が本を読んでいるカウンターへ向かった。

「今日は店に出る予定だった?」

その女の人は小説をおろし、エイヴァとわたしを交互に見やった。

「いいえ。でも、わたしの友だちのエヴァーが——」

エイヴァは笑みを浮かべ、わたしに向かってうなずいてみせた。

「奥の部屋に用があるの」

年配の女の人はわたしをまじまじと眺めている。オーラを見てエネルギーを感じ取ろうとしているらしい。なにも感じ取れないとわかると、どういうことなのと言いたげな表情をエイヴァに向けた。

だけどエイヴァは黙ってほほえみ、〝奥の部屋〟にわたしを通しても大丈夫だということを伝えようとうなずいた。

「エヴァー?」

女の人は首元に指を伸ばし、鎖骨に垂れたターコイズのペンダントをそわそわといじりながら言った。

この短期間に水晶と鉱物について得た知識によると、ターコイズは何百年にもわたって、身を守り癒《いや》しを与えるお守りとして使われてきている。わたしの名前の呼び方ひとつとっても、いぶかしげな表情からも、相手の心を読むまでもなく、彼女がわたしを警戒して身を守るべきだろうかと考えているのがわかる。

女の人はためらい、わたしとエイヴァをちらちら見比べたあと、わたしだけを見つめて言った。

「わたしはリナ」

それでおしまい。握手もなし、歓迎のハグもなし。名前を告げただけで、店のドアへと向かうと、看板を裏返して〝営業中!〟を〝10分でもどります!〟にした。それからわたしたちを手招きして、短い廊下を進んで突きあたりにあるぴかぴかの紫色のドアの前で止まった。

「どういうことなのか説明してもらえる?」

リナはポケットの鍵束を探りながら、わたしたちをなかに入れていいものかまだ決めかねている様子だ。

エイヴァはわたしに向かってコクンとうなずき、ここからはあなたに任せるわと合図した。わたしは咳払いをすると、ありがたいことにまだ裾が床まで届いている、最近つくりだしたばかりのジーンズのポケットに手を突っこんだ。そして、しわくちゃになった紙を取りだして言った。

「えーと、いくつか必要なものがあるんです」

その紙をリナに引ったくられて顔をしかめた。彼女はリストに目を通し、片方の眉をあげて、なにかききとれないことを小声でブツブツ言うと、詮索するようにわたしをさらにじろじろ見つめた。

きっと追いはらわれるんだと思ったそのとき、リナはわたしの手にリストを返し、ドアの錠をはずして、わたしとエイヴァを部屋に通してくれた。部屋のなかの様子は、わたしの予想を裏切るものだった。

ここで必要なものが揃うとエイヴァからきいていたから、わたしはかなり緊張していた。きっと不気味な秘密の地下室に連れていかれるのだと思っていた。猫の血の入ったガラス瓶や、切断されたコウモリの羽、小さく縮んだ頭、ブードゥー人形……映画やテレビで観るような、そういったぞっとする奇妙な儀式の道具が各種取りそろえられている部屋だろうと。

けれどこの部屋にはそんなところはまったくなかった。それどころか、きちんと整理されたふつうの物置部屋と大して変わりなく見えた。まあ、手彫りのトーテム像や仮面が点々と飾られた明るいすみれ色の壁はべつとして。それに、重そうな古い書物と神さまの石像でいっぱいになってたわんでいる棚に立てかけられた、女神の絵ものぞくとして。でもファイルキャビネットはいたってふつうのものだ。

リナが棚の鍵をあけてごそごそやりはじめたのを、肩ごしに覗きこもうとしたけれど、なにひとつ見えず、やがて彼女はどこからどう見てもまちがっているように思える石をひとつ手渡してきた。

「ムーンストーンよ」

リナはわたしの顔に浮かぶとまどいの表情に気づいていた。

わたしは石を見つめた。これはあるべき姿には見えないし、うまく説明はできないけど、どこかおかしい。リナは躊躇せずわたしを追いかえすはずだろうから、気分を損ねたくはなかったけれど、大きく息を吸いこむと、勇気をふりしぼって言った。

「あの、磨きも加工もされていないものが必要なんですけど。純粋な天然石が。これはちょっとなめらかで光沢がありすぎます」

リナは、見逃しそうなぐらい小さく、でも確かにうなずいた。ごくかすかに頭を傾けて唇の端をわずかにあげたあと、さっきのムーンストーンの代わりにわたしの望みどおりの石をくれた。

「これです」

どうやらわたしは彼女のテストに合格したようだ。わたしはムーンストーンを見つめた。さっきの石のように輝いてもいなければきれいでもないけれど、新しい始まりの助けとなる本来の力は発揮してくれそうだ。

「それと、第七チャクラに働きかける水晶のボウル、チベット僧の手で刺繍された赤い絹の袋、四つの磨きあげられたローズクォーツ、ひとつの小さなスター……えーと、十字石《スタウロライト》で読み方はあってますか？」

リナがうなずくのが見えた。

「あ、それとここにあるいちばん大きな未加工のゾイサイトも」

リナが腰に手をあててじっと立っているのを見て、この一見バラバラなアイテムを組み合わせてどうするつもりなのだろうかと考えているのがわかった。

「そうだ、それに大きめのターコイズも。あなたが身に着けてるのと同じぐらいの大きさのものを」

リナの首元を示して言った。

彼女はわたしをまじまじと見て、おざなりにうなずくと、背中を向けて必要な石を集めはじめた。それらを何気なく包む様子を見ていると、スーパーで食料品の袋詰めをしているのかと思うほどだ。

「あと、ここにハーブのリストがあります」

反対のポケットに手を突っこみ、しわくちゃの紙を取りだしてリナに渡した。

「できれば新月のあいだに植えられて、インドの目の見えない修道女に育てられたハーブがいいんですけど」

そうつけ加えると、驚いたことにリナはためらいもせずうなずき、黙ってリストを受け取った。

「なんのために使うのか教えてもらえるかしら？」

リナはわたしの目を見てたずねた。

わたしは首をふった。エイヴァはいい友だちだけど、その彼女にさえちゃんとは話せないのに、この人に話せるはずがない。いくらおばあちゃんみたいだとはいっても。

「それは、できれば言いたくありません」

リナがわたしの返事を尊重して、そのまま用意してくれることを期待して肩をすくめた。これらの材料は天然のものでないとだめで、わたしがつくったものではうまくいかないだろうから。

わたしたちはじっと互いの目を見つめ合った。こっちは一歩も退かないつもりでいたけれど、やがてリナはファイルキャビネットをごそごそやりはじめた。何百という包みを探る彼女に向かって、わたしは言った。

「あと、もうひとつ」

バックパックのなかから、ルネサンス期のフィレンツェではよく使われていた、あの稀少なハーブをスケッチしたものを取りだした。ドリンクを完成させるのに必要な最後の材料だ。その絵をリナに渡しながらたずねた。

「これに見覚えはありますか?」

# 39

すべての材料が揃った。ううん、湧水と、エクストラバージンオリーブオイル、白くて長い小さなキャンドル（わたしが要求したもののなかではごくふつうの品だと思うのに、不思議なことにリナは切らしていた）、オレンジピール、それにリナが持っているはずもないダーメンの写真以外は。わたしとエイヴァは車にもどった。

ドアのロックをはずそうとしたとき、エイヴァが言った。

「家はすぐそこだし、歩いて帰ることにするわ」

「ほんとに？」

エイヴァは夜を抱きしめるみたいに両手を広げてみせた。そして唇の端をあげて、にこっとして言った。

「こんなにすてきな夜だから、外の空気を楽しみたいの」

リナのあの奥の部屋にいたときはあんなに深刻そうな様子だったのに、なんで急にこんなにうきうきしているんだろう?

エイヴァは頭をのけぞらせて青白い首をむきだしにして笑い、視線をさげてわたしと目を合わせて言った。

「心配しないで。地上を離れて向こうでずっと暮らすつもりはないわ。ちょっと逃避したいときに行けるのはありがたいと思ってるだけで」

「あまり頻繁に行き過ぎないよう気をつけて」

いつだかダーメンに言われたのと同じ警告をくりかえした。

「〈夏世界《サマーランド》〉と同じぐらい?」

「〈夏世界〉には中毒性があるから」

わたしがそうつけ加えると、エイヴァは両腕で自分の体をぎゅっと抱いて肩をすくめた。言うだけ無駄だった。この様子だと、エイヴァはできるだけすぐに、そしてしょっちゅう〈夏世界〉を訪れようとするだろう。

「必要なものはすべて揃ったのね?」

わたしはうなずき、車のドアにもたれた。

「残りは買って帰るから」

「本当に心の準備はできているの？」

エイヴァは深刻そうに眉をひそめてこっちを見た。

「すべてを置いていくことができるの？　ダーメンを置いていけるの？」

大きく息を吸った。そのことは考えたくなかった。明日になって別れのときが来るまでは、あれこれ忙しくして、いまやるべきことだけを考えていたかった。

「一度やってしまったことは、元にはもどせないのよ」

わたしはエイヴァの目を見て、肩をすくめた。

「そうでもないみたいだけど」

エイヴァは頭を傾げて顔にかかったとび色の髪を耳の後ろにかけた。

「でも、あなたがもどろうとしているのは……そう、あなたはまたふつうにもどれると思っているのよね。そうしたら、そんな知識もなくなって、なにも知らずに生きることになるのよ。本当にそんな自分にもどりたいの？」

わたしは地面を見おろして小石を蹴った。

「嘘を言うつもりはないよ。今回のことは思ったよりもあわただしく進んでる。もっと時間があればよかったのにって思う。いろんなことに決着をつける時間が。でも結局は……うん、心の準備はできていると思う」

そこで口をつぐみ、自分の言葉を頭のなかでくりかえし、これでは言いたいことが伝わっていないと思った。

「つまりね、心の準備ができていることはわかってるの。そう、まちがいなく心の準備はできてる。なにもかも元どおりにして、あるべき状態にもどすことは、正しい行いだって気がするし」

そんなつもりはなかったのに、最後に声が高くなって、まるで問いかけているみたいにきこえた。だから首をふって言った。

「言いたかったのは、完全に、あきらかに、百パーセント正しい行いだってこと。それ以外に、アカシックレコードにアクセスできた理由はないでしょ？」

エイヴァはゆるぎないまっすぐな目でわたしを見つめている。

「それに、また家族と一緒に暮らせるって考えると、どんなにうれしいかわかる？」

エイヴァは手を伸ばし、わたしをきつく抱きしめてささやいた。

「あなたの幸せを思うと、わたしもうれしいわ。本当よ。それに会えなくなるのは寂しいけど、最後の役目を任せてくれるぐらい信用してもらえて光栄だわ」

「エイヴァには感謝してもしきれない」

わたしは呟いた。喉が締めつけられるようだった。

エイヴァはわたしの髪を撫でつけながら言った。

「いいの、ちゃんとわかってるわ」

わたしは身を離し、あたりを見渡した。このすばらしい夜を、このすてきな海辺の町を眺めた。そのすべてを置いて歩き去ろうとしているのが信じられないぐらいだ。サビーヌ叔母さん、マイルズ、ヘイヴン、エイヴァ、そしてダーメン——みんな存在しなかったかのように、わたしはすべてに背を向けようとしているなんて。

「大丈夫?」

エイヴァはわたしの表情を読み取り、落ち着いた優しい声でたずねた。

わたしはうなずき、咳払いをして、彼女の足元にある小さな紫色の紙袋を指した。《ミスティックス&ムーンビームズ》とゴールドの文字で店名が印刷されている。

「ぜんぶちゃんとわかってるよね? ハーブの扱い方も? 冷暗所で保存して、すりつぶしてあの赤いドリンクに入れるのは、最後の日——三日目になってからだからね」

「心配しないで」エイヴァは笑った。

「ここにないものは——」彼女は紙袋を取りあげ、胸にかき抱いた。「ここに入ってるから」

そう言ってこめかみを指さし、にっこりした。

わたしはうなずいた。泣いている場合じゃないと、まばたきをして涙を押しもどした。これはいくつもの別れの始まりにすぎないのだから。

「明日、家に寄って残りのものを届けるね。万が一、必要になったときに備えて。そんなことにはならないと思うけど」

そして車に乗りこみ、エンジンをかけて出発した。手もふらず、一度もふりかえりもせず、海を目指した。これからは未来を見つめて、そのことだけを考えるしかないのだ。


お店に寄って残りの品物を買い揃えると、自分の部屋に袋を運んで机の上に中身をあけた。オイルとハーブとキャンドルの山をかきわけて、急いで石を探した。やらなければいけないことのほとんどは、石に関することだ。すべての石はタイプごとに別々の手順で準備する必要があり、そのあとで刺繍された絹の袋に入れて、できるだけたくさん月光を吸収できるよう外にだしておくことになっている。そのあいだに乳鉢と乳棒をつくりだして（店で買い忘れたのだけど、これはただの道具にすぎないので、自分でつくったものを使っても大丈夫なはず）ハーブをすりつぶし、（これまた自分でつくった）ビーカーで煮てから、残りの鉄と鉱物と、リナがきちんとラベルをつけて小さなガラス瓶に入れてくれたカラフルな粉もすべて混ぜる。すべての作業は正確な七つのステップにのっとって行わなければならない。霊感と時空を超越した知覚をもたらしてくれるよう第七チャクラに波動を合わせてある水晶のボウルを響かせるところから始まり、そこから一連の神聖な作業がつづいていく。目の前に積みあげられた材料の山を見ていると、少しばかり興奮を覚えずにはいられなかった。失敗ばかりのスタートから、ようやくこうしてすべてが揃ったのだ。

リストには奇妙で多種多様の品々が並び、これらが本当に存在するのか、どこで手に入るのかさえわからず、始める前から失敗するような気がしていた。けれどエイヴァは、リナなら品物を揃えられるだけじゃなく、信用できる人物でもあると請け合った。信用できるかはいまだ確信が持てないけれど、ほかにあてもなかった。

店の裏でリナにじろじろ見られ、粉やハーブを揃えるあいだも細くすぼめた目を向けられたときには、だんだん不安になっていった。彼女がわたしの描いたスケッチを掲げて、「具体的になにをしようとしているの？　錬金術かなにか？」と言ったときは、とんでもないまちがいを犯してしまったと確信した。

エイヴァはそのときこっちをちらっと見て、割って入ろうとしてくれたけど、わたしは首をふって無理に笑い声をあげて言った。

「自然を支配し、混沌《こんとん》を避け、命をいつまでともわからないほど延ばすという、本当の意味での錬金術のことを言っているなら――」

錬金術という言葉を調べたことで、最近になって覚えた定義を述べた。

「答えはノーです。そこまで大それたことをするつもりはありませんから。ちょっとした白魔術を試そうとしているだけです。期末試験にパスして、プロムの相手が見つかって、ついでにアレルギーも治るといいなと思って。春が近いからそろそろ発症する頃だけど、プロムの写真のなかで真っ赤な鼻をして鼻水を垂らしてるなんていやだから」

アレルギーのくだりでリナにあやしまれたことに気づき、さらにつけ加えた。

「ローズクォーツが必要なのは、愛をもたらしてくれるからだし、ターコイズは――」

わたしはリナのペンダントを指さした。

「癒しを与えることでよく知られているし、それに……」

ほんの一時間前に学んだ内容をずらずらと並べ立てて、いつまでもつづけることもできたけど、そこまでにしておこうと決めて、肩をすくめて話を終えたのだった。

自分の部屋で石の包みを開き、細心の注意を払ってそれぞれを手のひらにのせてそっと握ると、白くまばゆい光がその核へとまっすぐ射しこみ、最重要の〝浄化と清め〟のステップを思いだした。ネットで読んだ内容によると、それは石の準備における第一段階にすぎないということだった。第二段階は、石が本来持つ力を発揮するため月の強力なエネルギーを吸収するよう、石に向かって語りかけることだ。

「ターコイズよ……」

ささやきながら、ドアをちらっと見やり、ちゃんと閉まっていることを確認した。もしサビーヌ叔母さんが入ってきて、石の山に優しく話しかけているところを見つかってしまったら、どんなに気まずいだろう。

「おまえの本来の力をもって、癒し、清め、チャクラバランスを整えるのを助けたまえ」

ひとつ深呼吸をして、石にわたしのエネルギーを注ぎこんでから、袋のなかにそっとしまい、つぎの石に手を伸ばした。バカバカしさとかなりのうさんくささを感じてはいたけれど、つづけるよりほかはなかった。

磨きあげられた四つのローズクォーツに移り、ひとつずつ取りあげて白い光を吸収させたあと、「無条件の愛と無限の平和をもたらしたまえ」と四回くりかえした。ひとつひとつを赤い絹の袋にしまい、ターコイズを囲むようにおさまるのを確認してから、十字石《スタウロライト》（妖精の涙から生まれたと言われている美しい石）を手に取り、古来の知恵と幸運をもたらして別次元とつながることを助けたまえと言うと、つぎに大きなゾイサイトのかたまりを両手で抱え、白い光で浄化したあと、目を閉じてささやいた。

「すべての陰のエネルギーを陽のエネルギーに変え、超自然の領域につながる助けとし、そして――」

「ねえ、エヴァー？　入ってもいい？」

ドアに目をやった。わたしとサビーヌ叔母さんを隔てているのは、厚さ四センチほどの木のドアだけだ。積みあげられたハーブ、オイル、キャンドル、粉と、手に抱えて話しかけている石を眺めた。

「病を治し、回復を助け、すべての効力を発揮せよ！」

小声でささやき、言葉を発するとすぐにゾイサイトを袋に突っこんだ。

けれど、石は袋のなかに入らなかった。

「エヴァー？」

もう一度ゾイサイトをなんとか袋に押しこもうとしたけれど、袋の口よりも大きな石は、縫い目を引き裂かずにはおさまらないようだった。

サビーヌ叔母さんはまたドアをノックした。力強い三度のノックは、わたしが部屋にいてなにかを企んでいることはわかっているのだということと、我慢の限界が近いことを意味していた。こっちはおしゃべりをしている時間なんてないのに。

「えっと、ちょっと待って！」

そう答えると、石を無理矢理押しこんで、急いでバルコニーに出て、月がいちばんよく見える小さなテーブルの上に袋を置き、本格的な爆発に備えて部屋のなかに駆けもどった。叔母さんがもう一度ドアをノックするのがきこえ、わたしは部屋の様子を見回した。この状態を見られることになるのだ。片付けている時間はないとわかっていた。

「ねえ、大丈夫なの?」

叔母さんはいらだちと不安を同じだけ覚えながら呼びかけてきた。

「うん、ただちょっと――」

Tシャツの裾をつかんで頭から引っぱりあげて脱ぎ、ドアに背中を向けながら言った。

「もう入っていいよ、あのね――」

サビーヌ叔母さんが入ってきた瞬間、Tシャツをまたかぶり直した。これまで大して気にしたこともなかったくせに、叔母さんに着替えを見られるなんて恥ずかしくてたまらないというかのように、急に慎み深くなったふりをした。

「着替えてたとこなの」

もごもご言うと、叔母さんは眉を寄せてわたしをじろじろ眺め、マリファナやアルコール、クローブシガレットなど、最近読んだティーンエイジャーの育て方の本で警告されていたものの残り香を嗅ぎとろうとした。

「Tシャツになにかついてるけど」

叔母さんはわたしのTシャツのフロント部分を示して言った。

「それ、落ちなさそうね」

叔母さんは口元をゆがめた。Tシャツを見おろすと、大きな赤い筋状のしみがついていた。霊薬に必要な粉だとすぐにわかった。机の上や床にまで粉が飛び散っている。きっと袋に穴があいていて漏れたんだ。

やったね。新しいTシャツに着替えたばかりのふり、大失敗！　心のなかで自分にあきれ果てていると、サビーヌ叔母さんはケータイを手にベッドのへりに腰かけて脚を組んだ。かすんで赤みがかったグレーのオーラをひと目見ただけで、叔母さんが心配しているのはわたしがきれいなTシャツを持っていないことじゃなく、わたし自身に関することだとわかった。奇妙な態度をとったり、隠しごとが増えていったり、食事の問題だったり――そのすべてを、叔母さんはもっと不吉なことの前兆だと信じ切っている。

どうやって説明したものかということにばかり気を取られていて、叔母さんにこんなことを言われるとは予測していなかった。

「あなた、今日学校をサボったの？」

わたしは凍りついた。サビーヌ叔母さんは机に視線を落とし、一見バラバラでありながら実はなにか意図がありそうに集められているハーブやキャンドル、オイルや鉱石やあらゆる種類の奇妙な品々を見つめている。

「あ、うん。頭痛がして。でも大したことないよ」

机の前の椅子に座ってくるくる回り、叔母さんの注意をそらそうとした。

叔母さんが大がかりな錬金術の実験道具とわたしを見比べて口を開きかけたとき、わたしは言った。

「あのね、大したことないっていうのは、頭痛はもう治ったってことが言いたかったの。だけど嘘なんかじゃなくて、さっきまでは本当に痛かったんだよ。いつもの片頭痛。わたしが頭痛持ちなのは知ってるでしょ？」

恩知らずの嘘つき――たわごとばかりの不誠実なおしゃべり女になった気分だった。こんなわたしをもうすぐ厄介払いできてどんなに幸運か、叔母さんは知る由《よし》もない。

「まともに食事をとらないせいかもしれないわね」

叔母さんはため息をつくと、靴を蹴って脱ぎ、わたしをまじまじと見つめた。

「食べない割には、雑草みたいにぐんぐん成長しているみたいね。この二、三日でまた背が伸びてるわ！」

足首を見おろすと、つくりだしたばかりのジーンズの裾が今朝より二、三センチ短くなっていてギョッとした。

「具合が悪かったのなら、どうして保健室に行かなかったの？　黙って帰ってくるなんていけないってわかってるでしょう？」

叔母さんを見つめ、そんな心配しなくていいのと言えたらいいのにと思った。終わりが近いのだから、もう一秒たりとも気にする必要はないのだ、と。会えなくなるのは寂しいけれど、叔母さんの暮らしはまちがいなくよくなるはず。叔母さんはこんな暮らしをするべきじゃない。わたしなんかに頭を悩ませるべきじゃない。もうすぐ叔母さんは穏やかな暮らしができるようになると思うとうれしかった。

「保健室の先生はヤブだから。アスピリンをのませようとするばっかりで。それじゃあぜんぜん効かないのに。とにかく家に帰ってしばらく横になりたかったの。よくなるにはそれしかないから。だから帰ってきただけ」

「本当に？」

サビーヌ叔母さんは身を乗りだしてたずねた。

「本当にまっすぐ家に帰って来たの？」

目と目が合った瞬間、試されているのだとわかった。

「ううん」

ため息をつき、白旗を揚げて絨毯を見おろした。

「峡谷までドライブして、ただ――」

叔母さんはわたしを見つめ、つづきを待っている。

「ただしばらくぼーっとしてた」

深々と息を吸いこんだ。真実に近いことを言うには、これがせいいっぱいだ。

「ねえエヴァー、ダーメンとのことのせいなの?」

目が合った瞬間、こらえきれず涙が溢れた。

「ああ、かわいそうに」

サビーヌ叔母さんは呟き、両手を大きく広げた。わたしは勢いよく椅子を立ち、その胸のなかに転がりこんだ。ひょろ長い自分の手足にまだ慣れず、持てあましたぎこちない動きであやうく叔母さんを床に押し倒しそうになった。

「ごめん。わたし――」

でも最後まで言えなかった。新たに涙が湧いてきて、また泣きじゃくった。

叔母さんは泣きやまないわたしの髪を撫で、ささやいていた。

「ダーメンと別れて、どんなに寂しいかわかるわ。本当につらいわね」

だけど叔母さんがそう言ったとたんに、わたしは身を離した。ダーメンは理由の一部でしかないのに、泣いているのはダーメンと別れたせいだけみたいなふりをしていることに罪悪感を覚えた。泣いているのは、ラグーナとオレゴンの友だちが恋しいからでもある。それに自分の人生――ここで築きあげた暮らしと、これからもどろうとしている暮らしが恋しいから。わたしがいないほうが、ダーメンも含めてみんな幸せになれるのはあきらかだけど、だからといって別れがラクになるわけじゃない。

それでもやり遂げなきゃいけない。選択の余地などないのだから。

そんなふうに考えると、確かに少しはラクになった。本当のところ、理由はどうあれ、わたしは生涯に一度のすばらしいチャンスに恵まれたのだ。

もう家に帰るときだ。

ただ、さよならするのにもう少し時間の余裕がほしかっただけ。

そう思うと、また涙が出てきた。サビーヌ叔母さんはわたしをぎゅっと抱きしめ、励ましの言葉をささやいてくれた。叔母さんにすがりつき、すべて心配ないと安心させてくれるこのあたたかい腕に抱かれていると、自分は正しいことをしているのだと感じられて、守られている気がした。

なにもかもが問題なくうまくいきそうに思えた。

さらに身を預け、目を閉じ、叔母さんの肩と首のあいだに顔を埋めながら、声はださずに唇だけをそっと動かして、さよならを言った。

# 40

朝早くに目覚めた。人生で最後の日——少なくとも、ここで築きあげた人生では最後の日だから、時間を最大限に活用したかったんだと思う。

いつもの「ドジ子！」「負け犬！」「魔女！」とはやしたてる生徒たちのコーラスで迎えられるのは確実だったけれど、そんな目に遭うのも最後だとわかっているから、受けとめかたもまったく異なった。

前の学校では、友だちが山ほどいた。おかげで月曜から金曜まで、わくわくするとまではいかなくても、ずっと楽しかった。サボりたいなんてことは一度も思わなかったし、みんなになじめなくて憂鬱《ゆううつ》になることもなかった。

だからこんなにもどりたいんだと思う。家族とまた一緒に暮らせるのはもちろんうれしいけど、それ以外にも、わたしを愛し受け入れてくれて、本来の自分をだせる友だちがいると思うと、気持ちがずっとラクになったから。

　ダーメンがいなければ、決断をくだすのに悩むこともなかっただろう。

だけど、彼に二度と会えなくなり、あの肌の感触や、熱っぽい視線、重なり合う唇の感触を確かめられなくなるという事実がどんなに受け入れがたくても、すべてをあきらめるつもりだった。

　それが昔の自分を取りもどし、家族の元へ帰るということなら、躊躇する余地はどこにもなかった。

　ドリナはダーメンを自分のものにするために、わたしの命を奪った。ダーメンは自分のものにするために、わたしを生きかえらせた。わたしがダーメンを愛しているのと同じぐらい、二度と彼に会えないと思うと胸が痛くなるのと同じぐらい、彼が自然の摂理を乱したのだということがいまではよくわかっている。ダーメンは、そうなるはずじゃなかったものへと、わたしを変えたのだ。

　いま、そのすべてを元にもどすのがわたしの役目だ。

　クローゼットの前に立ち、いちばん新しいジーンズ、黒いVネックセーター、新しめのバレエシューズを選び、〈夏世界〉のスクリーンで見た自分と同じ恰好をした。指で髪を梳《と》かし、リップグロスを塗り、十六歳の誕生日に両親に買ってもらった小粒ダイヤのピアスをはめて（これをはめていなかったら、両親はきっと気づくだろうから）、ダーメンにもらったブレスレットを着けた。これからもどろうとしている暮らしに、このブレスレットは存在するわけがないけれど、はずすなんて絶対にいやだった。

バッグをつかんで、最後にもう一度だけやたらと広い自分の部屋を見回したあと、ドアを開けた。必ずしも楽しんでいたとは言えない人生を最後に目に焼きつけておきたかった。この人生の記憶さえ消えてしまうだろうけど、永遠に立ち去る前にいくつかのことを正して、ちゃんと別れを告げておきたかった。

学校の駐車場に車を乗り入れるとすぐに、ダーメンを捜しはじめた。ダーメンを、彼の車を。どんなことも、どんな小さな輝きも、なんでも見ておきたかった。見ていられるあいだに、彼のことをできるだけたくさん見ておきたかった。なのに彼は見あたらず、がっかりした。

車を停めて教室に向かった。まだダーメンが学校に来ていないからといって、過剰に反応したり、取り乱したり、早合点したりしないよう自分を抑えながら。毒によって何百年という歳月を少しずつ削り取られるにつれ、ダーメンは次第にふつうの人間に近づいてきている。とはいえ、昨日見た様子だと、相変わらずゴージャスで、セクシーで、年を取りはじめている感じはまったくなかったから、最悪の事態になるのはまだまだ先のことだと思う。

それに、ダーメンはきっと来るはずだ。来ない理由がない。彼はこの高校のまぎれもないスターだ。誰よりもかっこよくて、お金持ちで、最高のパーティーをする人物。よく知らないけど、噂にはそうきいている。登校するだけでスタンディングオベーションが受けられるようなものだ。そんな状況にあらがえる人なんていないはず。

生徒たちのあいだをすり抜け、こっちから話しかけたこともなければ、なにかひどいことを叫ぶほかはほとんど話しかけられたこともない子たちを見つめた。わたしがいなくなっても、この子たちは寂しがらないだろうけど、いなくなったことに気づきもしないのだろうかと考えずにはいられない。それとも、すべてわたしが思っているような結果になるのだろうか。わたしは過去にもどり、みんなももどり、ここで過ごしたわたしの時間は、画面に現れた輝点よりもちっぽけなものに成り果てるのだろうか。

ひとつ大きく息を吸って、国語の教室に入った。ステーシアと一緒にいるダーメンを見る覚悟をしていたけれど、彼女はひとりだった。いつものようにオナーとクレイグと噂話をしていて、ダーメンの姿はどこにも見あたらない。席に向かう途中でステーシアの横を通りすぎるとき、通り道になにか投げられるものと思っていたのに、待っていたのは沈黙だけだった。無関心でわたしに気づくそぶりさえ見せず、転ばせようともしなかった。そのことが怖くて、不安になった。

席に着くと、時計とドアを交互に見ながらそのあとの五十分間を過ごした。時が過ぎるにつれ、不安が募っていった。あらゆる恐ろしいシナリオを想像し、ようやくチャイムが鳴ると廊下に飛びだした。四時間目になってもダーメンは現れず、歴史の教室にローマンの姿もないことに気づくと、本格的なパニックに襲われはじめた。

「エヴァー」

ローマンのいない空の席を呆然と見つめながら、胃のなかを恐怖でいっぱいにして立ち尽くしているわたしに、横からムニョス先生が声をかけてきた。

「遅れをたっぷり取りもどさなきゃいけないぞ」

先生に目をやった。先生はわたしの出席のことや、ださなかった課題のことや、そのほかの見当違いの話題について話し合いたがっているのがわかった。だから教室のドアを飛びだして、中庭を突っ切り、ランチテーブルを通りすぎると、縁石のところで立ち止まった。彼を見つけて、ホッと息をついた。正確には彼じゃなく、彼の車を見つけて。ダーメンがすごく大事にしていたぴかぴかの黒のBMW。いまは埃をかぶってすっかり汚れている車は、駐車禁止エリアに雑に停められていた。

そんなに汚れているにもかかわらず、わたしは見たこともないほど美しいものを愛《め》でるようにその車を見つめていた。車がここにあるということは、ダーメンもここにいるということとだから。それなら万事オーケーだ。

レッカー移動されないように車を移動させたほうがいいだろうかと考えていると、背後から咳払いと野太い声がきこえてきた。

「きみ、いまは授業中のはずじゃないのかね?」

ふりかえり、バックリー校長と目を合わせて言った。

「あ、はい、でもその前にやらなきゃいけないことが——」

友だちのためだけじゃなく、学校のためにもなることをしようとしているみたいに、ヘタな駐車のダーメンのBMWを示した。

けれどバックリー校長は駐車違反には大して関心がなく、わたしのようなズル休みの常連のほうにもっと関心があった。サビーヌ叔母さんの弁論で退学から停学になった、前回の不幸な対決をまだ気に病んでいた。校長はすぼめた目でわたしをじろじろ見て言った。

「きみにはふたつの選択肢がある。きみの叔母さんに電話して、職場から学校に来てもらうか、それとも——」

校長はそこで言葉を切った。気をもませようとしてのことだけど、霊能力者じゃなくたって話がどこに向かっているかはわかる。

「それとも、私がきみを教室まで送るか。どちらがいいかね?」

一瞬、最初の選択肢を選びたい誘惑に駆られた。相手がどう出るか見たい一心で。でも結局、校長のあとについて教室にもどった。校長はセメントを踏みしめてずんずん歩いて、中庭を突っ切って廊下を進み、ムニョス先生の教室のドアの前までわたしを連れていった。教室のなかを見ると、ローマンは席に着いているばかりか、わたしがこそこそと自分の席にもどるあいだ、首をふって笑っていた。

ムニョス先生はいまではわたしの奇行に慣れてはいたものの、わたしにあてるのを忘れなかった。習ったこともまだ習っていないことも含め、歴史に関するあらゆる質問を投げかけてきた。わたしはローマンとダーメンとこれからの計画のことで頭がいっぱいになっていて、機械的に答えているだけだった。先生の頭のなかの答えを見て、ほとんどそのまま同じ言葉でくりかえした。

だから先生にこうきかれたときも、機械的に答えていた。

「じゃあエヴァー、私の昨日の夕飯は?」

「残り物のピザふた切れと、キャンティをグラスに一杯半」

個人的なドラマチックな状況にすっかり気を取られていたせいで、先生がぽかんと口をあけていることにすぐには気づかなかった。

先生だけじゃなく、みんなが唖然《あぜん》としていた。

ううん、ローマンだけは首をふってますます大笑いしていた。

チャイムが鳴るのと同時に教室から飛びだそうとすると、ムニョス先生が目の前に立ちはだかった。

「どうなってるんだ?」

唇を引き結び、なんの話だかさっぱりわからないというように肩をすくめた。でも先生が、あっさり解放するつもりがないのはあきらかだった。

「どうすればいろいろなことがわかるんだ?」

先生は細くした目でわたしを見つめている。

「これまでに勉強したこともないさまざまな歴史的事実や……私のことも」

うつむいて床を見つめ、深呼吸をした。ちょっとばかり先生を満足させてあげたって、いけないことがあるだろうか。わたしは今夜いなくなるんだし、きっと先生はこのことも忘れてしまうだろう。だったら、真実を教えてあげたって、困ることがあるだろうか。

「わかりません。わたしがなにかしているわけじゃないんです。映像と情報が勝手に頭のなかに現れるだけで」

ムニョス先生はわたしを見て、信じるべきか信じないべきか決めあぐねていた。先生を納得させたいとも思わなければ、そんなことをしている時間もなかったけど、最後になにかいいことを教えてあげたくて、話した。

「たとえば、先生の本はいつか出版されるから、あきらめちゃいけないってこともわかってます」

先生は口をあんぐりあけて、目を丸くした。強い希望と完全な疑惑のあいだで表情が揺れ動いている。

そんなことをつけ加えれば命取りになり、考えただけで吐きそうになるとはいえ、ほかにも言わなきゃいけないことがある。正しい行いをするには話すべきだ。それに、話したからってなにか困るだろうか？　どうせわたしはここを去るわけだし、サビーヌ叔母さんは外に出てもうちょっと楽しんだっていいはずだ。ローリングストーンズのボクサーショーツを穿いたり、ブルース・スプリングスティーンの歌が好きだったり、ルネサンス期に熱中していることをのぞけば、ムニョス先生は無害に思える。わたしは叔母さんが同じビルで働く男の人とつき合うのを見たのだから、どっちみち先生との仲は進展するはずはない……。

「彼女の名前はサビーヌです」

考え直して気が変わる前に言った。ムニョス先生の目に混乱の色を見て取ると、さらに言い足した。

「ほら、スタバで出会った小柄なブロンド女性のことですよ。先生のシャツにチャイラテを派手にこぼした人。先生の頭から離れなくなっているあの女の人です」

　ムニョス先生は、あきらかに言葉も出ない様子だった。この話はそこまでにしておこうと思い、荷物をまとめてドアに向かうと、肩ごしに視線を投げて言った。

「彼女に話しかけるのを恐れちゃだめですよ。思い切ってさっさとアプローチしなきゃ。彼女がどんなにすばらしい女性かわかるから」

# 41

教室を出たとき、例のごとく嘲るように目を輝かせたローマンが待ちかまえているものと半ば予想していた。けれど、彼はいなかった。ランチの席に着いたとき、その理由がわかった。

ローマンはパフォーマンスをしていた。周りのみんなの演出をして、なにを言い、なにをするかすべて指示していた。楽団の指揮者みたいに、人形使いみたいに、サーカスの団長みたいに。ある予感に心の奥をつかれ、うっすら勘づいていたことが形を取りはじめたとき――彼が見えた。

ダーメン。

わたしがすべての人生で愛を捧げてきた相手が、よろよろとランチテーブルに向かっていく。足取りがおぼつかず、だらしない恰好をして、げっそりやつれている。恐ろしいほどのスピードで事が運んでいるのはまちがいない。時間切れが迫っている。

ステーシアがふり向いて、「負け犬！」と嫌悪をこめてささやいたとき、その嘲りの言葉がわたしに向けられたものではないことに気づき、呆然とした。

それはダーメンに向けられた言葉だった。

そしてものの数秒のうちに、全校生徒がひとつになった。かつてはわたしだけに向けられていた嘲笑が、いまではダーメンに向けられている。

マイルズとヘイヴンを見やると、ふたりもコーラスに加わっていた。わたしはダーメンに駆け寄った。彼の肌はひどくじっとりしていて冷たく、高かった頬骨は怖いほどやつれて、あたたかさと頼もしさをたたえていた深い漆黒の瞳は涙に潤んで焦点を合わせるのもやっとになっているのに気づき、恐怖に襲われた。彼の唇はひどく乾いてひび割れているけれど、自分の唇を押しあてたいと焦がれる気持ちに変わりはなかった。

どんな姿になろうと、どんなに変わってしまおうと、ダーメンはやっぱりダーメンだ。

若くても年老いていても、健康でも病を患っていても、そんなことは関係ない。彼はわたしが心から思っているただひとりの相手であり、これまでに愛したただひとりの人だ。ローマンや誰かがなにをしたって、そのことは変えられない。

「ダーメン」

目に涙を浮かべながら、かすれ声でささやいた。ダーメンただひとりだけに意識を集中し、周りを取り囲むかん高い嘲りの声を閉めだした。

こんなことになるまで背中を向けていたなんて、自分に腹が立ってしょうがない。彼なら決してわたしをこんな目に遭わせないはずなのに。

ダーメンはわたしのほうを向き、必死に目の焦点を合わせようとした。一瞬、わたしのことをわかってくれたように思えたけど、その目の輝きはあっという間に消えてしまったから、きっとわたしの想像にすぎなかったのだろう。

「ここを出よう」

ダーメンの袖を引っぱり、一緒に連れていこうとした。

「午後の授業をサボるのはどう?」

いつもの金曜日のやり取りを思いだしてもらいたくて、ほほえみながら言った。

ランチのテーブルを離れようとしたとき、ローマンが現れた。

「なんでかまうんだ?」

ローマンは腕組みをして、首を傾げた。ウロボロスのタトゥーが浮かびあがって消えるのが見えた。

わたしはダーメンの腕を握り、目を細くした。どんなことをしてでもローマンに邪魔はさせないつもりだった。

「なあエヴァー、真面目にきいてるんだよ」

ローマンは首をふり、ダーメンからわたしへと視線を移した。

「どうして時間を無駄にするんだ？　そいつは年寄りで、弱々しくて、まさに老いぼれだよ。言っちゃ悪いけど、見たところ先は長くない。まさかこんな恐竜のために、その美しさと若さを無駄にするつもりじゃないだろ？」

ローマンは青い目を燃やし、唇をゆがめながらわたしを見た。彼がランチテーブルをちらりと見やると、鋭い嘲り声が一段と激しくなった。

それでわかった。

わたしをチクチクついて注意を惹こうとしていた考えに、やっと耳を傾けた。その考えが正しいのかわからないし、まちがっていたら恥ずかしさにこそこそ逃げだすしかなくなるだろうけど。あたりを見渡し、マイルズからヘイヴン、ステーシアからクレイグ、オナー、そしてなんの疑問も抱かず、理由も問わず、みんなが言うこととやることに従って行動している生徒たちをひとり残らず眺めまわした。

それからひとつ深呼吸をして、目を閉じ、みんなに向かって全エネルギーを注いで叫んだ。

いまやみんなの嘲笑《ちょうしょう》のターゲットがダーメンからわたしに移ったのを見て、恥ずかしさでいっぱいになった。だけどそんなことでやめるわけにはいかない。ローマンは集団催眠のようなものをかけているのだ。みんなはローマンの意のままに従うよう、トランス状態に陥らされている。

「おいおい、かんべんしてくれ。手遅れになる前に、バカな真似はよせよ」

ローマンは笑った。

「このままつづけるつもりなら、ぼくも助けてあげられなくなる」

だけどわたしはローマンの言葉をきいていなかった。きこえなかった。ローマンを止める方法を見つけなきゃ。みんなを止めなきゃ！　みんなの目を覚ます方法を見つけないと。パチッと目を覚まさせる方法を――

パチッと！

それよ！

ひとつ大きく息を吸って、目をつぶり、指をパチンと鳴らして声をかぎりに叫んだ。

「目覚めなさい！」

それをきいても、みんなはますます興奮するばかりだった。さらに激しくあざ笑われ、顔めがけてソーダの缶を次々と投げつけられた。

ローマンはため息をつき、わたしを見た。

「エヴァー、いいかげんにしろよ。いますぐこんなバカな真似はやめるんだ！　そんなことでうまくいくと思ってるなら、愚の骨頂だね！　つぎはなにをするつもりなんだ？　みんなの頬を引っぱたくとか？」

わたしは息を切らしながら立ち尽くしていた。ローマンがなんと言おうと、わたしはまちがっていない。彼はみんなを呪文で縛り、心を乗っ取って――

そのとき、前にテレビで観た古いドキュメンタリーを思いだした。番組のなかで催眠術師は引っぱたくのでも指を鳴らすのでもなく、三拍数えて手を叩くことで患者の催眠を解いていた。

深々と息を吸いこみ、食べ残しをわたしにぶつけようと、テーブルやイスによじのぼっている同級生たちを見つめた。これが最後のチャンスだ。これが失敗すれば――そのあとのことはわからない。

目を閉じて叫んだ。

「目を覚まして！」

それから三、二、一とカウントダウンして、最後に両手を二回打ち鳴らした。

すると——無になった。

学校じゅうがしんと静まりかえり、みんなはゆっくりと正気にもどりはじめた。目をこすり、まばたきをして、あくびをし、長い長いうたた寝から目覚めたみたいに伸びをしている。とまどいながらあたりを見回し、なぜかつては変人だと思っていた子たちと一緒にテーブルの上に立っているのだろうと不思議に思っている。

はじめに反応したのはクレイグだ。肩と肩が触れ合うほどマイルズのそばにいることに気づくと、さっと反対側に離れた。体育会系の仲間たちに加わると安心して、腕にパンチをくりだして男らしさを取りもどそうとしている。

ヘイヴンが吐きそうな顔でにんじんスティックをにらんでいるのを見て、わたしはほほえまずにはいられなかった。幸せな大家族は、いつもの派閥以外の生徒たちにつっけんどんな態度をとり、悪口を言い合い、ぐるっと目を回してみせるというお決まりの日常にもどった。ティーンエイジャーらしい敵意と嫌悪が支配する世界に。

わたしの学校は正常にもどったのだ。

ローマンに立ち向かおうと校門をふりかえると、彼の姿はもうなくなっていた。ダーメンをさらに強くつかんで支え、駐車場へと連れていき、車に乗せた。マイルズとヘイヴン——恋しくてたまらなくて、二度と会えなくなるふたりの親友は一緒についてきた。

「ふたりとも、大好きだからね」

彼らを交互に見やりながら言った。ギョッとされるのは承知の上だったけど、どうしても言っておかなければならなかった。

ふたりは互いに顔を見合わせ、警戒するように目くばせをした。ふたりとも、さっきまで〝ミス無愛想〟だと思っていた子にいったいなにが起きたのかといぶかしく思っている。

「えーっと、そっか……」

ヘイヴンは首をふって言った。

わたしはほほえんで、ふたりに飛びついてぎゅっと抱き寄せ、マイルズにこうささやいた。

「なにがあっても、演技や歌はやめちゃだめだよ。そうすればマイルズはきっと――」

そこで口をつぐんだ。まばゆい光とブロードウェイがパッと見えたことを彼に話すべきだろうか。でも、先を見越すことでそこにいたる過程を楽しめなくなったらもったいない。

「きっとすごく幸せになれるから」

マイルズに反応する間も与えず、今度はヘイヴンに移った。ダーメンのために、このお別れを急いで済ませなきゃいけないのはわかっていたけど、もっと自分を愛し、他人に惑わされるのをやめるようにヘイヴンを励ましたかった。それに、ジョシュは長続きさせる価値のある相手だということを伝えたかった。

「ヘイヴンはすごく価値がある子だよ。与えられるものがたくさんある。ヘイヴンの星がどんなに明るく輝いているか、自分でも見えたらいいのに」

「オエッ、やめてよ！」

ヘイヴンはわたしの手をほどきながら笑った。

「ちょっと、大丈夫？」

そう言って、不審そうにわたしとダーメンを見比べた。

「それにダーメンはどうしちゃったわけ？　なんでそんなふうに背中を曲げてるの？」

わたしは首をふって車に乗りこんだ。これ以上は時間を無駄にできない。駐車場から車をだしながら、窓の外を覗いてたずねた。

「ねえ、ローマンの住所ってわかる？」

# 42

とつぜん上腕筋が太くなったことをありがたく思うときが来るとは想像もしなかったけれど、手足が伸びてたくましくなったおかげで（それにダーメンが痩《や》せ衰えていたし）、車からエイヴァの家の玄関までダーメンを抱きかかえるようにしても、ほんの数歩でたどり着いた。彼の体を支えながらドアをノックして、必要とあらばドアをぶち破る気でいたけれど、エイヴァが出てきてくれてホッとした。

よろめくダーメンを支えて廊下を進んで、インディゴブルーのドアの前で立ち止まり、ドアをあけるのをためらっているエイヴァを呆然と見つめた。

「あなたが思っているようにこの部屋がけがれなく神聖だったら、ダーメンにとって助けになるんじゃないの？　彼にはできるだけ多くのポジティブなエネルギーが必要だと思わない？」

エイヴァは病気で死にかけている人の〝けがれた〟エネルギーを部屋に入れていいものかどうか葛藤している。どこから突っこめばいいかわからないほどバカバカしい話だけど。エイヴァはわたしを見て、こっちが我慢しきれなくなるぐらいまで目を離さずにいた。ようやく相手が折れると、わたしは急いで部屋の片隅のフトンにダーメンを寝かせ、そばにあった毛布をかけた。

「あのドリンクは解毒剤と一緒に車のトランクに入ってる」

わたしはエイヴァにキーを投げた。

「あれが完成するまであと二日かかるけど、今夜満月が出て解毒剤が完成したら、ダーメンはずっとよくなるはず。それからドリンクを飲ませて、体力を回復させてあげて。どっちみち、すべてが元にもどれば、必要もなくなるかもしれないけど。一応、念のためにね」

「本当にうまくいくと思う?」

わたしがバッグから自分のドリンクの最後のボトルを取りだすのを見守りながら、エイヴァはたずねた。

「うまくいってくれなきゃ」

ひどく青白く、ひどく弱々しく、ひどく年老いたダーメンを見つめた。それでも、ダーメンはやっぱりダーメンだ。目を見張る美しさはいまも変わらず、加齢による白髪と、透き通りそうな肌と、目の周りに広がった皺《しわ》によってごくわずかに損なわれているだけだ。

「これがわたしたちの唯一の希望なんだから」

エイヴァが出ていくと、わたしは膝をついた。ダーメンの顔にかかった髪を払いのけて撫でつけ、そっとドリンクを飲ませようとした。

ダーメンははじめは抵抗して、頭を左右にふって唇をかたく閉じていた。だけどこっちにあきらめる気がないことがはっきりすると、抵抗をやめた。赤い液体が喉をすべり落ちていくと、肌があたたかくなり、顔色がもどってきた。ダーメンはボトルを空にして、深い愛情と敬意のこもるまなざしをわたしに向けた。いつもの彼にもどったとわかっただけで、喜びに圧倒された。

「会いたかった」

そう呟いて、うなずき、激しくまばたきをすると、大きく息を吸った。恋い焦がれる気持ちで胸がいっぱいになり、彼の頬に唇を押しあてた。ずっと必死になって抑えつけていた感情が一気に溢れだし、何度も何度もキスをくりかえした。

「きっとよくなる。もうすぐ元のあなたにもどれるはず」

ダーメンの目つきが暗くなった。その目で見つめられると、溢れだした喜びはパチンとはじけた風船みたいにしぼんでいった。

「きみはぼくを置き去りにした」

ダーメンはささやいた。

わたしは頭をふった。それは事実じゃない。わたしは決してダーメンを置き去りにしてなんかいない。彼のほうがわたしを置き去りにしたのだ。けれど、それは彼のせいじゃないし、わたしは許すつもりだ。ダーメンがこれまでにしたこと、あるいは言ったことのすべてを許すつもりでいる。たとえもう手遅れであっても。もうどうでもいいことではあっても

――

だけど、実際はこう言った。

「ううん。置き去りになんかしてない。あなたは病気にかかっていたの。とてもひどかった。でももう済んだことだし、すぐによくなるよ。これだけは約束して、必ず解毒剤を――」

エイヴァから受け取ったら飲んで。その言葉を口にするのは耐えられなかった。言えなかった。これが一緒に過ごす最後の時間だと――最後のお別れだとダーメンに知られたくなかった。

「とにかくきっとよくなるから。でもローマンには気をつけて。彼はあなたの友だちじゃない。ローマンは邪悪なの。あなたを殺そうとしてる。だから彼をやっつけるためには体力を

回復しなきゃ」

ダーメンの額、頰に唇を押しあてた。やめることができず、顔じゅうにキスを浴びせた。自分の涙のしょっぱさをダーメンの唇の曲線に味わい、彼の香りを吸いこんだ。その香り、その味、その肌の感触を心に刻みたかった。どこまでも彼の記憶を持っていきたかった。

ダーメンに愛していると伝え、隣に横たわって彼を抱きしめ、ぴったりと体を押しつけた。何時間もそうやって、眠るダーメンの隣に横たわっていた。彼をわたしの愛で癒したくて、自分という存在のほんのちっぽけな一部でも彼に刻みつけたくて、目を閉じて自分のエネルギーを彼のエネルギーに溶けこませようと集中した。けれど、それだけのことをしたあとも、わたしが身を離すと、ダーメンはまた同じことを言った。

わたしだけに向けられた、夢うつつの非難。

「きみはぼくを置き去りにした」

最後のさよならを言って、ドアを閉めたあとで、ダーメンが言っていたのは過去のことじゃないと気づいた。

彼はわたしたちの未来を予言していたのだ。

# 43

廊下を歩き、キッチンに入った。心は重く、脚は木みたいで、ダーメンから一歩ずつ離れていくごとにひどくなるばかりだった。

「大丈夫？」

コンロの前でお茶を淹《い》れているエイヴァがたずねた。これまでの数時間がなかったかのようだ。

わたしは首をふり、壁にもたれた。どう答えていいのかわからない。本当のところ、大丈夫なはずがなかった。空虚、うつろ、喪失、恐怖、憂鬱——それなら感じている。だけど大丈夫かって？　とてもじゃないけど、うんとは言えない。

でもそれはわたしが罪人だから。裏切り者だから。絶対に出会いたくないような最低の人間だから。ダーメンとの最後の瞬間がどんなものかを想像しようとしてきたなかで、あんな終わりを迎えるとは一度も考えてみたことがなかった。

まさか非難されるなんて……考えてみれば当然の報いだとはいえ。

「あまり時間がないわね」

エイヴァは壁の時計に目をやったあと、わたしを見た。

「出発する前にお茶でも？」

わたしは首を横にふった。エイヴァに言っておかなきゃいけないことがまだいくつか残っているし、去る前に立ち寄らなきゃいけないところも残っている。

「やることはわかってるよね？」

エイヴァはうなずき、口元にカップを運んだ。

「エイヴァ、あなたを信じてる。わたしの思ったようにはならなくて、過去にもどるのがわたしだけで、ほかのことは現状のままなんだとしたら、あなただけが頼みの綱なの」

じっと彼女を見据えて言った。どんなに深刻な問題か、ちゃんとわかってもらいたかった。

「ダーメンのことをお願いね。彼は……彼はこんな目に遭わなきゃいけないはずがない。それに――」

声がかすれ、唇を噛みしめて視線をそらした。まだ言わなきゃいけないことは残ってるんだから、先をつづけないといけないけど、話せるようになるまで少しだけ時間が必要だった。

「それにローマンに気をつけて。見た目はよくて魅力的だけど、ぜんぶうわべだけだから。内側は邪悪で、ダーメンを殺そうとした。ダーメンがあんなふうになったのはローマンのせいなの」

「心配しないで」

エイヴァはこっちに近づいてきた。

「なにも心配することはないのよ。トランクの荷物はおろしてある。解毒剤は戸棚のなかだし、ドリンクは発酵させているし。言われたとおり三日目にあのハーブを加えておくわ。きっとすべてが予定どおりに進むでしょうから、必要にもならないかもしれないけど」

エイヴァの瞳には誠実さが見てとれた。うまくやってくれる人にあとのことを託せてホッとした。

「あとのことはわたしに任せておいて」

エイヴァはわたしを胸に引き寄せ、ぎゅっと抱きしめた。

「ひょっとしたら、あなたはいつかラグーナビーチに来て、わたしたちはまた出会うことになるかもしれないわね」

エイヴァはそう言って笑った。わたしも一緒に笑いたかったけど、できなかった。別れを告げるのは、不思議なことに、いつまでたっても決してラクにはならない。

身を離し、返事の代わりにうなずいた。これ以上なにかを言おうとすれば、泣き崩れてしまうとわかっていたから。やっとのことで「ありがとう」とだけ言って、ドアへと向かった。

「わたしに感謝することなんかないわ」

エイヴァはあとからついてきて言った。

「でも、最後にダーメンの様子を見ておかなくていいの?」

ドアノブに手をかけたままふりかえり、考えた。大きく息を吸って首を横にふる。避けられない別れを引き伸ばしても意味はない。それに、彼の顔に浮かぶ非難の表情を目にするのが怖かった。

「もうお別れは済んだから」

ポーチに出て、車へと向かう。

「それに時間もあまりないし。もう一箇所だけ寄らなきゃいけないところがあるの」

# 44

ローマンの家のある通りに入って、ドライブウェイに車を停め、玄関へと走ると、ドアを蹴り破った。材木が裂けて割れ、扉が蝶番《ちょうつがい》でぐらぐらして目の前で開いた。ローマンを不意打ちできれば、チャクラをすべて打って、永遠に葬り去ることができるかもしれない。

家のなかに忍びこみ、あたりに目を走らせた。黄白色の壁、造花《シルクフラワー》で溢れた陶磁器の花瓶、ありふれたポスターサイズの複製画——ヴァン・ゴッホの『星月夜』、グスタフ・クリムトの『接吻』、それに金の額縁におさめられてマントルピースの上に飾られたボッティチェリの『ヴィーナスの誕生』が目に入った。全体に驚くほどふつうに見える。家をまちがえたのだろうかと思わずにいられないほどだ。

革のソファ、クロムめっきのテーブル、大量の鏡、奇妙な絵画の飾られた、大胆で先鋭的で終末感のある住みかを想像していた。もっと艶《つや》っぽくて、ぶっ飛んでいる部屋を。こんなふうに家具にカバーをかけまくってある、立派だけれどありふれた邸宅なんかじゃなく。

家のなかを歩き回り、すべての部屋、すべてのクローゼット、ベッドの下まで調べた。ローマンがいないことがはっきりすると、まっすぐキッチンに向かって、彼の不死のドリンクを見つけ、シンクに流した。子どもっぽくて無意味な行為だし、わたしが過去にもどった瞬間にすべては元どおりになるはずだから、そんなことをしてもなんにもならないだろうとはわかっていた。だけど、たとえちょっとした不都合にしかならないとしても、その不都合がわたしのおかげでもたらされたことをローマンにせめて思い知らせてやることはできる。

それから引きだしを引っかきまわし、紙片とペンを見つけた。忘れるわけにはいかないことをぜんぶリストにしておく必要がある。それがなにを意味するのか思いだせなかったとしても混乱しすぎず、かつ同じ恐ろしい失敗をくりかえさずに済むよう明確な指示をシンプルにまとめておかないと。

1. スウェットを取りにもどらないこと！
2. ドリナを信用しないこと！
3. なにがあってもスウェットを取りにもどらないこと！

それから、すっかり忘れてしまうことがないよう、そしてなんらかの記憶の引き金となることを期待して、こう書き足した――

4. ダーメン♡

もう一度、さらにもう一度見直して、書くべきことはひとつとして漏らさずすべて書いてあることを確認すると、紙片を四角くたたんでポケットの奥深くに突っこんだ。それから窓に向かい、日の射さない濃いブルーの空を見つめた。窓のすぐ横に満月が重々しくかかっている。ひとつ深呼吸をすると、みっともないカバーのかけられたソファのところに行った。もう時間だ。

目を閉じて光に手を伸ばした。最後にもう一度ゆらめくまばゆい光に包まれたいとうずうずしながら、気づけば〈夏世界《サマーランド》〉のあの広大なかぐわしい野原の柔らかい草の上に着地していた。草の力に助けられたかのように走り、スキップをしてくるくる回り、側転やバック転、宙返りをした。花びらを震わせ馥郁《ふくいく》たる甘い香りを漂わせている美しい花々をかすめ、カラフルな小川に沿って立ちならんだ揺れ動く木々のあいだを通り抜けた。すべてをあまさず目に焼きつけよう、どんな細かいところまでも覚えておこうと思った。このすばらしい気分を捉えて、永遠に離さずにいる方法があればいいのに。

まだほんの少しだけ時間があったから、目を閉じて最後にどうしても会いたかった――それまでのように一緒に過ごしたかったダーメンをつくりだした。

学校の駐車場で初めてわたしの前に現れたときの彼。あでやかな黒髪は頬骨の周りで波打ち、肩すれすれの長さだ。アーモンド形の目は深く、黒く、あの頃から不思議と懐かしさを覚えた。それにあの唇! 完璧なキューピッドの弓形をした誘うような唇。背が高く細身ながら筋肉質の体。わたしの記憶は手に取るように鮮明で、細々したところまではっきりと捉えている。

目をあけたとき、ダーメンはわたしの前でおじぎをすると、手を差しだしてラストダンスに誘ってきた。わたしが手をのせると、彼は腰に腕を回してきて、大きな弧を描きながらあの壮麗な野原へと導いた。体を揺らし、宙に浮かぶように軽やかに足を動かし、わたしたちだけにきこえているメロディに合わせてくるくる回った。ダーメンの姿が薄れてゆくたびに、わたしはまた目を閉じて彼をつくり直し、とぎれなくダンスをつづけた。マリー・アントワネットとフェルゼン伯爵みたいに、ヴィクトリア女王とアルバート公みたいに、アントニウスとクレオパトラみたいに、わたしとダーメンは世界の偉大な恋人同士のすべてであり、これまでに存在したすべてのカップルだった。ダーメンの甘くあたたかな首元のくぼみに顔を埋めながら、ふたりの曲を終わらせたくないと思っていた。〈夏世界〉に時間の概念がないとはいえ、わたしがこれから行くところは時間に縛られている。だからダーメンの顔を指でなぞり、その肌の柔らかさを、顎の曲線を、押しあてられる唇のふくらみを記憶した。これは本物のダーメンだと自分に言いきかせながら。

彼の姿が薄れていき、やがて消えてしまったあとも、しばらくそこにたたずんでいた。

野原を出たとたんに、待ちかまえていたらしいロミーとレインを見つけた。ふたりの表情から、ずっと見られていたのがわかった。

「時間が迫ってるよ」

レインはいつもわたしをピリピリさせる大きな丸い目でじっと見つめてくる。

わたしは黙って歩調を速めた。こそこそ覗かれていたことにいらだち、いちいち干渉されることにうんざりしていた。

「ぜんぶ準備はできてる」

肩ごしに視線を投げて言った。

「だからおかまいなく――」

はたと口をつぐんだ。わたしにかまっていないとき、ふたりがなにをしているのか見当もつかない。だから肩をすくめて、話はそこまでにしておくことにした。ふたりがなにをするつもりでいようと、もうわたしには関係のないことだ。

ふたりは隣に駆け寄ってきて、ちらりと視線を交わし、双子だけに通じるやり取りをしたあとで言った。

「なにかがおかしいの」

ふたりはわたしを見つめて、耳を傾けさせようとした。

「なにかがひどくまちがってる気がする」

ふたりの声は完璧なハーモニーに溶け合った。

けれどわたしは、ふたりの暗号を解読することにこれっぽっちも興味はなかった。寺院の大理石の階段が目の前に見えると、一気に駆けあがり、世界で最も美しい建築物の数々をちらりと見たあとで、まっすぐなかに駆けこんだ。背後でドアが閉まり、双子の声はきこえなくなった。広大な大理石の玄関に立ち、この前みたいに締めだされませんように、過去にもどれますようにと願いながら、ぎゅっと目をつぶった。そして頭のなかでこう念じた――

準備はできています。偽りなく本当に準備はできています。だからお願いです、過去にもどらせてください。オレゴン州ユージーンに、ママとパパとライリーとバターカップの元にもどらせて。お願いだから帰らせてください……そしてすべてを元どおりに直して……。

気づいたときには、短い廊下が現れていた。廊下の奥には部屋があった。スツールと机のほかはなにもない。机は、前の学校の実験室にあったような金属製の長いものだ。スツールに座ると、大きな水晶玉が目の前に浮かんでちらちらと光り、やがてこの同じ金属製の机に座って科学の試験と格闘しているわたしの姿を映しだした。もう一度くりかえしたいと思うような場面ではなかったものの、もどりたければこれが唯一のチャンスだとわかっていた。だからひとつ大きく息を吸いこんで、画面に指を押しあてた。すると、周囲のすべてが真っ暗になり、わたしは息をのんだ。

## 45

「もー、ヤバいって。赤点確実だよー」

レイチェルがうめき、ウェーブした茶色い髪を肩から払いのけ、ぐるりと目を回した。

「ゆうべはほとんど勉強しなかったんだもん。マジで。それにメールしてて遅くまで起きてたし――」

レイチェルは大きく見開いた目をわたしに向けて、首をふった。

「とにかく、あたしの人生は終わったってこと。いまのうちにあたしの顔をよーく目に焼きつけておいてよ。成績が発表されて親に知られたら、死ぬまで外出禁止になるはずだから。つまりあんたがあたしに会うのは、たぶんこれが最後ってわけ」

「なに言ってんのよ」

わたしはあきれ顔を向けた。

「赤点を取るとしたら、わたしのほうだってわかってるでしょ。あの授業、一年じゅうずっとついていけずに苦しんでたんだから！　べつに科学者やなんかになるつもりもないし。授業の内容が今後役に立つこともなさそうなのにね」

レイチェルのロッカーの前で立ち止まり、彼女が鍵をあけて教科書の山をほうりこむのを眺めた。

「とにかく試験は終わったし、来週まで結果はわからなくてよかったよ。できるうちに楽しんでおかなきゃね。そういえば、今夜は何時に行けばいい？」

レイチェルは前髪の下に隠れるほど眉を高くあげてたずねた。

わたしは首をふってため息をついた。レイチェルにまだ話していなかった。彼女はきっと怒りくるうはず。

「そのことなんだけど……」

肩を並べて駐車場に向かいながら、長いブロンドの髪を耳の後ろにかけて言った。

「予定がちょっと変更になっちゃって。ママとパパが出かけるから、ライリーの面倒を見なきゃいけないの」

「それのどこがちょっ、と、い、い、した変更なわけ？」

レイチェルは駐車場の手前で足を止め、誰が誰の車に乗っているのか確かめようと、ずらりと並んだ車に目を走らせた。

「ライリーが寝たあとで、家に来てもらうのはどうかなって――」

けれど、レイチェルはあきらかに人の話をきいていなかったから、わざわざ最後まで話すのはやめた。妹のことを口にした瞬間に、レイチェルの心は離れてしまった。レイチェルは兄弟や姉妹がほしいと夢見たことが一度もない珍しいひとりっ子だ。スポットライトを分け合いたいと思うタイプではないのだ。

「やめてよ。ちびっ子たちはベトベトした指と早耳の持ち主なんだから、信用できたもんじゃないわよ。明日はどう?」

わたしは首をふった。

「明日も無理。家族で過ごす日だから。みんなで湖に行くことになってるの」

「そう。親が離婚してたら、そういう面倒な目には遭わずに済むのにね。うちの場合、家族で過ごす日っていうのは、みんなが裁判所に集まって養育費について争う日だからさ」

「運がいいよね」

冗談のつもりだったけど、言ったとたんに後悔した。運がいいなんて嘘っぱちだし、なんだか悲しくて罪悪感を覚えて、取り消せるものなら取り消したかった。

だけど、どのみちレイチェルはきいていなかった。麗しのシェイラ・スパークスの注意を惹こうと必死だったから。シェイラはこの高校始まって以来のイケてる上級生だ。熱狂的なファンみたいに悲鳴をあげてぴょんぴょん飛び跳ねるのはかろうじて踏みとどまって、レイチェルは夢中になって手をふり、イケてる子ばかりの仲間たちと一緒にスカイブルーのフォルクスワーゲン・ビートルに荷物を積みこんでいるシェイラの注意を惹こうとしている。シェイラに気づいてもらえないと、レイチェルはちっともきまり悪さなんか感じていないみたいに、手をおろして耳を掻くふりをした。

「ねえ、あんな車、大したことないよ」

腕時計を確かめて駐車場を見回しながら言った。ブランドンったら、もう来てなきゃおかしいのに、いったいどこにいるの？

「マツダ・ロードスターのほうが走りがいいよ」

「はあ？」

レイチェルは横目でわたしを見た。信じられないという顔で眉間に皺を寄せている。

「どっちか一台でも運転したことあったっけ？」

わたしは眉をひそめた。頭のなかでさっきの言葉をくりかえしたけれど、なんでそんなことを言ったのかさっぱりわからなかった。

「ううん、ないけど」

肩をすくめて答えた。

「たぶん、なにかの記事で読んだんだと思う」

レイチェルは細くした目でわたしを見て、黒いVネックのセーターから地面に裾を引きずっているジーンズまで視線をおろして言った。

「これ、どうしたのよ！」

手首をつかまれた。

「ふざけないでよね。もう何百万回も見てるくせに。去年のクリスマスにもらったやつだよ」

レイチェルの手をふりほどこうとしているうちに、ブランドンがこっちに近づいてくるのが見えた。髪が目にかかっていると、彼ってほんとにキュートだ。

「バカ、腕時計のことじゃないってば。こ・れ！」

レイチェルは腕時計の横のブレスレットをちょんちょんと叩いた。ピンク色のクリスタルと、シルバーの蹄鉄形チャームがついたブレスレット――まったく見覚えがないのに、見ているとなぜか胸がざわついてくる。

「え、わかんない」

もごもご呟いた。イカれた相手を見るように、レイチェルがぽかんと口をあけてこっちを見ているのに気づき、顔をしかめた。

「叔母さんが送ってくれたのかも。叔母さんのことは前にも話したでしょ、ラグーナビーチに住んでる――」

「誰がラグーナビーチに住んでるって？」

ブランドンがたずね、わたしに腕を回してきた。レイチェルはわたしたちを交互に見やり、彼が身をかがめてわたしにキスをすると、やれやれという顔をしてみせた。だけど、ブランドンの唇の感触には、どこかひどく心を乱す奇妙なところがあって、わたしはすぐに唇を離した。

「車が来た」

レイチェルは母親の運転するSUVに駆け寄り、肩ごしに呼びかけてきた。

「なにか変更があったら教えてよ。今夜のこと」

ブランドンはこっちを見て、彼とわたしの体が溶け合うほど強く引き寄せた。おかげでまた胸がモヤモヤした。

「変更って、なにが？」

ブランドンはわたしが身をくねらせて腕から逃れたことにも、急に気もそぞろになったことにも気づいていない。自分でもどう説明すればいいのかわからなかったから、気づかずにいてくれてホッとした。

「それがね、レイチェルはジェイデンのとこのパーティーに行きたがってたんだけど、わたしは妹の面倒を見なきゃいけなくなって……」

話しながら、ブランドンのジープに向かい、座席の足元にバッグをほうった。

「おれが行ってやろうか？」

ブランドンはニッと笑った。

「手伝いが必要になるかもしれないし——」

「だめ！」

早すぎてきつすぎる返事になってしまった。ブランドンの顔に浮かんだ表情を見て、すぐに撤回しなければとわかった。

「ほら、ライリーっていつも遅くまで起きてるから。いい考えじゃないかも」

ブランドンはわたしを見つめた。ふたりのあいだに正体不明の大きな問題が立ちはだかっているせいで、なにもかもがひどくおかしくなっているのを彼も感じているようだ。彼はまじまじと見つめたあと肩をすくめ、車を道路にだした。車の中では彼もわたしも無言だった。ステレオから大音量で音楽が流れていた。いつもならイライラするのに、今日はホッとした。ブランドンとキスするよりも、耐えがたいクズみたいな音楽に集中しているほうがマシだった。

ブランドンを見た。カップルでいることに慣れきってしまってからは、そんなふうに見ることはなかったけれど、彼をよくよく見た。額にかかる前髪、ほんの少しだけ目尻のさがった大きなグリーンの瞳には、とうていあらがえない――今日だけはべつだけど。今日はなんとも思わなかった。つい昨日にはノートいっぱいに彼の名前を書いていたというのに、どういうことだかわけがわからない。

ブランドンはこっちを向き、わたしに見つめられているのに気づくと、ほほえんで手を取った。指と指をからめてぎゅっと握りしめられると、胃がムカムカした。それでもなんとか手を握りかえし、ほほえみを返した。それがいいガールフレンドに求められていることだとわかっていたから。それから窓の外を見つめ、通りすぎる景色や雨に濡れた通り、羽目板造りの家や松の木を眺めながら吐き気を抑えた。もうすぐ家に着くと思うとホッとした。

「じゃあ、今夜ってことで?」

ブランドンは家の私道に車を乗り入れると、ステレオの音を低くして身を寄せてきて、いつものようにわたしを見つめた。

けれどわたしは唇を引き結んでブランドンを寄せつけないための防御として、バッグを楯《たて》みたいに胸の前に抱えた。

「メールするね」

もごもごと呟き、彼の視線を避けて窓の外に目をやった。芝生でお隣さんが娘とキャッチボールをしていた。早くブランドンから離れて自分の部屋に行きたくて、ドアの取っ手に手をかけた。

ドアをあけて片足を車の外にだしたとき、ブランドンが言った。

「なにか忘れてない？」

バックパックを見おろした。荷物はこれだけだ。けれど、もう一度ブランドンを見ると、彼は荷物の話をしているわけじゃないと気づいた。これ以上、彼にも自分自身にも疑いを持たせずに済ませるためには、やるべきことはひとつしかない。ブランドンに身を寄せ、目をつぶって唇を押しあてた。なめらかで柔らかい唇だけど、いつものように燃えあがるものはなく、ほとんどなにも感じなかった。

「あの、じゃあ、またね」

ボソボソ言って、ジープから飛びだし、玄関に着いてもいないうちに袖で唇をぬぐった。

家のなかに駆けこみ、まっすぐ居間へと向かうと、おもちゃのカラオケセットに目の前を阻まれた。ライリーと友だちがマイクを取り合っている。

「もう決めたことでしょ」

ライリーはマイクを引っぱりながら言った。

「わたしが男の子の歌をぜんぶ歌って、あんたが女の子の歌をぜんぶ歌うって。なにが問題なの？」

「問題は――」

ライリーの友だちはめそめそ言い、さらに強くマイクを引っ張った。

「女の子の歌はほとんどないじゃない。知ってたんでしょ」

ライリーは肩をすくめただけ。

「そんなの、わたしのせいじゃないもん。文句があるなら、わたしじゃなくてカラオケのメーカーに言ってよね」

「ひどいよ、あんたなんて――」

そこで戸口に立って首をふっているわたしに気づき、ライリーの友だちは口をつぐんだ。

「あんたたち、交替で歌いなさいよ」

わたしはライリーにけわしい顔を向けて言った。相談されたわけじゃないけど、対処できる問題が現れてうれしかった。

「エミリー、あんたがつぎの曲を歌いなさい。ライリー、あんたはそのつぎの曲。ずっとその順番で行くの。できそう？」

エミリーにマイクを奪われて、ライリーはぐるりと目を回した。

「ママはいる?」

ライリーのしかめ面にはもう慣れっこだったから、無視してたずねた。

「お部屋にいるよ。仕度してる」

自分の部屋に行き、床にバックパックをおろすと、ママの部屋に向かった。寝室とバスルームを隔てるアーチにもたれ、ママが化粧するのを見ていた。幼い頃、ママが化粧しているのを見るのがどんなに好きだったか、そしてうちのママは世界一すてきな女の人だと思っていたことを思いだした。

いまこうしてママを見ていると、つまり客観的に見ていると、ママは確かにすてきな女性だと気づいた。郊外に住む母親として、だけど。

「学校はどうだった?」

ママは顔を左右に動かし、ファンデーションがよれずにきれいについているか確かめながらたずねた。

「まあまあかな」

わたしは肩をすくめて答えた。

「科学のテストがあったよ。赤点取っちゃうかも」

実際はそこまでひどい点を取るとは思ってなかったけど、本当に言いたいこと――バランスを失ったみたいに、なにもかもがヘンな感じがするということはどう伝えればいいかわからなかったし、ママからどんな反応でもいいから引きだしたくて、そう話した。

でもママはため息をついただけで、アイメイクに移った。小さなメイクブラシをまぶたにさっとすべらせる。

「あなたは赤点なんか取らないわ」

ママは鏡越しにわたしを見て言った。

「きっとちゃんとできたはずよ」

壁のしみをなぞりながら、部屋にもどってしばらく頭を冷やすのに、音楽でもきいて、面白い本でも読んで、自分のことから気をそらせるようなことをするべきだろうかと考えた。

「急に出かけることになってごめんなさいね」

ママはマスカラを筒のなかでしごきながら言った。

「あなたにも予定があったんでしょう」

わたしは肩をすくめ、手首をひねりながら、ブレスレットのクリスタルが蛍光灯の明かりを反射してきらきら輝くさまを眺めた。これはいったいどこで手に入れたんだろう。

「べつにいいよ。金曜の夜はまた何度も来るんだから」

ママはマスカラをつけかけていた手を止めて、眉根を寄せた。

「ねえ、あなたほんとにエヴァーなの？」

ママはくすくす笑った。

「ママが知っておくべきなにかが起きているのかしら？　わたしの娘が言いそうにもない台詞だったもの」

深呼吸をして肩をすくめた。確かになにかが起きていることをママに話せたらいいのに。なんだかわからないなにかが。自分を自分と思えなくなるようななにかが。

でも話さなかった。自分でも説明がつかないのに、ママに説明できるはずがない。わかっているのは、昨日はなんの問題もなかったのに、今日になったら、そうでなくなっていたということだけ。よそ者の気分と言ってもいいぐらい。もはやここにはなじめないような、四角い世界にいる丸い女の子みたいな気分。

「お友だちを家に呼んでもいいのよ」

ママはいまは口紅にグロスを重ねて色味をあざやかにしている。

「ただし、呼んでいいのは三人までね。それに妹をのけ者にしないこと」

「ありがとう」

平気だと思われるよう、つくり笑いを浮かべてうなずいた。

「でも今夜はひとりで過ごしたい気分なの」

自分の部屋に行き、ベッドにどさっと倒れこんだ。天井をぼーっと見つめているだけで満足だったけれど、やがてそれがどんなにみじめか気づくと、ナイトテーブルの本に手を伸ばし、からみあう運命の相手と時間を超えて愛し合う恋人たちの物語に没頭した。自分の人生より物語のほうが好ましくて、ページのなかに入りこんで永遠にそこで生きられたらいいのにと願った。

「やあ、エヴァー」

パパが部屋に顔を覗かせた。

「ただいまと行ってきますを言いにきたよ。遅刻しそうだから、もう行かないと」

わたしが本をわきにほうって駆け寄り、ぎゅっと抱きしめると、パパは笑って首をふった。

「おまえがまだパパを抱きしめてくれるぐらいの子どもだとわかってうれしいよ」

パパはにっこりした。身を離すと、驚いたことにわたしの目には本当に涙が浮かんでいた。泣きだしそうな危険が去るまで、本棚の本をせっせと直した。

「おまえも妹も、ちゃんと荷造りと準備をしておくんだぞ。明日は早朝に出発したいからな」

わたしはうなずいた。パパが行ってしまうと、奇妙な虚しさを覚えて心がざわついた。わたしの身にいったいなにが起きているのだろう、とまたもや不思議に思った。

# 46

「そんなのだめ。お姉ちゃんはわたしのボスじゃないんだからね！」

ライリーは腕組みし、顔をしかめ、一歩もゆずらず叫んだ。

体重四十キロの十二歳がここまで抵抗できるなんて、誰に想像できるだろう？　だけど、こっちだって折れるつもりはない。両親が出かけたあと、ライリーに食事をさせるとすぐに、わたしはブランドンにメールして、十時頃来てと伝えた。もういつ来てもおかしくない。だからなにがなんでも妹を寝かせておく必要があった。

首をふってため息をついた。ライリーがこんなに強情じゃなければいいのにと思いながらも、闘う心づもりはできていた。

「こんなこと言いたくないけどね、あんたはまちがってる。わたしはあんたのボスなの。パパとママが出ていった瞬間から、ふたりが帰ってくるまでのあいだは、百パーセントあんたのボスなの。好きなだけ文句を言えばいいけど、そんなことをしたってなんにも変わらないからね」

「こんなの不公平すぎるよ!」

ライリーはにらんできた。

「わたしが十三歳になったらすぐに、絶対平等にしてもらうんだからね」

こっちだって同じぐらいそのときが来るのを待ち望んでいる。

「よかった、そしたらもうあんたの子守りをしなくて済むし、自分のやりたいことができるようになるから」

わたしが言うと、ライリーは目を回して絨毯敷きの床に足を踏みならした。

「ねえ、わたしのことバカだと思ってるの? ブランドンが来るってこと、知らないと思ってるの?」

ライリーは頭をふった。

「そんなのどうだっていいよ。わたしはテレビが観たいだけなんだから。それだけなのに。お姉ちゃんがわたしにそうさせてくれないのは、彼氏とリビングを占領してソファの上でイチャイチャしたいからでしょ。わたしにテレビを観せてくれないなら、パパとママにそっくりそのまま話すからね」

「そんなのどうだっていいよ」

妹の声をそっくりに真似て言った。

「わたしは友だちを呼んでいいってママに言われてるんですよーだ」

だけど、そう言った瞬間、うんざりしてしまった。ライリーとわたし、子どもなのはどっちよ?

首をふり、これも無意味な脅しだとわかっていながらも、もう危険を冒したくなくて言った。

「パパが明日は早く出発したいんだって。だから寝起きが悪くて不機嫌にならないように、もう寝なきゃ。それに言っておくけど、ブランドンは来ないからね」

とんでもない嘘つきだとバレないよう、薄ら笑いを浮かべてみせた。

「へえ、そうなの?」

ライリーは目を輝かせてわたしの目を見つめて、にっこりした。

「じゃあなんでたったいま彼のジープが家の私道に入ってきたの?」

ふりかえって窓の外を覗き、ライリーに目をやった。わたしはひそかにため息をついた。

「いいよ、テレビを観たら。ご勝手に。好きにして。だけどそのせいでまた怖い夢を見ても、泣きついてこないでよね」

「なあ、いいだろ、エヴァー。どうしちゃったんだよ？」

ブランドンの表情が好奇心からいらだちに変わるのは時間の問題だ。

「妹がベッドに入るまで一時間以上も待ったっていうのに、今度はこんな態度をとるなんてさ。どうしたんだ？」

「べつに」

曖昧《あいまい》に答え、シャツを直しながらブランドンの視線を避けた。目の端からちらっと見ると、彼は首をふってジーンズのボタンをとめていた。そもそもはずしてくれなんて頼んでもいないジーンズのボタンを。

「バカバカしい」

ブランドンはブツブツ言い、首をふってベルトを締めた。

「わざわざ運転してきて、親は留守だっていうのに、おまえときたら、まるで——」

「まるで？」

はっきり言ってほしかった。彼が何文字かの言葉で要約してくれることを期待していた。わたしの身になにが起きているのか、明確に言い表してほしかった。さっきブランドンにメールを送ったときには、これですべてがいつもどおりにもどるだろうと思っていた。だけど玄関に出迎えに行った瞬間、とっさにドアを閉めたくなった。どんなに懸命に考えてみても、どうしてこんなふうに感じているのかわからない。

ブランドンを見れば、わたしがどんなに幸せ者かはあきらかだ。彼は優しくて、キュートだ。フットボール部員で、かっこいい車に乗っていて、いちばん人気のある三年生のひとりで——わたしは彼のことをずっと好きだったから、向こうもわたしを好きだとわかったときには信じられなかったぐらいだ。なのにいまは、なにもかもがちがっている。それに、感じてもいないことを自分に強いて感じさせることはできない。

深々と息を吸い、ブランドンにじっと見つめられているのは承知の上で、ブレスレットをいじった。くるくる回し、どうやって手に入れたのか思いだそうとした。確かになにかが心の奥をつついているのに、なにか——

「もういいよ」

ブランドンは立ちあがって帰ろうとしていた。

「だけどマジで、早いとこ自分の気持ちをはっきりさせとけよな。このままだと……」じっと見つめながら、彼は最後まで言うだろうか、それになんでわたしはどっちでもかまわないみたいなんだろうかと思っていた。

けれど、ブランドンはわたしを見て首をふっただけで、キーをつかんで言った。

「好きにしろよ」

彼が出ていき、ドアが閉まるのを見届けたあと、パパのリクライニングチェアに移動して、おばあちゃんが亡くなる少し前に編んでくれたアフガン編みのブランケットをつかみ、顎まで引っぱりあげた。

つい先週には、ブランドンと最後まで進むことを本気で考えているんだとレイチェルに話したばかりなのに、いまは彼に触れられるのも耐えられないなんて。

「お姉ちゃん？」

目をあけると、ライリーが目の前に立っていた。下唇を震わせ、青い目でじっと見つめている。

「ブランドンは帰ったの？」

妹は部屋を見回した。

わたしはうなずいた。

「わたしが眠るまで、お部屋に一緒にいてくれない？」

ライリーは唇を噛みしめ、逆らえるはずがない悲しげな子犬のような表情を見せた。

「だからあの番組はあんたには怖すぎるって言ったでしょ」

妹の肩に手を置いて廊下を進んだ。ライリーの体を毛布でくるみ、寄り添って横たわった。妹が楽しい夢を見られますようにと願いながら、顔にかかった髪を払いのけてささやいた。

「心配いらないよ。さあ、眠って。幽霊なんかいないんだから」

# 47

「エヴァー、準備はできたか？　もう出発しないと！　渋滞にはまるのはごめんだぞ！」

「いま行く！」

叫んだものの、その場を動かなかった。部屋の真ん中に立ち尽くしたまま、ジーンズの前ポケットに入っていたしわくちゃの紙切れを見つめていた。自分の筆跡ではあったけれど、どうしてそんなものがポケットに入っていたのかも、どういう意味なのかも、見当がつかない。そこにはこう書いてあった――

1. スウェットを取りにもどらないこと！
2. ドリナを信用しないこと！
3. なにがあってもスウェットを取りにもどらないこと！

4．ダーメン♡

五回読み直したあとでも、一回目に読んだときと同じぐらい混乱していた。スウェットって、どの？　それに、なんでそれを取りにもどっちゃいけないの？　ドリナって、そもそも知ってる人？　ダーメンっていったい何者よ？　なんで名前の下にハートマークがついてるの？

なんでこんなものを書いたんだろう？　いつこんなものを書いたんだろう？　そして、いったいどういう意味なんだろう？

パパにまた呼びかけられて、階段をずんずんあがってくる足音がそれにつづくと、紙切れをほうった。紙切れは鏡台に着地してから、床へと舞い落ちた。湖から帰ってきたら調べることにしよう。

結果的に、わたしにとっては良い週末となった。学校と友だち（と彼氏）から離れることができたし、珍しく家族と一緒に過ごせてよかった。いまではずっと気分が良くなっていたから、携帯電話の電波が届く場所にもどり次第、ブランドンにメールするつもりだった。ふたりの関係をあのままにしておきたくはなかった。それに、なんだかわからないけどわたしが経験してきた奇妙なことも、もう終わりだと信じていた。

バックパックをつかんで肩に背負い、出発しようとした。けれど、最後にキャンプ場を見回したとき、なにかを忘れているような感じがふりはらえなかった。荷物は詰めてあったし、ぜんぶ片付けたように見えたものの、わたしはその場に立ち尽くしたままでいた。何度もわたしの名前を呼んでいたママは、とうとうあきらめてライリーをよこした。

「お姉ちゃん」妹はわたしの袖を強く引っぱった。「行こうよ、みんな待ってるよ」

「すぐ行くから。ただ、やらなきゃいけないことが――」

「やらなきゃいけないことって?」

ライリーはニヤッとした。

「あと一、二時間はくすぶってる残り火を見つめておかなきゃいけないとか? お姉ちゃんってば、マジでどうしちゃったの?」

肩をすくめ、ブレスレットの留め金をいじった。本当にどうしちゃったんだろう。でも、なにかがおかしいという感じがどうしてもぬぐい去れない。ううん、正確にはおかしいっていうより、なにかをなくしちゃったか、やり残しているような。やっておくはずのことがあるのに、それができていないみたいな。それがなんなのかということだけがわからずにいる。

「ねえ、ママが急いでって言ってるし、パパは渋滞にはまるのを心配してるし、バターカップまでお姉ちゃんにしっかりしてほしいって思ってるよ。そうすれば車の窓から顔をだして耳を風になびかせられるから。それに、わたしも面白い番組がぜんぶ終わっちゃう前に家に帰り着きたいし。だからほら、早く行こうよ」

それでもわたしがなにをするでもなくじっと立ったままでいると、ライリーはため息をついて言った。

「なにか忘れてるの？　そういうこと？」

妹は肩ごしにちらっと親のほうをうかがってから、ばれないようににらんできた。

「かもね」わたしは首をふった。「よくわからないけど」

「バックパックは持った？」

わたしはうなずいた。

「ケータイは持った？」

バックパックをぽんぽんと叩いた。

「脳みそは持った？」

笑ってしまった。自分がひどく妙でバカみたいで異様にふるまっているのはわかっていたけど、この何日かでそれにも慣れてきたみたいだ。

「チアリーディングキャンプでもらったパウダーブルーのスウェットは?」

ライリーはにっこりした。

「それだ!」

心臓が激しく打っていた。

「湖に置いてきちゃった! パパとママにすぐもどるって言っといて!」

けれど、ふりかえろうとしたとき、ライリーに袖をつかまれて引きもどされた。

「落ち着いてって」妹はニッと笑った。「スウェットならパパが見つけて後部座席にほうりこんでたよ。だからもう出発できる?」

最後にもう一度だけキャンプ場を見渡してから、ライリーのあとについて車へ向かった。後ろに座り、パパが車を発進させると、ケータイからこもったチャイム音がきこえてきた。バッグからケータイを取りだしてもいないうちから、ライリーが肩ごしに覗きこもうとしてきた。わたしがさっと背中を向けると、バターカップがもぞもぞ動いて、不満を訴える顔つきを見せた。だけどそのあとも、ライリーはしつこく覗こうとしてきた。だからわたしはぐるりと目を回し、いつものように泣きついた。

「ママー!」

ママは一瞬も躊躇せず雑誌をめくり、機械的に言った。

「ふたりとも、やめなさい」

「ママったら、見てもないのに！　わたしはなにもしてないよ！　ライリーがちょっかいだしてくるんだもん」

「ライリーはお姉ちゃんのことが大好きだからだよ」

パパが言い、バックミラー越しにわたしと目を合わせた。

「お姉ちゃんがたまらなく大好きで、いつもくっついていたいんだ。好きで好きでしょうがないんだよ！」

それをきくと、ライリーは座席の向こう端にさっと移動し、ドアにぴたりと体を押しつけてわめいた。

「オエッ！」

脚もできるだけわたしから遠ざけて座り、かわいそうなバターカップはまたもやオロオロすることになった。考えるだけでも不愉快で耐えられないというように、ライリーはわざとらしくぶるっと身を震わせている。

パパとわたしは目くばせを交わして揃って笑った。

ケータイを開き、ブランドンからのメールを読んだ。

——ごめん。おれが悪かった。今夜、電話して。

わたしはすぐに笑顔の絵文字を返信した。なにかもっと書けるぐらい感情が高まるまで、それでなんとかしのげるといいけどと思いながら。

窓に頭をもたれて目を閉じようとしたとき、ライリーがこっちを向いて言った。

「元にはもどれないんだよ、お姉ちゃん。過去を変えることはできない。それが決まりなの」

わたしは目を細くすぼめた。妹はいったいなんの話をしているんだろう？　たずねようとしたとき、ライリーは首をふって言った。

「これはわたしたちの運命。お姉ちゃんの運命じゃない。お姉ちゃんは生き延びることになっていたのかもしれないって考えてみたことがある？　ダーメンに救われたおかげだけじゃないかもしれないって」

なにを言っているのか理解しようと努めながら、ぽかんと口をあけたまま妹を凝視した。両親もいまの話をきいていただろうかと思って車のなかを見回すと、すべてが凍りついていた。パパの両手はハンドルにくっつき、まばたきをしない目はまっすぐ前を見つめている。ママの雑誌のページはめくっている途中で止まり、バターカップのしっぽは半分立てた状態になっている。窓の外を見ても、鳥たちは空中で動きを止め、ほかの車の人たちもみんなかたまっている。ライリーに目をやると、妹は真剣なまなざしで見つめながらわたしに身を寄せてきた。動いているのは、あきらかにわたしたちだけだ。

「お姉ちゃんはもどらなきゃ」

ライリーは自信に満ちた力強い声で言った。

「ダーメンを見つけないと——手遅れになる前に」

「手遅れって、なんのこと？」

妹のほうに身を乗りだし、必死に理解しようとしながら叫んだ。

「それにダーメンって何者なのよ？ なんでその名前をだすの？ そもそもどういう意味なのか——」

けれど最後まで言い終えないうちに、ライリーは何事もなかったかのように、ぐるりと目を回してわたしを押しのけた。

「ちょっと、つきまとわないでよ」

妹は首をふった。

「お姉ちゃんてば、境界線を越えないでよね！ あの人がどう思っていようと——」ライリーはパパを指さした。「わたしはお姉ちゃんになんかぜんぜん興味ないんだから」

そして、やれやれという表情で顔をそむけると、ｉＰｏｄに合わせて歌いだした。笑みを浮かべて膝を軽く叩いているママに気づかずに。バックミラー越しにわたしを見つめ、ふたりだけにわかるジョークを分かち合いながら同時にほほえんでいるパパに気づかずに。

大きな伐採搬出トラックが飛びだしてきて、わたしたちの車に横からぶつかったときも、パパはほほえんだままだった。そして全世界が暗くなった。

気づいたときには、わたしはベッドに座り、発する間も与えられなかった音のない悲鳴に口を大きくあけていた。家族を失うのは二度目だ。あとにはライリーの言葉だけがこだましている。

## 48

ダーメンを見つけないと——手遅れになる前に！

ベッドから勢いよく立ちあがり、自分の部屋の専用リビングへと急いだ。小型冷蔵庫にまっすぐ向かうと、ドリンクと解毒剤はなくなっていた。これはつまり、過去にもどったのはわたしだけで、みんなにはなんの変化もなかったということだろうか？　それとも、過去にもどる直前からつづきを始めているのだろうか。ダーメンが危険な状況にあり、わたしが逃げだしたあのときから。

階段の踏み板がぼやけて見えるほどの速さで階下に駆けおりた。今日が何日なのかも、何時なのかさえ見当もつかなかったけれど、手遅れになる前にエイヴァの家に行かなきゃいけないのはわかっていた。

だけど一階に降り立ったとたん、サビーヌ叔母さんに呼びかけられた。

「エヴァー？　あなたなの？」

立ちすくみ、しみのついたエプロンを着けた叔母さんがブラウニーをどっさりのせたお皿を手に角を曲がってくるのを見つめていた。

「ああ、よかったわ」

サビーヌ叔母さんはにっこりした。

「あなたのママのレシピを試していたところなの。よく焼いてくれたでしょう？　ひとつ味見して、感想をきかせてほしいんだけど」

わたしはまばたきしかできずにいた。持ち合わせていない忍耐をふりしぼって言う。

「きっとよくできてると思うよ。ねえ、叔母さん、わたし――」

だけど最後まで言わせてもらえなかった。叔母さんは頭を横に傾けて言った。

「食べてくれないの？」

これは、わたしが食べるところを見ることだけが目的じゃないのだと気づいた。叔母さんは認めてもらいたいのだ。叔母さんは自分がちゃんとわたしの面倒を見られているだろうかと、ずっと問いかけてきていた。わたしの態度に問題があるのは、自分のせいなのだろうかと気にしていた。もっとうまくやれていれば、こんなことにはならなかったのではないかと思っていた。聡明で、成功していて、高い能力の持ち主で、裁判では負け知らずのわたしの叔母さんが——わたしに認められたがっているのだ。

「ね、ひとつだけでも。毒を盛ろうってわけじゃないんだから!」

叔母さんと目が合ったとき、なんの気なしに選んだように思われる言葉が引っかかり、これはわたしを急がせるためのメッセージかなにかなのだろうかと気になったけど、まずはこの件を片付けなければいけないとわかっていた。

「あなたのママみたいにおいしくできてはいないだろうけど。ママのブラウニーは最高だったものね。でも、これはママのレシピでつくったの。今朝早く目を覚まして、なぜだかわからないけどこのブラウニーをつくらなきゃっていう気になったのよ。だから——」

わたしを納得させるために、叔母さんはずらずらと冒頭陳述を始めかねなかったから、わたしはブラウニーに手を伸ばした。いちばん小さいひと切れを選び、食べたらさっさと行くつもりだった。だけど、その中央にまぎれもなく〝E〟の文字を見つけて——わたしは悟った。

これはわたしへのサインだ。

ずっと待ち焦がれてきたサイン。

見つからないとあきらめかけていたわたしに、ライリーは希望を与えてくれたのだ。お皿の上のいちばん小さなブラウニーに、よくしていたのと同じやり方でわたしのイニシャルを刻んで。

いちばん大きなブラウニーを探し、そこに〝R〟が刻まれているのを見て、まちがいなく妹のしたことだとわかった。それは秘密のメッセージ。ライリーがわたしの元を永遠に去る直前に約束してくれたサインだ。

とはいえ、焼き菓子のお皿のなかに秘密の意味を読み取るようなイカれた妄想家とは思われたくなかったから、サビーヌ叔母さんをちらっと見て言った。

「これって――」

中央にわたしのイニシャルが刻まれたブラウニーを指した。

「これって、叔母さんがやったの？」

叔母さんはまずわたしを、つぎにブラウニーをまじまじと見つめたあと、首をふって言った。

「ねえ、エヴァー。食べたくないなら、食べなくてもいいのよ。ただ、わたしは——」

けれど、叔母さんが最後まで言う前に、わたしはお皿からブラウニーを取って、口にほうりこんでいた。目を閉じて、濃厚な甘さを味わっていると、わが家に帰ったような気がした。どれほど短かったとしても、幸運にももう一度訪れることができた、あのすばらしい場所——わが家は一箇所だけにあるものではなく、どこにだって見いだせるのだということに、わたしはようやく気づいた。

サビーヌ叔母さんは不安そうな顔でわたしを見て、合格点がもらえるのを待っていた。

「前にも一度つくってみたことがあるんだけど、なぜだかあなたのママみたいに上手に焼けなかったの」

叔母さんは肩をすくめ、恥ずかしそうに見つめながら、そわそわとわたしの感想を待っている。

「あなたのママは秘密の隠し味を入れてるんだってよく冗談を言っていたけど、いまとなっては本当だったんじゃないかと思うわ」

ぐっと飲みこみ、唇についたブラウニーのくずをふき取ると、わたしは笑顔で答えた。

「秘密の隠し味、本当にあったよ」

つまりまずいということだろうかと思い、叔母さんは顔を曇らせた。

「秘密の隠し味は愛情だったの。叔母さんはたっぷり入れてくれたみたいね、すっごくおいしいもん」

「ホント？」

叔母さんは目を輝かせた。

「ホントだよ」

わたしは叔母さんを抱きしめた。けれど、すぐに身を離してたずねた。

「今日は金曜だよね？」

叔母さんは眉間に皺を寄せてわたしを見た。

「ええ、金曜日だけど。どうかしたの？」

わたしはドアを飛びだした。思っている以上に時間がなかった。

# 49

エイヴァの家の前に車を乗りつけ、いいかげんに駐車して、大急ぎで玄関のドアへと向かった。けれど、ドアの前に着いたとたん、一歩後ずさった——なにかがおかしい。なにかがまちがっている。うまく言えないけど、どこか奇妙なところがある。たとえば、静かすぎて、動きがなさすぎる。この家はわたしが出ていったときとなんら変わりなく見える。ドアの両脇にプランターがあり、しかるべき場所にドアマットがある。けれど、その変化のなさが不気味に感じられる。ノックしようとこぶしをあげると、叩くか叩かないかのうちにドアが目の前で開いた。

リビングを通り抜けてキッチンに入り、エイヴァの名前を呼びながら、なにもかもわたしが出ていったときのままだと気づいた。カウンターの上のティーカップ、お皿の上のクッキー、どれもこれもがいつもの場所にある。だけど、戸棚を覗いてみると、解毒剤とドリンクはなくなっていた。これはどういうことだろう。わたしの計画がうまくいって、必要なくなったということなのか、それともその反対で、なにかがまちがった方向に進んでしまったのだろうか。

廊下の突きあたりにあるインディゴブルーのドアへと走った。ダーメンがまだなかにいるのか早く確かめたかった。が、ドアの前に立つローマンに阻まれた。彼は顔を大きくほころばせて言った。

「よく帰ってきたね、エヴァー。きっと帰ってくるはずだってエイヴァにも話したんだ。だってよく言うだろ。ふるさとには二度ともどれないってね！」

わざとくしゃくしゃにしたローマンの髪は、首元のウロボロスのタトゥーを完璧に縁取っている。それを見て、いくらわたしの能力が進歩して、全校生徒の目を覚まさせたといっても、この場を仕切っているのはいまでも彼なのだと思い知らされた。

「ダーメンはどこ？」

胃がねじれるような感じを覚えながら、ローマンの顔をまじまじ見つめた。

「それにエイヴァになにをしたの？」

「まあまあ、なにも心配することはないよ。ダーメンなら置いていったのと同じ場所にいる。それにしても、まさか彼を置き去りにするとはね。きみには驚かされたよ。思いもよらなかった。でも、ダーメンがそれを知ったら、どう思うだろうね。きっと彼もそんなことをされるとは思わなかったはずだよ」

ハッと息をのみ、ダーメンが最後に言っていたことを思いだした。

——きみはぼくを置き去りにした。

ダーメンにはわかっていた。わたしがどの道を選ぶのか、ちゃんとわかっていた。

「それにエイヴァのことだけど」ローマンはにこっとした。「ぼくが彼女になにもしてないってわかったら、きみは喜んでくれるよね。ぼくの狙いはきみだけだって、そろそろわかってくれてもよさそうなのになあ」

ローマンは呟き、まばたきする間も与えないほどすばやく動いて、気づけばわたしのすぐ目の前に彼の顔があった。

「エイヴァは自分から出ていったんだよ。おかげで、ここにいるのはぼくたちだけだ。残り時間はもう——」

ローマンは口をつぐんで腕時計に目をやった。

「ほんのわずかだ。そうしたら、ぼくときみとは正式にカップルになる。彼が死ぬまで待ってあげないと、きみはいやらしい罪悪感を覚えるだろうからね。ぼくは罪の意識なんか感じないだろうけど、きみって子はどうやら自分のことを純粋な善意ある人間だと思ったり、くだらない考えを持ってるみたいだからさ。それって正直言って、ぼくの好みからするとちょっと感傷的すぎるんだけどね。でもきっとうまくやっていけるよ」

ローマンの言葉を締めだし、つぎにどう出ようかと考えた。彼の弱点を、彼を無力化するものを、彼のいちばん無防備なチャクラを見きわめようとした。ダーメンがいる部屋へのドアをふさがれているということは、ローマンを倒すしかないということだ。だけど慎重に事を進めなくてはいけない。いざ行動を起こす段になったら、迅速に、不意をついて、正確に狙いを定める必要がある。さもなければ、とうてい勝ち目はない。

ローマンは手をあげてわたしの頬を撫でようとした。その手を力いっぱい平手で打つと、骨がボキッと折れる音が響き、彼の指がぐにゃりと曲がってぶらぶら垂れさがった。

「いてて」

ローマンはにやりとして手をふり、みるみるうちに治った指を曲げてみせた。

「きみって喧嘩《けんか》っ早いよね。でも、そこにかえってそそられるんだよな」

ぐるりと目を回してやった。ローマンの冷たい息が頬にかかった。

「なんでいつまでもぼくに逆らおうとするんだ？　きみにはもうぼくしかいないのに、なんで拒《こば》もうとする？」

「どうしてこんなことをするの？」

細くすぼめられたローマンの目が暗くなり、色も光も完全に消えうせるのを見て、胃をよじられるような痛みを感じた。

「ダーメンがあなたになにをしたっていうの?」

ローマンは顎を突きだし、わたしをじっと透かし見て答えた。

「いたって単純なことだよ、ダーリン」

声の調子がガラッと変わり、イギリス訛りは消えうせ、これまできいたこともない口調になっていた。

「ダーメンはドリナを殺した。だからぼくは彼を殺そうとしている。そうすればすべておあいこだ。これで一件落着だよ」

ローマンがそう言った瞬間、わたしにはわかった。どうすれば彼を倒し、あのドアの向こうに行けるかが、はっきりわかった。〝誰が〟〝どうやって〟ということに加えて、いまでは〝なぜ〟ということまでわかっているのだから。ずっと知りたかった謎の動機がわかったのだから。ダーメンの元に行くには、ローマンの第二チャクラに痛烈な一撃を加えればいいだけだ——ねたみと嫉妬、不条理な独占欲の中心部に。

痛烈な一撃で、ローマンは一巻の終わりを迎える。

だけど、その前に、もうひとつだけやっておくことがある。ゆるぎない視線で彼を見据えて言った。

「ダーメンはドリナを殺してない。わたしがやったの」

「その手には乗らないよ」ローマンは笑った。「言ったとおり感傷的で哀れなもんだけど、残念ながらぼくにはその手は通じない。そんなことを言ったってダーメンは救えないよ」

「そう？　でも、目には目をっていうなら――ドリナを殺したのがわたしだってことは知っておくべきなんじゃないかな」

わたしはうなずいた。緊迫した力強い声になっていた。

「あのクソ女を殺したのはわたしなのよ」

ローマンはぐらついた。ごくかすかにではあったけど、気づかないほどではなかった。

「あの女、いつもダーメンにまとわりついて、すっかり彼のとりこになってた。あなたも知ってたでしょ？　ドリナがダーメンに夢中だったことは」

ローマンは顔をしかめた。認めも否定もしなかったけど、そのしかめ面を見ただけで、痛いところをついたのがわかった。

「ドリナはダーメンをひとりじめするために、わたしを追いはらいたがっていた。こっちは何か月もドリナを無視して消えてくれることを願ってたけど、彼女は愚かにもわたしと対決しようとした。それであの女が引きさがるどころか襲いかかってきたから……消してやったの」

愚かさも無知も恐れも排除し、あのとき実際に感じていたのよりずっと冷静に話を伝えて肩をすくめた。

「楽勝だった」

にっこり笑い、その場面を最初から思い起こしているみたいに首をふった。

「ほんと、見せてあげたかった。ついさっきまで燃えるような赤毛と白い肌で目の前に立っていたと思ったら、つぎの瞬間には消えちゃったの！ ついでに言っておくけど、ダーメンが来たのはぜんぶ終わってから。これでわかったでしょ、誰かに罪があるとしたら、ダーメンじゃなくてわたしだってことが」

ローマンを見据えて、いつでも殴れるようこぶしをかため、ずいと近づいた。

「ねえ、どうなの？ まだわたしとつき合いたい？ それとも殺したい？ どっちだとしても、受けとめるつもりだけど」

ローマンの胸に手をあて、ドアに向かって強く突き飛ばした。あとちょっとだけその手をさげて、力いっぱいつき、すべてを終わらせるのは、いともたやすいだろうと思った。

「きみが？」

その言葉は彼が意図したのとはちがって、責めているというよりも、良心のとがめが表れているような、問いかけるような言い方になっていた。

「ダーメンじゃなく、きみが？」

わたしはうなずいた。戦いにそなえて、筋肉が張りつめていた。あの部屋に入るのを何者にも邪魔させはしない。こぶしをあげたとき、ローマンが言った。

「まだ間に合う！　まだ彼を救えるんだ！」

狙いを定めたこぶしを途中でぴたりととめた。わたしは騙《だま》されているんだろうか？

ローマンは首をふり、見るからにつらそうに言った。

「知らなかった。まちがいなくダーメンのしわざだと思ってたのに。彼はぼくにすべてを――命を与えてくれたんだ。この命を！　絶対に彼は……」

ローマンはわたしのわきをすり抜けて、廊下を走りながら叫んだ。

「きみはダーメンの様子を見てくれ。ぼくは解毒剤を取ってくる！」

# 50

ドアを押し開いて最初に目に入ったのはダーメンの姿だった。いまもフトンに横たわり、わたしが出ていったときと同じぐらい痩せ細っていて顔色が悪く見える。つぎに見えたのはレインだった。ダーメンの横にうずくまり、水で濡らした布を彼の顔にあてている。わたしを見ると大きく目を見開き、手をあげて叫んだ。

「エヴァー、だめ！　それ以上近づかないで！　ダーメンを救いたければ、そこを動かないで。その円のなかに入っちゃだめ！」

見おろすと、塩のような白い粒状のものが完璧な円を形づくっていて、ふたりはその内側に、わたしは外側に立っている。わたしはレインを見た。なにが望みなんだろう？　ダーメンのわきにしゃがみこんで、わたしにはあっちに行けと警告して、いったいなにを考えているんだろう？　幽霊のように青白い顔、小さな顔のパーツ、石炭みたいに黒く大きな目をしたレインは、〈夏世界《サマーランド》〉の外だとなおさら風変わりに見えた。

ダーメンに視線を移し、息をするのも苦しそうな彼を見ていると、レインになんと言われようと、そばに行かなきゃいけないとわかった。ダーメンがこんなふうになったのはわたしのせいだ。わたしが彼を見捨てたから。わたしが彼を置き去りにしたから。わたしは、自分がそう望んだからきっとすべてうまくいくはずだし、あとのことはエイヴァがなんとかしてくれると思うほどおめでたく、愚かで、自分勝手だった。

前に進み出て、つま先を結界のすぐ外におろしたとき、後ろからローマンが駆けこんできて叫んだ。

「そいつはここでいったいなにをしてるんだ?」

ローマンは驚きに目を見開いて、結界の内側でダーメンの横にうずくまったままのレインをぽかんと見つめた。

「そいつを信じないで!」

レインは言い、わたしとローマンをすばやく交互に見やった。

「そいつはあたしがずっとここにいるのを知ってたんだから」

「ぼくはそんなことぜんぜん知らなかった! きみには会ったこともない!」

ローマンは首をふった。

「あのね、悪いけど、カトリック系の女生徒は好みじゃないんだ。ここにいるエヴァーみたいに、もうちょっと威勢のいいタイプが好みでね」

ローマンはわたしのほうに手を伸ばし、背中を撫でおろした。肌がぞくっとして、抵抗したくなったけど、反応しなかった。大きく息を吸って、冷静でいようと努めた。ローマンの反対の手――ダーメンを救う鍵となる解毒剤を握っている手に意識を集中していた。

つまるところ、大事なのはそれだけだ。ほかのことはぜんぶ後まわしにしてもいい。

ボトルを引ったくり、ふたをはずした。レインの張った結界を越えようとしたそのとき、ローマンに腕を押さえられた。

「ちょっと待った」

ぴたっと動きをとめ、ふたりを見比べた。レインがまっすぐ目を見つめて言った。

「エヴァー、やめて！　そいつがなにを言おうと、耳を貸しちゃだめ。あたしの話だけをきいて。あんたが去るとすぐに、エイヴァは解毒剤を捨てて霊薬を持って逃げたの。でも幸い、あたしはそいつが来る直前にここに着いた」

真っ暗な夜に燃える炎みたいに目に怒りを宿して、レインはローマンを指した。

「そいつはあんたに結界を破らせたいの。そうすれば自分もなかに入れるから。あんたがいないと、ダーメンに近づけないから。善意を持ったふさわしい者だけが結界を越えることができる。だけどいまあんたが越えてしまえば、そいつもあとにつづくことになる。だからダーメンが心配なら、本気で守りたいのなら、ロミーが来るまで待たなきゃだめ」

「ロミーが?」

レインはうなずき、わたしとローマンを交互に見た。

「あの子は解毒剤を持ってこようとしてる。完成させるには満月のエネルギーが必要なの。日が暮れる頃には完成するはず」

だけどローマンは首をふっただけで、笑いながら言った。

「なんの解毒剤だよ? 解毒剤を持っているのはぼくだけだ。毒を調合したのはぼくなんだからね。その子になにがわかるっていうんだ?」

彼はわたしのうろたえた顔を見て、さらにつけ加えた。

「悩むまでもないじゃないか。その子の言うとおりにしたら――」

レインに向かって指をはじく。

「ダーメンは死んでしまう。でもぼくの言うとおりにしたら、彼は死なない。簡単な理屈だろ?」

レインを見ると、首をふり、ローマンの言うことをきいちゃだめだと警告してきた。ロミーが来るまでこらえて、まだ何時間も先の日暮れを待つべきだと。だけど、その横のダーメンに目をやると、ますます呼吸が苦しそうになっていて、顔から血の気が引き――

「あなたがわたしを騙そうとしてるんだとしたら?」

ローマンに全意識を集中させて言った。

「そのときはダーメンは死ぬ」

それをきいて、ハッと息をのんだ。

激しく息を吸いこんで、床を見つめた。どうすればいいのかわからない。

そもそもこの事態のすべての責任がある、邪悪な不死人《イモータル》のローマンを信じる?

それとも、つねに謎めいた物言いで人を煙に巻く、不気味な双子のレインを信じる?

目を閉じて、しょっちゅう無視してはいるものの、めったにまちがうことはないとわかっている直感に従おうとしてみても、いらだたしいほどなにも感じ取れない。

「でもぼくがきみを騙そうとしていなければ、ダーメンは生き延びる。だからそんなに迷うことはないと思うけど――」

「そいつの話をきいちゃだめ。そいつはあんたを助けるためにここにいるんじゃないけど、あたしは助けようとしてる! あの日〈夏世界〉でビジョンを見せたのも、ダーメンを救うために必要な材料を教えたのもあたしなんだから。あたしたちは道を示そうとしていたのに、去ろうとするのを止めて助けようとしていたのに、あんたは耳を傾けようとはしなかった。そしていまは――」

「わたしがなにを考えているか知らないんじゃなかったの？」

わたしは目を細くすぼめた。

「あなたたち不気味な双子の姉妹は、確か――」

ローマンをちらっと見やり、口をつぐんだ。この話は慎重に進めなければ。

「特定のことは見えないんじゃなかったっけ」

レインはこわばった顔でわたしを見て、首をふりながら言った。

「あたしたちはあんたに嘘をついたことはないよ、エヴァー。それに惑わせたこともない。確かにあたしたちには特定のことは見えない。でもロミーは共感能力者《エンパス》で、あたしは予知能力者《プリコグ》だから、一緒だと感情やビジョンを感じ取る。そうやって最初にあんたを見つけて、それからは感知した情報を使ってあんたを導こうとしていた。ライリーにあんたの面倒を見るよう頼まれたから――」

「ライリーが？」

吐き気に胃のなかがぐるぐる回った。この件に妹がどうからんでいるのだろう？

「ライリーとは〈夏世界〉で出会った。あの子がつくりだした私立の寄宿学校にも一緒に通ってたから、あたしたちはこんなものを着てるわけ」

レインは姉妹揃っていつも着ているチェックのスカートとブレザーの制服を指した。そういえばライリーはずっと寄宿学校に行くことを夢見ていた。そうすればわたしから離れられるからと言って。だから妹があそこで寄宿学校をつくったとしても納得できる。

「それから、ライリーは――」

レインはちらっとローマンを見てから、話をつづけた。

「橋を渡ることを決めると、もしもお姉ちゃんを見かけることがあったら面倒を見てほしいってあたしたちに頼んだ」

「そんな話、信じない」

信じない理由はなかったけど、それでもそう言った。

「だったらライリーが話していたはずじゃない、あの子は……」

そのとき、いろいろ案内してくれる人たちに会うことについて、ライリーが話していたことがあったのを思いだした。あれは双子のことを言っていたのだろうか。

「ダーメンのことも知ってるよ。彼はあたしたちを助けてくれたことがあるの。遠い昔に」

崩れ落ちそうになっているわたしに、レインは言った。

「解毒剤が完成するまで、あと何時間かだけ待ってくれたら、ロミーが来て……」

わたしはダーメンを見た。痩せ衰えた体、じっとりと冷たくなっている青白い肌、落ちくぼんで見える目、吸って吐くごとに弱々しくなっていくかすれた息づかい——選択肢はひとつしかない。

だからレインに背を向けて、ローマンを見て言った。

「どうすればいいのか教えて」

## 51

ローマンはうなずいて、わたしの目を見据え、わたしの手から解毒剤を取って言った。

「なにか鋭くとがったものが必要だ」

わけがわからず、彼をにらんだ。

「いったいなんの話？　それがあなたの言ったとおりの解毒剤なら、ダーメンに飲ませればいいだけのことじゃない？　完成してるんでしょ？」

ゆるぎない目でローマンにじっと見つめられ、その視線の重みに胃をひねられるような感覚を覚えた。

「これは確かに解毒剤だよ。ただ、完成させるには最後の成分が必要なんだ」

ハッとした。気づくべきだった。ローマンがからんでいたら、そう簡単に事が運ぶはずがないんだから。

「最後の成分って？」

心と同じく声も震えていた。

「なにを企んでいるの？」

「まあまあ、心配しないで。大して複雑なことじゃない。それに時間もかからない」

ローマンはレインに向かって首をふった。

「完成させるのに必要なのは、たった一、二滴のきみの血だ。それだけだよ」

どういうことか理解できず、ローマンを凝視した。生死を分けるのに、そんなものに意味があるとは思えない。

ローマンは黙ってわたしを見つめたあと、頭のなかの疑問に答えた。

「不死のパートナーを救うためには、真実の恋人の血を含んだ解毒剤を飲ませなければならない。嘘じゃない、それが唯一の方法だ」

大きく息をのんだ。血を流すことなんかよりも、騙されてダーメンを永遠に失ってしまうことのほうが怖かった。

「まさか自分がダーメンの真実の恋人じゃないかもしれないなんてことを恐れてはいないよね？」

ローマンはわずかに唇をゆがめて言った。

「代わりにステーシアを呼んだほうがいいかな？」

手近にあったハサミをつかみ、刃先を手首に向けた。突き刺そうとした瞬間、レインが悲鳴をあげた。

「エヴァー、だめ！　やめて！　これは罠よ！　そいつを信じないで！　ひと言も耳を貸しちゃだめ！」

ダーメンを見ると、苦しそうに胸を上下させ、呼吸がひどくゆっくりで不規則になっていた。一刻も無駄にはできない。彼にはもう数時間どころか数分の猶予しか残されていないとひそかに確信していた。

ハサミを思い切りふりおろした。鋭い刃先が手首に突き刺さり、まっぷたつに切り裂きそうなほどだった。勢いよく血が噴きあがり、重力に従っておりてきた。レインの悲鳴がきこえた。ほかのすべての音を凌駕《りょうが》する鋭い叫び声だった。ローマンはわたしの横にしゃがみこみ、血を集めていた。

意識が遠のき、かすかにめまいを覚えただけで、わたしの血管にあいた穴はあっという間にふさがり、切れた皮膚はすっかり治っていた。ボトルをつかみ、レインの反対を無視して結界を破る。そしてレインを押しのけてひざまずくと、ダーメンの首の下に手を差しこみ、解毒剤を飲ませようとした。ダーメンの息づかいは次第にかすかになっていき、完全に止まった。

「いや！　死んじゃだめ。わたしを置いていくなんてだめ！」

解毒剤を喉に流しこんだ。絶対に彼を連れもどす、生き返らせるの。前に彼がわたしにしてくれたみたいに。

ダーメンをかき抱き、生きてと願った。周りのすべてから完全に切り離されて、ダーメンのことだけを思った。真実の魂の伴侶、永遠のパートナー、ただひとりの愛する人。お別れなんかしたくない、希望を捨てたくない。ボトルが空になると、わたしは彼の胸に倒れこみ、唇に唇を押しあて、わたしの息、存在、命を吹きこんだ。前にダーメンに言われた言葉を呟いた。

「目をあけて、こっちを見て！」

何度も何度もくりかえす――

彼が目をあけるまで。

「ダーメン！」

涙が溢れだし、頬を伝って彼の顔に落ちた。

「ああ、よかった、もどってきたのね！　本当に寂しかった。愛してる。もう二度とあなたを置いていったりしないって約束する。だからお願い。わたしを許して――」

ダーメンはまぶたを震わせ、なにか言おうと口を動かした。また彼と一緒にいられることに心から感謝し、口元に耳を寄せたとき、再会は拍手の音で邪魔をされた。

いまではわたしの背後に立っているローマンが、ゆっくりと一定の間隔で手を叩いていた。彼は結界を越えており、レインは部屋の反対側で身をすくめている。

「ブラボー！」

ローマンは愉快そうな嘲りの表情を浮かべて、わたしとダーメンを見比べながら言った。

「おみごとだよ、エヴァー。いや、これはなんとも感動的だ。こんなにドラマチックな再会はそうそうお目にかかれるもんじゃないからね」

ハッと息をのんだ。手が震え、胃がチクチクしはじめている。ローマンはいったいなにを企んでいるのだろうか？　解毒剤の効果はあり、ダーメンは生きているのに、ほかになにがあるというのだろう？

ダーメンを見やると、規則的に胸を上下させながらまた眠りに落ちていくところだった。レインに視線を移すと、大きく見開いた目で信じられないという顔をこっちに向けている。だけどローマンに目をもどしたとき、彼はきっと戯れの最後のチャンスを楽しんでいるだけだろうと思った。ダーメンが助かり、哀れに虚勢を張っているだけなのだ。

「わたしを倒したい？　そういうことなの？」

必要とあらば彼を倒す覚悟をしてたずねる。

けれど、ローマンは首をふって笑っただけだ。

「なんでぼくがそんなことを？　始まったばかりのまったく新たなお楽しみを見逃したいはずがないだろ？」

わたしは凍りつき、心のなかでパニックに襲われはじめていたけれど、それを表にださないよう努めた。

「まさかきみがこんなに簡単に引っかかって、予想どおりの行動をとってくれるとはねえ。でも、それが愛ってやつだよね。愛は人にいささか無茶をさせ、少しばかり衝動に走らせ、理性さえなくさせるものだと思わない？」

わたしは目を細くした。ローマンがなんの御託を並べているのかさっぱりわからなかったけど、いいことじゃないのは確かだ。

「それにしたって、こんなにあっけなく騙されるとは驚きだよ。ぼくの売りこみにまったく抵抗しないなんてさ。マジで、エヴァー、きみはほとんどなんの疑問も持たずに自分の体を切り開いたようなものだよ。ここで最初の話にもどるわけだ、愛の力をみくびるなってね。それとも、きみの場合は罪悪感かな？　確かなことはきみにしかわからないけどね」

目を見開いてローマンを見つめた。恐ろしいことを理解しはじめていた。わたしは重大なまちがいを犯した。騙されていたのだ。

「きみは自分の命を引き換えにしてもダーメンを救おうと必死で、彼を助けるためならどんなことでもする気だった。おかげですべてがスムーズに進んで、ぼくの期待した以上にたやすく運んだ。とはいえ、本当のところ、ぼくにはきみの気持ちがよくわかるよ。事実、ぼくだってドリナのためなら同じことをしただろうからね。その機会さえ与えられていれば」

ローマンはわたしをにらみつけた。ひどく細められた目は、怒れる黒い線みたいに見えた。

「それがどんな終わりを迎えたかはもう知っているわけだし、今回の件がどんな終わりを迎えるのかも知りたいだろ？」

ダーメンに目をやり、容態が安定しているのを確かめた。眠っている彼を見ていると、ローマンが言った。

「そう、ダーメンはいまも生きてる。そのことについては、可愛いおつむを悩ませることはないよ。知ってのとおり、彼はこれから何年も、何年も、何年も生きつづけるはずだ。ぼくはもうダーメンを狙うつもりはないから、心配しないで。正直言って、きみにどう思われていようと、きみたちふたりのどっちも殺すつもりはなかったんだ。ただ公平を期して言うけど、この幸福には代償があるってことをきみに警告しておくべきだっただろうね」

「代償って？」

ささやくような小声でたずね、ローマンを凝視した。決して生きかえることのないドリナ以外に、いったいなにがほしいというのか見当もつかない。それに、どんな代償であっても、わたしは払うつもりだ。それでダーメンが取りもどせるなら、どんなことだってしてみせる。

「動揺させちゃったみたいだね」

ローマンは優しい声で言い、首をふった。

「ダーメンがよくなるってことはもう話したよね。ほら、見てごらんよ。いや、よくなるどころじゃない。すぐにもかってないほど元気になるはずだ。顔色がもどり、体が大きくなってきてるのがわかるだろ？　じきに彼はハンサムで背が高くたくましい体の青年にもどるはずだよ。きみが愛するあまり、なんの疑問も抱かずに、その命を救うためならどんなことだってすると自分を納得させられるような――」

「はっきり言って」

邪悪な不死人《イモータル》というものが、なんでもいちいち芝居がかっていることにいらだち、ローマンの目を見て言った。

「いやだね」

ローマンは首をふった。

「このときを何年も待ち望んできたんだから、急ぐつもりはないよ。ダーメンとぼくはずいぶん長いつき合いだ。ぼくたちが出会ったフィレンツェですべてが始まったところまでさかのぼる」

わたしの表情を見ると、ローマンはさらに言った。

「そう、ぼくは孤児のひとりだった。最年少の孤児で、疫病から命を救ってもらってからは、ダーメンを父親のように慕っていた」

「だったら、ドリナは母親ってとこ？」

わたしが言うと、ローマンはけわしいまなざしになったけれど、やがてまた緊張を解いた。

「まさか」とにっこり笑った。「ぼくはドリナを愛していた。隠さずはっきり認めるよ。心の底から愛していた。きみが彼を愛しているると思っているのと同じように彼女を愛していた」

ローマンはダーメンを示した。ダーメンは出会った頃の彼にもどっていた。

「ぼくは全身全霊を捧げてドリナを愛していた。彼女のためならどんなことでもしただろう――それにきみが彼にしたように彼女を見捨てるなんてことは決してしなかっただろう」

ギクッとした。そう言われても当然だ。

「なのにいつもダーメンのことばかり。ドリナにはダーメンのことしか頭になかった。ダーメンのことしか見えていなかった。彼がきみに初めて出会うまでは。そしてドリナはぼくを頼ってくれるようになった」

ローマンは一瞬ほほえんだけれど、笑みはあっという間に消えた。

「そう、友情を求めて」吐き捨てるように言った。「それに、一緒にいてくれる仲間を求めて。それに、泣かせてくれる大きくてたくましい肩を求めて」

ローマンは顔をしかめた。

「ドリナが望むものはなんでも差しだすつもりだった。この世のどんなものでも。けれど、彼女はもうすべてを手に入れていた。そして彼女がほしがっているのは、唯一ぼくにはあげられず、あげるつもりもないものだった。いまいましいダーメン・オーギュストだ」

ローマンは首をふった。

「ドリナにとって不幸なことに、ダーメンはきみだけをほしがっていた。こうして始まったんだ——四百年にわたってつづく恋の四角関係がね。それぞれが必死に追い求めつづけ、一度として希望を捨てなかった。きみがドリナの命を奪ったせいで、ぼくはドリナと決して一緒になれなくなった。ぼくたちの愛は決して知られることはなくなった——」

「わたしがドリナを葬ったって知ってたの？」

恐ろしさに胃がぎゅっとなり、呆然とした。

「いままでずっと？」

ローマンはあきれたように目を回した。

「やれやれ！」

ローマンはステーシアの小生意気な言い方をそっくり真似て、笑い声をあげた。

「すべての計画が整っていた。とはいえ、きみがあんなふうにダーメンを見捨てたときは、びっくりしたけどね。あれは予想外だったよ、エヴァー。まさかあんなことをするとは。それでもそのまま計画どおりに進めて、きみはもどってくるだろうとエイヴァに話した」

――エイヴァ。

大きく目を見開いてローマンを見た。信用できると思っていたただひとりの相手にいったいなにがあったのか、知りたいのかどうか自分でもわからなかった。

「そうだよ、きみの良き友人のエイヴァのことさ。きみが頼りにできる唯一の相手だよね？」

ローマンはうなずいた。

「それが、あとでわかったことだけど、彼女には一度リーディングをしてもらったことがあったんだ。それに、その読みはかなりいい線ついていたよ。ぼくたちは連絡を取り合っていた。きみが去るのとほとんど同時に、彼女はこの町から逃げだしたんだよ。あのドリンクをぜんぶ持ってね。弱っていて無防備なダーメンをこの部屋にひとり置き去りにして。ダーメンはぼくが来るのを待っているような状況にあった。エイヴァはきみの理論が正しいかを確かめようとさえせずに、すぐに行ってしまったんだ。どうせきみはもういないんだから、どっちみち気づきもしないだろうと思ってね。誰を信じるか、きみはもっと慎重になったほうがいいよ。騙されやすいにもほどがあるからね」

大きく息を吸いこんで、肩をすくめた。いまわたしにできることはなにもない。やったことは取り消せない。過去を変えることはできない。いま変えられるのは、つぎになにが起きるかということだけだ。

「ああ、それにきみに手首をちらちら覗かれているのは楽しかったな。ウロボロスのタトゥーを探してさ」

ローマンは笑った。

「どこにでもタトゥーを入れられることにちっとも気づいてなかったみたいだね。ぼくは首筋に入れることにしたんだ」

もっと話をききたいと思いながら、わたしは黙ってじっと立ち尽くしていた。ドリナが悪に堕ちるまで、ダーメンは邪悪な不死人の存在さえも知らなかった。

「ぼくが始めたんだよ」

ローマンはうなずき、右手を胸にあてた。

「ぼくが邪悪な不死人一族の始祖だ。確かに最初にドリンクをくれたのはダーメンだけど、効果が薄れはじめると、彼はドリンクを与えずに、ぼくたちが年を取って弱っていくのをほうっておいた」

わたしは肩をすくめた。一世紀分もの命を与えてくれた相手を利己的だなんて言えないはずだ。

「そのときぼくは実験を始めたんだ。世界の偉大な錬金術師たちから学び、ダーメンの成果を凌駕した」

「そんなものが功績と呼べるの？　邪悪になることが？　意のままに命を与え、奪うことが？　神にでもなったつもり？」

「ぼくはやるべきことをやったまでだ」

ローマンは肩をすくめ、自分の爪をまじまじと見た。

「少なくとも、ぼくは残された孤児たちがしなびていくのをほうっておきはしなかった。ダーメンとはちがって、みんなを気にかけ、行方をたどって救おうとした。確かに、ときどき新しい仲間を増やしたよ。だけど、罪のない者を傷つけるようなことは決してなかった。報いを受けるのが当然の相手だけだ」

目が合うと、わたしは急いでそらした。ダーメンもわたしも、こうなることを見越しておくべきだった。ドリナで最後だなんて思うべきじゃなかった。

「だからここに着いたときには、どんなに驚いたか――このおてんば娘が魔法陣のなかでダーメンに寄り添っているし、その片割れが町をかけずり回って、日暮れまでに解毒剤を完成させようとしているってわかったときにはね」

ローマンは笑い声をあげた。

「しかもなかなかみごとな捜索だったよ。きみは待つべきだったんだ、エヴァー。結界を破るべきじゃなかった。この双子はきみが思っているよりずっと信頼できる相手だったのに。だけどきみにはまちがった相手を信じる傾向があるからね。ともあれ、話をもどすと、ぼくはここでうろうろしながら、きみが現れて結界を破るのを待っていた。きっとそうするはずだとわかっていたんだ」

「どうして？」

ダーメンを見て、レインを見た。恐ろしさのあまり動くこともできずに、いまも部屋の隅に縮こまっている。

「なんのちがいがあるの？」

「それこそがダーメンの命を奪う行為だったんだよ」ローマンは肩をすくめた。「きみがあんなふうに結界を破らなければ、ダーメンは何日も生きられたんだ。でもきみにとって幸いなことに、ぼくは彼を連れもどす解毒剤を持っていた。とてつもなく大きな代償を払うことになったけど、やってしまったことはそれまでだからね。もうあともどりはできない。いまなら誰よりもきみにはそのことがわかっているだろう？」

「もうたくさん」

こぶしを握りしめた。ローマンを仕留めるべきだ。永遠に葬り去るべきだ。ダーメンが無事とわかれば、ローマンにもう用はない。なにも問題はない。

でも、わたしにはできない。正しいことじゃないから。ダーメンは無事なんだし、相手を悪だと思っただけで、命を奪うわけにはいかない。自分の力をそんなふうに悪用するわけにはいかない。多くを与えられた者は多くを求められるものだ。

指を伸ばし、こぶしをゆるめると、ローマンは言った。

「賢明な選択だね。早まったことはしたくないだろ？　まあ、またすぐそうしたくなるだろうけど。なぜって、ダーメンは元気になって、健康そのものでほとんどきみの望んでいるとおりの彼にもどるだろうけど、ふたりが決して一緒になれないことに気づいたら、なおさらつらくなるだろうから」

指を震わせ、怒りに目を燃やし、ローマンをにらみつけた。

嘘だ。信じたくない。ダーメンは生きていくし、わたしも生きていく。だったら、ふたりを隔てられるものなんかある？

「ぼくを信じないの？」ローマンは肩をすくめた。「わかったよ、ご自由に。愛を成就させてどうなるか確かめればいい。ぼくの知ったことじゃないからね。ダーメンへの忠誠心は何世紀も前に尽きたんだから。きみがダーメンと寝て、彼が死ぬことになっても、まったく気がとがめることもない」

ローマンは笑顔でわたしの目を見据え、わたしの顔に浮かんだ疑いの表情を見て取ると、やがて声をあげて笑いだした。部屋の天井まで届いて壁を震わせるほどの大きな笑い声は、破滅の毛布のようにわたしたちの周りにおおいかぶさった。

「ぼくがきみに嘘をついたことがある？　さあ、考えてみてよ。待っててやるからさ。ぼくはずっと正直じゃなかった？　まあ、確かにいくつか些細なことは話さずに最後まで取っておいた。その点ではずいぶん意地悪だったかもしれないけど、おかげでますます面白くなった。でももう核心に至ったみたいだから、なにもかもあきらかにしておこう。きみたちふたりは決して一緒になれない。いかなる形でもDNAをやり取りできないんだ。それがどういう意味なのかまだ理解できていないといけないから詳しく言うけど、あらゆる体液のやり取りができないってことだ。それでもまだ説明が必要な場合に備えて言うと、つまりきみたちはキスをしたり、舐めたり、互いの口につばを吐いたり、互いのドリンクを分け合ったりできない。それにもちろん、まだやったことのないアレもできないよ。まだやったことのないアレができないことを嘆いて、彼の肩で泣くことさえできないんだ。要するに、なにもできないってことだね。とにかく、きみと彼とでは。もしもやったら、ダーメンは死ぬんだから」

「信じない」

鼓動が速くなり、手のひらにじっとりと汗をかいていた。

「そんなこと、ありえるわけがない」

「ま、ぼくの職業は医者でも科学者でもないかもしれないけど、これまで何人かの偉人たちと一緒に勉強してきた。アルバート・アインシュタインにマックス・プランク、サー・アイザック・ニュートン、ガリレオ——これらの名前に聞き覚えはあるかい?」

わたしは肩をすくめた。偉人の名前をひけらかすのをやめて、さっさと話を進めてくれたらいいのに。

「つまり噛み砕いて言うと、あの解毒剤だけで受容体が老化細胞と損傷細胞を増殖させるのを止めてダーメンを救えたはずが、そこにきみの血を加えた瞬間、この先きみのDNAがまた体内に入ってきたら受容体の活動が再開され、すべての過程を逆もどりしてダーメンを死に至らせることになったんだ。いまは科学番組みたいな詳しい説明は省くとして、きみたちが決して一緒になれないことだけわかっておいてもらえばいい。決してだよ。わかる？　きみがそうしたら、ダーメンは死んでしまうんだからね。これでぼくはすべて話したよ。あとのことはきみ次第だ」

わたしはじっと床をにらんでいた。なんてことをしたんだろう。ローマンを信じるなんて、なんてバカだったんだろう。

ローマンが言っている言葉もほとんど耳に入らなかった。

「ぼくを信じないっていうなら、好きにすればいい。飛び乗って、試してみなよ。でもダーメンが倒れたからって、ぼくに泣きつかないでくれよな」

にらみ合ううち、わたしはローマンの心の深淵に吸いこまれていた。彼のドリナへの慕情、ドリナのダーメンへの慕情、ダーメンのわたしへの慕情、わたしの家族への慕情を感じ取った。そして、そのすべての結果がこの事態を招いたのだ。

首をふり、ローマンの支配から逃れようともがいていると、彼は言った。

「ほら、ダーメンが目を覚ましそうだよ！　相変わらずゴージャスでたくましく見えるね。再会を楽しみなよ、ダーリン。でも忘れないで、楽しみすぎたらだめだからね！」

肩ごしに目をやると、ダーメンがもぞもぞ体を動かしはじめ、伸びをして目をこすっているのが見えた。わたしはローマンに突進していった。彼を痛めつけ、破滅させ、すべてを償わせてやりたかった。

けれど、ローマンは笑いながら踊るように軽やかにかわすと、ドアへと向かい、にっこりしてこう言った。

「悪いことは言わないから、やめておいたほうがいいよ。いつかぼくが必要になるかもしれないからね」

わたしはローマンの前に立ち、怒りに身を震わせながら、彼のいちばん弱いチャクラにこぶしを打ちこんで、永遠に消滅するところを見たいという衝動に駆られていた。

「いまは信じないだろうけど、ちょっと落ち着いて考えてみなよ。もうダーメンと寄り添って寝ることはできない。きみはすぐにひどく孤独になるはずだ。ぼくは寛大なところが自慢だから、きみの空虚な心を喜んで埋めてあげるよ」

わたしは目を細くして、こぶしをあげた。

「それに取るに足らない些末《さまつ》な事実だけど、さっきの解毒剤の解毒剤もあるかもしれないわけだし――」

ローマンと視線を合わせ、ハッと息をのんだ。

「さっきの解毒剤をつくったのはぼくだから、確かなことはぼくにしかわからないだろうけど。だから思うに、きみがぼくを消すということは、きみたちふたりが一緒になれる希望も消すということになるんじゃないかな。そんな危険を冒したい？」

わたしとローマンはこの上なくおぞましい絆で結びつけられ、互いに目を離さず、身じろぎもせず、立ち尽くしていた。ダーメンがわたしの名前を呼ぶまで。

ふりかえると、ダーメンしか見えなくなった。いつもの輝きを取りもどし、フトンから身を起こしている。わたしは彼の腕に飛びこんだ。体をぴったり押しあてて、ダーメンの心地よいぬくもりを感じ、前と同じまなざしで見つめられた――彼の世界のなかでわたしがいちばん大事なものだというようなまなざしで。

ダーメンの胸に、肩に、首元に顔を埋め、全身を熱とうずきに震わせながら、何度も彼の名前を呼んだ。シャツの生地越しに唇を動かし、彼のぬくもりと力を求めながら、どうすれば自分のしてしまった恐ろしいことを打ち明ける言葉が見つかるだろうと考えていた。

「なにがあった？」

ダーメンは身を離し、わたしの目を見つめて問いかけた。

「大丈夫か？」

部屋を見回すと、ローマンもレインも姿を消していた。わたしはダーメンの深い漆黒の目を覗きこんで言った。

「覚えてないの？」

ダーメンは首を横にふった。

「ひとつも？」

彼は肩をすくめた。

「最後に覚えているのは、金曜の夜に芝居を観に行ったことだ。そのあと――」

ダーメンは眉をしかめた。

「ここはどこなんだ？《モンタージュ》じゃないのは確かだよな」

わたしはダーメンに寄りかかり、ふたりでドアに向かった。彼に話さなきゃいけないのはわかってる。早ければ早いほどいい。けれど、できるだけ先延ばしにしたかった。ダーメンがもどってきたことを喜びたかった――彼が元気に生きていて、ふたりがまた一緒になれたことを。

玄関の階段をおりて、車のロックをはずしながら言った。

「あなたは具合が悪かったの。すごく具合が悪かった。でももうよくなったよ。だけど長い話で――」

イグニションにキーを挿したとき、ダーメンの手が膝に置かれた。

「これからどこに向かうんだ?」

ダーメンはたずね、わたしはギアをバックに入れた。

彼の視線を感じながら、大きく息を吸って車を発進させた。いまの質問に秘められたもっと大きな質問のことは考えないことにして、ほほえんで答えた。

「望むところならどこへでも。これからが週末の始まりだから」

# 蒼月のライアー
## 不死人夜想曲《イモータル・ノクターン》#2

著者　アリソン・ノエル

訳者　堀川志野舞《ほりかわしのぶ》

2013年4月20日　初版第1刷発行

発行人　鈴木徹也

発行所　ヴィレッジブックス
〒108-0072 東京都港区白金2-7-16
電話 048-430-1110（受注センター）
03-6408-2322（販売及び乱丁・落丁に関するお問い合わせ）
03-6408-2323（編集内容に関するお問い合わせ）
http://www.villagebooks.co.jp

印刷所　中央精版印刷株式会社

ブックデザイン　鈴木成一デザイン室

 ISBN978-4-86491-058-3 Printed in Japan

ヴィレッジブックスの好評既刊

# 全世界1億部突破!
## 究極のヴァンパイア・ラブ・ストーリー

# トワイライト

ステファニー・メイヤー
小原亜美＝訳

**文庫シリーズ 大好評発売中**

Ⅰ
〈上〉735円（税込）
〈下〉714円（税込）

Ⅱ
〈上〉756円（税込）
〈下〉735円（税込）

Ⅲ
〈上〉819円（税込）
〈下〉777円（税込）

Ⅳ
〈上〉525円（税込）
〈下〉672円（税込）

Ⅳ最終章
924円（税込）

---

**シリーズ待望のスピンオフ作品**

「トワイライト 哀しき新生者」
567円（税込）

**初の公式ガイドブック!!**

「トワイライト・サーガ
オフィシャルガイド」 2310円（税込）

ヴィレッジブックスの好評既刊

「レベッカのお買いもの日記」
シリーズの著者が贈る、
ちょっとおとなのラブ・コメディ！

# 本日も、記憶喪失。

ソフィー・キンセラ
佐竹史子＝訳

ぱっとしない人生を送っていたレキシーは、ある日目覚めると、まるで別人のような美貌とキャリアを手に入れていた。戸惑いながらも、幸せなセレブ生活を楽しもうとした矢先、彼女の目の前にジョンという男性があらわれて……。

924円（税込）ISBN978-4-86332-382-7

うう…
思い出せない

一夜にして
完全無欠のレディに変身!?
いったいどうういうこと?